SIETE PACIENTES

by

Atul Kumar

TELEMACHUS PRESS

Cualquier parecido con personas, acontecimientos o escenarios reales es pura coincidencia.

SIETE PACIENTES
Copyright 2014 de Atul Kumar. Todos los derechos reservados, incluyendo el derecho a reproducir este libro en forma total o parcial. Ninguna parte del texto puede ser reproducida, transmitida, descargada, descompilada, almacenada o introducida en cualquier tipo de sistema de almacenamiento de información o de recuperación de datos, en cualquier forma o por cualquier medio, ya sea de manera electrónica o mecánica, sin el explícito permiso escrito del autor. Escanear el libro, subirlo y distribuirlo por internet o por cualquier otro medio es ilegal y penado por la ley. Por favor compre sólo ediciones electrónicas autorizadas y no forme parte de la piratería electrónica del material con copyright.

La editorial no tiene ningún control sobre o asume ninguna responsabilidad por sitios web de autores o de terceros o por su contenido.

Diseño de Tapa Telemachus Press, LLC

Ilustraciones de Portada:
Copyright © Thinkstockphoto/100843778/Hemera
Copyright © Thinkstockphoto/104115210/iStockphoto
Copyright © Thinkstockphoto/104193660/iStockphoto
Copyright © Thinkstockphoto/98380835/iStockphoto

Traducido por Graciela Prieto

Publicado por Telemachus Press, LLC
Visite nuestra página web http://www.telemachuspress.com

ISBN: 978-1-940745-60-2 (eBook)
ISBN: 978-1-940745-61-9 (Paperback)

Version 2014.02.27

A Neeta Varshney

"El arte de la medicina consiste en mantener al paciente en buen estado de ánimo mientras la Naturaleza le va curando."

François-Marie Arouet (más conocido como—Voltaire)

Siete Pacientes

Capítulo 1:
Sacudido

ESTÁBAMOS POR COMENZAR a cenar a las 11 p.m. cuando los pagers de todo el equipo comenzaron a sonar simultáneamente. No hubo necesidad de chequear el mensaje porque el intercomunicador sonó a todo volumen, "CÓDIGO AZUL, SALA DE EMERGENCIAS, TIEMPO ESTIMADO DE ARRIBO 2 minutos; CÓDIGO AZUL, SALA DE EMERGENCIAS, TIEMPO ESTIMADO DE ARRIBO 2 minutos".

Tras devorar cualquier tipo de bocado que pudiésemos meternos a la boca, todos corrimos hacia la Sala de Emergencias y nos ubicamos en nuestros puestos cerca de las grandes puertas del departamento de urgencias, a la espera de cualquier desastre que viniese en nuestra dirección.

El ambiente estaba cargado de una ansiedad tensa y todo el mundo estaba listo para saltar a la acción, pero sin nada que hacer aún. Todo el personal se dirigía hacia las puertas de la sala de urgencias mientras se colocaban máscaras y guantes, ignorando temporariamente a los 20 pacientes de la sala de emergencias que estaban en varios estados de agonía y sufrimiento.

Toda la atención se centraba en las dos inmensas puertas dobles que conducían a la estación de ambulancias. El equipo de urgencias estaba integrado por dos médicos superiores, dos residentes, dos internos, un terapista respiratorio, un farmacéutico, tres enfermeras y yo, el simbólico estudiante de medicina omnipresente- heraldo del suficiente conocimiento como para ser peligroso.

Después de 20 segundos de miradas inciertas y tics inadvertidos, se oyó una débil sirena que se hacía cada vez más fuerte- no habría efecto Doppler con esta ambulancia ya que se detendría a un par de metros de donde yo estaba.

La sirena estaba alcanzando un crescendo casi insoportable pero, de repente, se silenció. Los neumáticos chirriaron, los cambios crujieron y hubo un momento de silencio ensordecedor antes de que las puertas de la sala de urgencias se abrieran ferozmente. Un equipo de paramédicos entró rápidamente y le comenzaron a dar el parte a la Dra. Peters. El personal rodeó al paciente de manera tan rápida que nunca llegué a verlo.

-Cianótica y apneica a su llegada, indiferente al dolor, incapaz de ser intubada en el campo, tubo nasotraqueal colocado sin complicaciones, respondió a ventilación positiva, ritmo cardíaco de 180, al principio débil, ahora fuerte, disminución de murmullos respiratorios a la derecha, normales a la izquierda. Sin acceso intravenoso. Collarín colocado. Pupilas dilatadas y sin reacción. Flácida inicialmente y, desafortunadamente, eso no ha cambiado mucho. – el paramédico principal lanzó todo eso, de una sola vez, en el camino desde la puerta hasta el quirófano de urgencias #2, una distancia total de unos 6 metros.

Durante todo ese tiempo, la Dra. Peters no hizo ningún comentario y miraba sólo a su paciente, asintiendo una vez al final del informe , un asentimiento sólo encontrado en el mundo médico, indicando que él hizo un estupendo trabajo y que sus superiores serían notificados de sus esfuerzos. Tras entender que ya no era su responsabilidad, los paramédicos rápidamente se separaron para ir a completar su papeleo a la estación central de trabajo.

-Tráiganme un kit intravenoso, conecten los cables del ECG y tengan un aparato de TC listo DE INMEDIATO. –gritó la Dra. Peters, con una seguridad que sólo puede provenir de los años de experiencia y del hecho de haberlo visto todo, al menos dos veces. –También, llamen a la sala de operaciones y pónganlos al tanto de la situación. Tú,-señalando a uno de los residentes senior – quítale el resto de la ropa y haz una completa evaluación primaria mientras ella escribe.

Con algo para hacer, la multitud se dispersa, cada uno con una tarea específica. Finalmente, pude abrirme camino a codazos y ver a nuestro foco de atención de la noche. Era extraño. A pesar de la cantidad de gente, el lugar parecía vacío. En lugar del normal despliegue de maquinaria grande de soporte vital, todo era en miniatura. Cuatro médicos y un terapeuta respiratorio estaban amontonados alrededor de una camilla. Cuando me acerqué, me di cuenta de que no era una camilla, sino una cuna.

Nuestra paciente tenía sólo unos cuatro kilos y medio y apenas medía sesenta centímetros. ¡Este era un código pediátrico!

Con razón la conmoción era más intensa de lo normal. Chicos, especialmente bebés, siempre ponen al personal médico muy nervioso. No estoy completamente seguro de por qué. Solía pensar que es porque nadie quiere ver un niño enfermo pero creo que la verdadera razón es que el cuidado pediátrico es tan litigioso que todo es escudriñado.

En un esfuerzo por ser útil, miré rápidamente alrededor de la sala. Debo haber repetido este gesto varias veces porque una enfermera se me acercó y me recomendó que me subiera a una banqueta para observar, en lugar de girar como una peonza en todas las direcciones.

Con los hombros caídos, me aparté. Encontré una banqueta y, silenciosamente, ocupé mi lugar en un rincón de la sala y fuera del camino, yo, el omnipresente pero, rara vez visto, estudiante de medicina. Al menos, esta vez, tenía una buena vista superior.

-Conseguí acceso intravenoso, pie izquierdo.- anunció uno de los residentes.

-Cables en su lugar, ritmo normal con taquicardia.- anunció otro.

-Denme el tubo de 3.5 F, el 4 es demasiado grande para esta pequeñita...y un poco de presión cricotiroidea, suave allí...MALDICIÓN, tiene un espasmo. ¡Traigan el set de fibra óptica ahora! ¿Ya tenemos listo el aparato de TC?-la Dra. Peters estaba comenzando a ponerse tensa. Rara vez obtenía las cosas en el primer intento y dos intentos fallidos de intubación no la iban a poner de buen humor.

El set de intubación con fibra óptica apareció de la nada y el laringoscopio pediátrico era tan pequeño que parecía un juguete. Casi de inmediato, una imagen en alta resolución apareció en el monitor de LCD. En la pantalla, había una amplia imagen que evidenciaba el traumatismo, seguida por una imagen de una lengua, una faringe y la tráquea, una abertura pequeña y oscura que conduce directamente a los pulmones. Lo siguiente que vimos fue el transparente tubo plástico rellenar el espacio y la imagen parecía nevada cuando se retiró el endoscopio. Se infló el globo del tubo endotraqueal y se inició ventilación artificial. Casi de inmediato, la bebé pasó de tener una tonalidad azulada a un saludable color rosado a medida que ambos pulmones comenzaban a inflarse y desinflarse de forma rítmica con cada bombeo de la diminuta bolsa de ventilación, no más grande que el tamaño de un pequeño cartón de jugo. Todo el proceso llevó alrededor de 10 segundos.

-TC listo,- gritó una voz desde el pasillo. Tan pronto se confirmaron que los signos vitales se encontraban presentes y relativamente estables, la bebé fue llevada al escáner por un séquito de no menos de siete profesionales altamente calificados con un sólo objetivo: mantener viva a este extraña.

Los vi girar en la esquina y desaparecer pero no sin antes ver a la Dra. Peters negar con la cabeza. El sutil gesto fue sólo para ella pero al tener una vista desde un ángulo superior, yo lo vi. Se estaba atacando a sí misma por pedir la endoscopia guiada por imagen. En el supuesto de que haga las intubaciones más fáciles, usarla es admitir haber fallado en intubar de forma "real", sin la ayuda tecnológica. Es análoga a las épocas anteriores del GPS cuando teníamos que detener nuestro coche y preguntar direcciones. A nadie le gustaba hacerlo pero, a veces, era necesario.

De la misma manera que el quirófano de urgencias se llenó, se vació. Sólo yo permanecí en la sala vacía. Ya no estaba ni organizada ni higiénica, en vez de eso, estaba desierta con desechos médicos desparramados por todos lados. Máquinas que parecían en miniaturas y futurísticas contaminaban la sala. La mayoría de ellas todavía estaban encendidas y emitiendo varios bips y sonidos, sólo que sin las ondulaciones consistentes asociadas a un corazón palpitante u a otros órganos en funcionamiento.

Bajé de mi pedestal y pisé directamente un charco de fluido desconocido. Era más viscoso que el agua pero relativamente inodoro, probablemente algo usado para lubricar tubos para intubación. Cuando comencé a limpiarme el menjunje de los zapatos, oí pasos que entraban a la sala.

-Oye, ¿eres uno de los doctores que se ocupó de la niña que estaba aquí hace un momento? Soy el Detective Higgs- resonó una voz barítona desde arriba.

Levanté la vista bien alto y ahí estaba, no un hombre sino una montaña móvil. Debe haber medido unos 2 metros y pesado unos 136 kilos. Su uniforme marrón claro y su chaleco antibalas no podían ocultar el hecho de que pasaba una cantidad considerable de tiempo en el gimnasio. La muy usada correa y funda de pistola de rápido acceso ya había definitivamente visto algo de acción. La confianza, que demostraba en su postura, y la seriedad de su voz indicaban que estaba seguro de sus habilidades y que se encontraba cómodo en el marco del hospital.

-Hola, Detective.-respondí mientras estaba parado en un pie con una toalla pegajosa, que me goteaba quien sabe qué, en la mano.- No estoy seguro de que vaya a serle de mucha ayuda. Sólo soy un estudiante de medicina. Creo que los jugadores activos en el rescate están todavía en radiología, siguiendo por el pasillo.

Se quedó parado ahí, asimilando todo. Rompí el silencio. –Sé que la edad de los criminales ha estado bajando pero la niña que entró aquí no podría tener más de cinco meses, demasiado joven como para hacer mucho más que mojar un pañal.

Mi broma encontró más silencio.

Echó un vistazo a todo el lugar, presuntamente buscando a alguien más con quien hablar, pero yo era el único que estaba a la vista. Estoy seguro de que el simple hecho de decir "estudiante de medicina" había provocado su completo desinterés. Después de decidir que su tiempo sería mejor empleado en algún otro lugar, se dio vuelta y se fue sin decir ninguna otra palabra.

Ser estudiante de medicina implicaba que yo estaba en el peldaño más bajo de la jerarquía médica; el personal y los médicos le prestaban más atención a los voluntarios. El próximo peldaño de la escalera era estudiante de medicina senior o Sub I (que significa estudiante graduado o Sub-Interno), seguido por médico interno (que se refiere al primer año de residencia), residente (residente senior generalmente significa que quedan 2 años hasta la finalización y residente en jefe se refiere al último año de residencia que puede variar de 3 a 7 años de duración). Uno puede abandonar y comenzar una carrera después de la residencia o bien continuar la capacitación con una beca de investigación, de 1 a 3 años más de súper-especialización. Después de que se completa el entrenamiento, se lo conoce al médico como "tratante", completamente certificado por el Consejo Médico y en la parte superior del tótem.

Después de la facultad de medicina es cuando se otorga el título de Doctor en Medicina y uno se convierte en un verdadero "doctor" y ya no es más estudiante. Pero es sólo después de completar las prácticas que un doctor obtiene una licencia médica real y los permisos para recetar medicamentos. Pero le deseo buena suerte si quiere practicar medicina, lo cual requiere certificación del Consejo Médico y ésta sólo es concedida después de completar la residencia o la especialidad, dependiendo del campo de la medicina.

Dadas mis tremendas responsabilidades inmediatas de limpiarme el menjunje de mi zapato, decidí seguirlo. Diablos, si la sustancia viscosa pudo ser usada para intubar un bebé, entonces no dañará mis zapatos.

-Perdone, ¿Detective?- le grité mientras lo seguía por el pasillo hasta el centro de la sala de emergencias; el "centro de comando" como lo apodábamos. Este era el núcleo central donde se encontraban todas las computadoras y las historias clínicas. Había doce salas con puertas transparentes de plexiglás a su alrededor. Hacia un lado había dos enormes quirófanos de urgencias y un tercero que podía ser abierto si era necesario. Un poco más al fondo del pasillo había una organización similar, sólo que más pequeña con ocho salas y sin área de quirófanos.

¡Dios, el tipo sí que era rápido! Tuve que trotar para alcanzarlo y él ni siquiera caminaba rápido. -¿Hay algo en que pueda ayudarlo? Prácticamente vi todo lo que sucedió.

Pensó la oferta y respondió:-Sí, ¿Quién está a cargo hoy? ¿Podrías ir a buscarlo? Estaré en la sala de espera.

Fantástico, para lo único que sirven los estudiantes de medicina es…para buscar cosas. Y bueno, no tenía nada mejor que hacer. –Claro, es la Dra. Peters. La iré a buscar. ¿Qué le digo? ¿Por qué asunto es?

-Peters, ¿eh? No te preocupes entonces. Ella es una de las pocas que me encontrará cuando tenga oportunidad. Ella sabe dónde encontrarme.- Se fue, sin prisa hacia, la sala de médicos.

Supuse que probablemente no debería seguirlo pero, de todas formas, me escabullí antes de que se cerrara la puerta detrás de él y me dejase afuera. El detective debe de haber sido un pez gordo para tener acceso a la codiciada sala. Sólo los jefes de residentes y los médicos tratantes tienen la autorización requerida para entrar.

En realidad, no hay más que unas pocas sillas acolchadas, mesas, televisiones de LCD, un puñado de computadoras y una cocina, pero proporciona un descanso de la bulliciosa sala de emergencias. Además, hay comida gratis que no consiste ni en los típicos sándwiches empaquetados ni las gaseosas sin nombre. La cocina tiene de todo, desde cafés doble shot de Starbucks y bebidas energéticas Rockstar hasta comida caliente provista por los restaurantes locales.

El detective tomó una Coca-Cola dietética del refrigerador y se sentó en el rincón trasero, como si lo hubiese hecho muchas veces. Previo a que él pudiera agarrar la revista que tenía más cerca, caminé hacia él e intenté comenzar una conversación. No me vendría mal tener un aliado en el mundo policial.

-Detective Higgs, ¿verdad? –Levantó la vista pero no dijo nada. –Hola, me llamo Rajen. Acabo de comenzar mi tercer año de la escuela de medicina aquí. No tengo mucha experiencia pero cada vez que veo un agente del orden público en la sala de emergencias es, en general, para sujetar a alguien con un problema psiquiátrico o de drogas o, bien, para escoltar al perdedor de una pelea de un bar. Un agente de orden público pediátrico es nuevo para mí. ¿Qué lo trae por aquí hoy?

-Bueno, supongo que ya que viste a la niña, no es un gran secreto. ¿Viste a la pareja de adolescentes que mi compañero esposó en el área de espera? –hice un gesto con la cabeza, negativo. –Bien, bueno, esos son supuestamente los padres si se pueden llamar de esa manera. Ni siquiera sabemos si han terminado la escuela secundaria. Es como ese juego "Baby Shaker" que la gente solía poner en sus teléfonos antes de que fuese prohibido, sólo que en la vida real.

-¿Quiere decir que los *padres* le hicieron eso a ella? ¿No pudo haber sido un accidente?

-No fue un accidente, eso es seguro. Apuesto a que sus padres lo hicieron y es muy probable que haya sido a propósito. Sólo que ellos no pensaron que serían atrapados. Todos piensan que son lo suficientemente listos como para salirse con la suya. Estoy seguro de que la niña tendrá quemaduras perfectamente redondas de cigarrillos por los brazos (por supuesto que los padres van a asegurar que se debe a un sarpullido que se rascó) y luego, habrá numerosos huesos rotos en varias etapas de curación (que los padres no sabrán nada al respecto). El final sorprendente de la historia, y te apuesto 10 a 1, será que la niña se cayó de una cuna, mesa o algo cuando nadie estaba cerca y la encontraron tirada.

Intentarán culpar a una niñera o algo así, pero no nos darán ninguna información de contacto o nombre de la presunta nana.

Se tomó un descanso para beber su Coca Cola dietética, vaciando lo que parecía una diminuta lata en su gigantesca garra. Apretó la lata y la arrojó con fuerza al bote de basura. –Me saca de quicio que la gente le haga esto a niñitos inocentes…

La Dra. Peters entró justo en ese momento. –Buenas noches, Detective. Supongo que está aquí por el pollito sacudido que acabo de escoltar hasta la sala de operaciones, ¿no es así? –La forma horripilante que los profesionales médicos se refieren al síndrome del niño sacudido. Asintió con la cabeza en dirección hacia mí, con un toque de reconocimiento, pero claramente no recordaba mi nombre.

-Sí, ¿Cómo lo supo? Se convierten en padres cada vez más jóvenes. Imagínese que la madre es todavía una adolescente y su hipótesis es tan buena como la mía con respecto a quién es el padre. Una cosa es segura, no es el tipo que está con ella ahora. Le importa un comino la niña. ¿La beba tenía las observaciones habituales?

-Creo que sí. Definitivamente, vi las quemaduras de cigarrillo características y la TC mostró un hematoma subdural que estaba comprimiendo el cerebro y causando una significativa desviación de la línea media. Había varios moretones que, estoy segura, corresponden a huesos rotos fundamentales. El neurocirujano está en este momento, en camino, para drenar el hematoma. Le daría un 30% de posibilidades de sobrevivencia y, si lo logra, será exactamente igual a los que tienen PC y tendrá una apariencia extraña.

-¿PC? –pregunté con indecisión mientras me presentaba a mí mismo ante la reconocida Dra. Peters, la número dos en la jerarquía de urgencias de la universidad y en la afamada junta de directivos del hospital. Ella podía crear o destruir la carrera de un novato estudiante de medicina con facilidad.

-Ah, sí, comenzaste hoy, ¿no es así? Recuerdo tu solicitud. Lo hiciste muy bien, encantada de conocerte. —estrechó mi mano mientras se servía un café negro. Lamento que tu primer gran caso de urgencias tenga que ser tan triste. PC es una jerga médica; es la forma en la que nos referimos a los niños con parálisis cerebral, los que están institucionalizados con comportamientos autodestructivos. Sin duda, los habrás visto en público, usando cascos y gafas protectoras porque ellos se golpean la cabeza y se meten los dedos en los ojos. Algunos pueden hablar, la mayoría sólo babean. Son una inmensa carga para la familia y la sociedad.

Higgs se levantó e hizo crujir los nudillos, asustándome. Pensé que unos petardos habían explotado. Vino hacia nosotros con un destello en los ojos; algo estaba a punto de suceder. —Oiga, Doc, - murmuró en un tono casi conspiratorio- ¿Tiene ganas de jugar al "buen policía, mala doc" como solíamos hacerlo antes de que usted tuviera hijos y se volviera blanda?

Peters se bebió de un trago la mitad de su café y guiñó un ojo a Higgs. —Sí, cuente conmigo, ¿como en los viejos tiempos cuando usted tenía el abdomen como una tabla de lavar y no como un barril?

-Touché. Llevemos al estudiante de medicina con nosotros y mostrémosle cómo es realmente la medicina. – Se volvió hacia mí y dijo:-Síguenos, muchacho, y mantén la boca *cerrada*.

~~~~

-Oiga, Doc, no he ido a la escuela de medicina ni a nada parecido pero lo último que supe es que se necesita haber completado el período de pubertad para tener un hijo, ¿no es cierto?

-Bueno, al menos, se debería estar a mitad de camino…-Peters tuvo que mirar dos veces antes de continuar.- Espere, ¿habla en serio cuando dice que *aquellos* dos son los culpables?

Me estaba apurando para seguirles el ritmo cuando, rápidamente, nos acercamos a un par de muchachos esposados en un rincón de la sala de emergencias. Uno pensaría que estarían asustados y llorando. En cambio, ella estaba pateando su mochila de "Hello Kitty" mientras le gritaba al chico con pelusa en la cara que estaba sentado en el banco de acero. Tal vez estaba sentado por cansancio o porque sus pantalones eran tan holgados que no podían resistir la gravedad, quién sabe.

El otro oficial se paró derecho cuando Peters y Higgs entraron a la pequeña sala de espera y cerraron la puerta. Yo fui a un rincón, recordando que mi único trabajo era mantenerme callado.

-¿Cuál es el nombre de la paciente? –preguntó la Dra. Peters, claramente dirigiéndose a la pareja de adolescentes.

Nadie respondió. Lo que es más, ni siquiera reconocieron nuestra presencia en la pequeña sala. La muchacha seguía interrogando al muchacho sobre cuántas mamadas había recibido en el último mes. Se escondió tan adentro de su sudadera Raiders con capucha que apenas podía ver la visera de su extrañamente angulosa gorra de béisbol.

¡PUM! El sonido de un trueno inmediatamente captó la atención de todos.

Después de una larga mirada, Higgs rompió el silencio:- Escuchen, mocosos, lo próximo que golpearé será a uno de ustedes, imbéciles, si no le muestran a la Doctora algo de respeto.

No sé qué tipo de fuerza lleva ahuecar una pared de la sala de detención pero Higgs la tenía y parecía ya haber usado esta técnica, a juzgar por las hendiduras similares que había esparcidas por toda la pared trasera.

-La doctora les preguntó amablemente, a los dos, el nombre de su paciente *gravemente enferma*. ¿Alguno de los dos podrá brindar esa información?

-Todavía no tiene nombre.-susurró la muchacha.

-¿No tiene nombre? ¿Qué edad tiene?

-Seis semanas.

-Y… ¿por qué no tiene nombre todavía? ¿No recibió un certificado de nacimiento?

-Bueno, no exactamente. Me fui del hospital antes que el médico nos diera el alta. Así que nunca obtuve el certificado.

Peters y Higgs pusieron los ojos en blanco y el hombre grande estalló:- Corríjame si me equivoco, Doc, pero dejar el hospital con un alta voluntario y con un bebé es secuestro, ¿no es cierto?

-Sí, tiene razón. A menos que la madre, por supuesto, provea un nombre falso y una dirección ficticia, en cuyo caso no es más que una Juana Perez y no se podrá probar nada.-Una sonrisa de suficiencia y autosatisfacción apareció en la cara de la muchacha.

Se borró rápidamente cuando continuó la Dra. Peters:- Aunque sería bastante fácil descubrirlo por la edad de la madre, fecha y hora del parto, edad de la niña y tipo de sangre. Todos estos datos coincidirían con Juana Perez y ya no sería más una desconocida y se la puede acusar de secuestro, abuso infantil y cualquier otra cosa.

Gotas de sudor comenzaron a aparecerle a nuestra Juana. Juan Perez todavía estaba escondido en su ropa como una marmota americana que aún no había salido en la primavera.

Una vez más, Higgs tomó la delantera. -¿Es usted la madre, señorita?

Con la mirada baja sobre su mochila y revoloteando sus ojos, susurró:-Sí.

-¿Cómo se llama?

-No tiene nombre.

-No me refiero al nombre de ella, podremos completar su certificado de defunción más tarde. Tu…

-¿Está MUERTA? –Juana se puso de pie de un salto; la mirada de preocupación en su cara fue algo que hasta una actriz experimentada no podría fingir. Creo que acabábamos de confirmar que era la madre de nuestra paciente.

-Lo estará si no comienza a responder mis preguntas más rápido. Estoy seguro de que la doctora aquí necesita ir a salvarle la vida en lugar de estar perdiendo el tiempo con ustedes dos. Pero no puede estar en dos lugares a la vez, así que les sugiero que sean más cooperativos.

-Juanita.

-Y tú, ¿cómo te llamas, *Papá*?-preguntó Higgs, quien extendió la mano y le quitó rápidamente la capucha, dejando ver una gorra de béisbol puesta tan abajo que le cubría las cejas y girada hacia un lado para darle sombra a su oreja izquierda.

Saltó de su asiento y se paró mirando con furia la clavícula de Higgs, antes de levantar la cabeza y hacer contacto visual. El detective tenía, al menos, tres manos y ocho piedras sobre el aspirante a pandillero que intentaba, sin éxito, hacerle bajar la mirada. La lucha duró 30 segundos, gracias a que la Dra. Peters intervino. Si no hubiese sido así, no sé si habría podido contener la risa al ver esta situación.

-Entonces, ¿cómo te llamas? ¿Eres el padre?-preguntó Peters.

-¡Quiero ver a mi abogado!

Higgs le dio un empujón hacia abajo así que quedó sentado en el banco nuevamente. Buena jugada, o de lo contrario, sus jeans podrían haberse asentado alrededor de los tobillos en lugar de estar colgados, precariamente, a la mitad de los muslos alrededor de sus dos pares de boxers.

-No estás arrestado, Einstein; sólo estás siendo detenido por cómo se te encontró en la escena de una bebé de seis semanas inconsciente que fue secuestrada de un hospital.

-Sin mencionar el hecho de que contratar un abogado es tan bueno como declararse culpable. Por lo que parece, no creo que vayas a poder pagar una de esas grandes firmas de abogados con el dinero del almuerzo. Diablos, si sólo fuese el dinero del almuerzo y no robado.

Escupió la pared. -¡Váyase al diablo! ¡Yo me gano el sustento! Voy a quitarle la placa y va a tener que buscar trabajo como guardia de seguridad. Esto es acoso y brutalidad policíaca. –Higgs se alejó del supuesto padre y puso la mano, no muy sutilmente, en su ahora desajustado pero todavía enfundado revolver. Juan se percató de eso:- ¿Alguna vez lo ha usado?

En un segundo, Higgs sacó su arma y puso el cañón contra un lado de la cabeza de Juan Perez, empujándolo hacia la pared en un ángulo extraño.

Peters, calmadamente, entró en la discusión al ver el sufrimiento que había comenzado a aparecer en la expresión de Juan. –No se preocupe, Detective, acabo de ver todo. Estaba irritado e intentó atacarlo. Continúe; jale del gatillo. Atestiguaré que lo hizo en defensa propia. Hágame un favor y asegúrese de que sea letal. En este momento, los cirujanos tienen las manos ocupadas con la bebé y no tenemos otra sala de operaciones disponible.

-¿Qué?... ¿qué? … ¡No puede hacer algo así. Usted es *doctora*. –balbuceó nuestro Juan, ya sin verse tan fuerte con mocos goteándole de la nariz.

Higgs empujó el arma un poco más y continuó:- Me parece que la buena Doctora te preguntó cómo te llamabas. ¿Vas a

responder sus preguntas o voy a tener que actuar en defensa propia
como ella sugirió?

Asintió con la cabeza. Todas las preguntas fueron respondidas
rápidamente sin ninguna bravuconada ni impertinencia. Una gran
cantidad de pañuelos de papel fueron tomados de una caja cercana
antes de que Higgs y Peters se fueran de la sala.

~~~~

Juan y Juanita, ¿eh? ¿Creyó sus historias?

Higgs y Peters estaban discutiendo el caso afuera de la sala de
interrogatorios. Juan (resultó ser su nombre verdadero) estaba más
que feliz de responder todas las preguntas una vez que se dio
cuenta de que Higgs había, en verdad, disparado su arma antes y
que la Dra. Peters no iba a tener más compasión que el detective.
De hecho, ambos hacían su rol de "malos" bastante bien.

La pareja estaba todavía en la sala de interrogatorios mientras
se decidían los pasos a seguir. Juanita sostenía la cabeza de su
hombre, que ahora estaba llorando, contra su pecho mientras que él
se sonaba la nariz y le contaba lo cerca que había estado de ser
asesinado, aunque ella se encontraba a sólo unos sesenta
centímetros cuando todo sucedió.

A medida que los minutos pasaban lentamente, Juanita parecía
estar cada vez más distante de Juan, careciendo del cariño que uno
esperaría de una pareja inocente. Ella dejó de sostenerle la cabeza;
tenía el brazo débil porque él estaba apoyado sobre su hombro. Ella
tenía la mirada fija a la distancia, claramente pensando en otra cosa.

-Ella está ocultando algo, Doc; puedo verlo en sus ojos.- dijo
Higgs con total seguridad.

-Estoy de acuerdo. Sin embargo, él parece de fiar, esos llantos
son auténticos. Quién sabe si son de miedo o dolor, por ese

chichón que le hizo en el lado derecho de la sien. ¡Al menos, no necesitó puntos! Realmente creo que él entró y encontró a la niña inconsciente sin tener nada que ver con la sacudida o con otro tipo de abuso. El pobre tipo hasta cree que es su hija.

Yo sólo observaba estupefacto, en silencio. No podía creer que ésta era la forma en la que se practicaba la medicina. Ni Peters ni Higgs estaban disfrutando lo que habían hecho. Por el contrario, parecían muy profesionales y alejados de la situación, sabiendo que ésta era una manera imperfecta de lidiar con un sistema quebrantado. Un transeúnte médico se dio cuenta de que algo grave pasaba y esquivó el pasillo que nosotros ocupábamos. El poco personal que entró por suministros al depósito lo hizo rápidamente, sin quedarse un segundo más de lo necesario. Era el escondite proverbial a la vista de todos. Si la gente supiera que un menor de edad había sido amenazado a punta de pistola *dentro* de un hospital con la médica tratante observando, hasta justificándolo…los medios de comunicación se habrían dado un festín.

Pero a juzgar por la forma en la que Peters y Higgs estaban planeando cómo continuar su interrogatorio y por el hecho de cómo ellos no habían ni siquiera vacilado en la parte inicial, este no podría ser un hecho aislado en este hospital solamente. A diario, parejas disfuncionales sacudían bebés a lo largo de todo el país. Me preguntaba si esta era la forma en que se manejaba el tema en otros lados. Desafortunadamente, no podía hablarlo con ninguno de mis amigos. Si saliera a la luz que esto ocurrió, que yo estaba presente y que no intenté detenerlo, sería igual de responsable. El problema inherente era que, desafortunadamente, si yo hubiese intentado detenerlo, probablemente habría tenido bajas notas en mi rotación, algo completamente inaceptable para cualquier estudiante de medicina.

Fantástico, cómplice de brutalidad policíaca y abuso de poder, como mínimo. Justo lo que el Decano esperaba que aprendiésemos como parte de nuestro entrenamiento.

Giré en el momento en que la puerta de la sala de detención se cerraba detrás de Peters con Higgs. Juan y Juanita se quedaron inmóviles en el banco, intentando hacer lo mejor que podían para aparentar estar calmos y serenos. No lo lograron.

Me moví hacia la ventana para tener una mejor vista. Desafortunadamente, el doble vidrio y las paredes de concreto se interponían en el camino del audio. Todavía estaban haciendo la rutina del bueno y el malo. Higgs golpeó la mesa, con la palma de la mano, con la intención de mostrar que hablaba en serio. Con razón, había tantas hendiduras y rasguños en todas las cosas de la sala.

Se intercambiaron palabras y, de repente, Juan se levantó de un salto y enfrentó a Higgs y a Peters. Su expresión cambió por completo como si estuviese enfrentado a una decisión imposible o a una verdad innegable. Pasó de estar con los ojos llenos de lágrimas a estar enfurecido. Con el pecho hacia adelante, de repente, fijó la mirada decidido a tomar venganza. Tiró el brazo hacia atrás como si fuese a golpear a Higgs cuando, de pronto, se dio vuelta y abofeteó a Juanita.

En lugar de intervenir, Peters y Higgs se quedaron mirando cómo se desarrollaban los acontecimientos. Yo estaba paralizado. Pensé que, tal vez, debería intervenir pero sin oír lo que había pasado, no sabía de qué lado estar.

Ahora Juan estaba gritando tan fuerte que la saliva le salía de la boca como una tormenta de nieve. Tenía la cara como un tomate y parecía que los ojos se le iban a salir. Su ira se centraba solamente en Juanita. En vez de encogerse de miedo, ella aceptó el ataque violento con una expresión oprimida de culpa y remordimiento. Permanecía sentada mientras Juan estaba parado; era claro quién tenía el poder y quién era el pecador.

Juan le dio un puñetazo a la pared y pateó la silla que estaba cerca de él. Al girar hacia la silla volteada, sus intenciones eran claras. Quería venganza. Caminó hacia la silla, la levantó y estaba a punto de arrojársela a Juanita cuando Higgs intervino y lo tiró contra la pared, haciendo que se le cayera la silla a Juan. Higgs forzó a Juan a sentarse al otro extremo del banco mientras Peters escoltaba a Juanita hacia la celda de espera contigua, haciéndome señas de que la siguiera.

Después de que Higgs esposó a Juan, se unió a Peters en la sala de al lado. –Juanita, es tu oportunidad de confesar o serás también esposada y llevada a la estación de policía. –Era obvio que Higgs no estaba bromeando, dado el tono serio de su voz y su postura demasiado cercana a ella, que invadía su espacio personal.

Juanita estalló en llanto. Cayó de rodillas y ya no era la dura y desafiante rebelde que antes había querido parecer. Su verdadera apariencia revelaba una adolescente vulnerable perdida en un mundo de errores y malas decisiones.

Se acostó en posición fetal al lado de las botas de Higgs, llorando desconsoladamente como si el apocalipsis estuviese sobre nosotros...o, al menos, sobre ella. Finalmente Peters cedió y se agachó al lado de ella, dándole pañuelos de papel y frotándole la espalda. Parecía una niña pequeña deseando a su madre. La compasión de Peters y los instintos maternales se apoderaron de ella mientras tranquilizaba a Juanita, probando que el rol de "mala doc" era, en efecto, sólo un acto. Higgs y yo nos quedamos fascinados, mirando en un estado de catatonia mientras las mujeres se unían en sollozos y lágrimas.

Después de varios minutos y muchos pañuelos de papel, el llanto de Juanita lentamente fue amainando y ella giró su pequeña

silueta hacia Higgs y susurró tan bajo que apenas se le podía oír:-
Juan es inocente, lo amaba pero él…

Higgs, que no estaba acostumbrado al rol cálido y confuso que
la situación requería, defirió el interrogatorio a Peters quien,
suavemente, convenció a Juanita de que continuara su historia. –
Continúa, querida. Estamos de tu lado.

-Él…él…se puso muy posesivo conmigo. Pensaba que la beba
era de él cuando estaba embarazada. Intenté decirle que no era así
pero no quiso creerlo. Una vez que di a luz, la violencia comenzó.
–Se levantó la blusa para mostrar varios moretones. Podía
distinguir la marca de un anillo y los nudillos en el moretón más
reciente.

Respiró profundo un par de veces y continuó:- Fue demasiado
para mí. No podía criar una beba con la persona en la que Juan se
había convertido. La violencia era un lado de Juan que conocí
después de que nació la beba. Sabía que lo quería fuera de mi vida.
Cuando le dije que quería que se fuera, se volvió completamente
loco. Él nunca dejaba a la beba sola. Siempre estaba a su lado las
24 horas los 7 días de la semana. Hasta se la llevaba con él cuando
iba al baño. Es por eso que nunca le puse nombre a la beba. Para
mantenerlo alejado hasta que Daikens volviese.

-Lo estás haciendo fantástico, querida. ¿Podrías decirnos quién
es Daikens? –Juanita estaba todavía acostada en el piso, con la
cabeza en el regazo de Peters, mientras que la Doc le acariciaba el
pelo suavemente.

Comenzó a llorar nuevamente. Después de un momento, se
calmó y continuó su confesión:- Daikens es su verdadero padre. Él
y yo estuvimos juntos por un año antes de que quedara
embarazada. Solía andar en malas compañías pero una vez que se
dio cuenta que iba a ser padre, quiso hacer algo bueno. Daikens era
traficante. Pero el día en que se enteró que iba a ser padre, fue

directo a la policía y confesó. Hasta negoció con los policías para ayudarlos a atrapar a un grupo de traficantes y a los jefes del mundo de las drogas del este de LA.

-Él no me lo contó. Lo descubrí después de que fue a la cárcel. Trabajaba con la policía en alguna operación encubierta o algo así, no estoy segura de cómo se llama y ellos arrestaron alrededor de 18 personas esa semana por la ayuda de Daikens…realmente se arriesgó. Diablos, hasta recibió un disparo en el brazo cuando todo se derrumbó. Parte del trato era que sólo tenía que soportar un año de malos ratos y, luego, recibiría libertad condicional por su ayuda. Eso fue hace seis meses.

-Estaba *disgustada* con él por dejarme y no sabía qué hacer mientras él estaba en prisión. Ahí fue cuando conocí a Juan. Era muy dulce y me ayudó con el embarazo y con todo lo demás. Pensé que, realmente, las cosas podían funcionar con Juan…bueno, hasta que, ya sabe, la violencia comenzó.

Peters continuó haciendo preguntas mientras le seguía acariciando el cabello al tiempo que ella le contaba todo lo que había sufrido:-¿Le dijiste a Juan que él no era el padre?

-Claro, tenía dos meses de embarazo cuando lo conocí. Pero él no quería creer que no era su bebé. Seguía diciendo que porque me amaba tanto la niña se había desarrollado más rápido de lo normal y , por eso, la pudimos traer al mundo antes.

-¿Y qué hay con Daikens?

-Cuando Juan comenzó a golpearme, supe que él no era bueno para mí. Daikens siempre me escribía así que, al final, comencé a escribirle y a visitarlo en prisión. Él comprendía por lo que yo estaba pasando. Se culpó por todo. Quería volver conmigo después de que saliera y decía que comenzaríamos una buena vida juntos. Además, me dijo que tenía mucho dinero ahorrado del que nadie sabía y que podíamos usarlo para un nuevo comienzo.

Noté que Higgs estaba tomando nota mientras ella hablaba. Su confesión quedó claramente registrada.

Juanita continuó:-La semana pasada le conté a Daikens las veces que Juan me golpeó. Daikens no lo tomó bien y se puso realmente furioso. Hasta dijo que golpearía a Juan muy duro. Yo tenía miedo de que lo matara una vez que estuviese libre. – Comenzó a llorar nuevamente- Y entonces yo me quedaría sola para siempre.

Hubo una mirada de comprensión entre Peters y Higgs, acababan de entender toda la historia. Yo estaba todavía confundido con respecto a un par de cosas: cómo y por qué una muchacha de diecisiete años pensó que era una buena idea tener un hijo y por qué creería que era algo bueno criarla con un ex traficante de drogas *después* de que ella le confesara que lo estaba engañando, mientras él estaba en prisión. No me parece que sea una receta para el éxito.

Higgs profirió en un tono alto:- ¿Cómo se lastimó la beba si Juan estaba siempre a su lado?

Hubo más respiros profundos y más sollozos pero, afortunadamente, no más lágrimas esta vez. Continuó:- Me contacté con uno de los amigos de Daikens que le debía un gran favor. Supongo que le salvó la vida o algo así en aquellos tiempos en los que era traficante. Se nos ocurrió un plan en el que sacudiríamos a la beba sólo un poco para que cuando Juan viera que estaba enferma pediría ayuda y lo arrestarían por maltrato.

-Así que fingí una caída y simulé haberme torcido el tobillo. Fue a la tienda a comprarme una tobillera y unas compresas de hielo. Cuando se fue, "J" vino y sacudió a la beba. Pero él es realmente grande y supongo que la sacudió demasiado fuerte, le dije que se detuviera pero dijo que teníamos que hacerlo parecer real. Comencé a preocuparme y me fui a la ducha.

-Supongo que se fue después de que la sacudió. Unos minutos más tarde, Juan regresó y ¡perdió los estribos! Decía a gritos que la beba estaba azul y que no estaba respirando. Corrió a la ducha y automáticamente me culpó. Luego, me dio un puñetazo aquí. –Señaló el moretón que nos había mostrado antes.

-Pobrecita.-Peters era verdaderamente cariñosa y, ahora, estaba abrazando a Juanita. -¿Y qué pasó después?

-Me caí después de que me golpeó pero luego me levanté, salí de la ducha y le dije que llamara al 911. Me cambié muy rápidamente y para cuando llegó la ambulancia...ya conocen el resto.

-Juanita,-Peters la miró directo a los ojos por unos segundos antes de continuar-ahora tienes que ser honesta conmigo. –ella hizo un gesto de aprobación con la cabeza.-¿Cuándo fue la última vez que realmente viste o sostuviste a tu bebé antes de hoy?

Apartó la mirada como si intentara contar el tiempo. –Más de tres semanas. Como dije antes, Juan se volvió escalofriantemente posesivo con ella. Él jamás me dejaba verla o sostenerla. La vez que lo intenté fue cuando me golpeó.

-OK, querida, te creo. Voy a salir un rato y me aseguraré de que la sala de emergencias esté bajo control. Haré que una enfermera te traiga algo de comida y jugo. ¿Te gustaría?

Se reanimó al mencionar la comida.

~~~~

Nos reunimos afuera. Higgs fue el primero en hablar. -¿Está pensando lo mismo que yo, Doc?

-Sí, Juan tiene graves problemas. Necesitará una evaluación psicológica, pero podría salir impune de todo.

-Eso es lo que estoy pensando. Ya lo he visto antes pero siempre ha sido la mujer la que se apega al hijo. Nunca vi que suceda con un muchacho. ¿Inversión de roles o algo así?

Sabía que si no preguntaba ahora, las cosas iban a suceder rápidamente y no tendría oportunidad así que interrumpí y pregunté a ambos qué era lo que estaba sucediendo. Pensé que podría meterme en problemas pero en lugar de eso, ellos estaban felices de ponerme al tanto.

-Comenzaré- dijo Higgs.- Verás, Juan se enamoró de Juanita. Pero nadie es tan estúpido para no darse cuenta de que no hay forma alguna de que un niño nazca en *término,* saludable y normal, a los seis meses de conocer a alguien. Eso explica sus estúpidas excusas acerca de que la beba crecía rápidamente. Pero en el fondo, está enojado porque la niña no es de él así que, en su cabeza, culpa a Juanita por serle infiel. Está enojado con la niña porque sabe que no es suya. El problema es que no puede asumir por completo el hecho de que no sea su hija.

Peters continuó:- Con el tiempo, se apegó cada vez más a la niña. Pero, luego, la ira reemplaza el vínculo y él comienza a maltratar a la niña; de ahí las quemaduras de cigarrillo y los huesos rotos. No quiere matar a la niña pero cuando se enfurece, se desquita tanto con la niña como con Juanita. A medida que las palizas se hacían más intensas, él no quería que Juanita viera a la beba, o ella tal vez lo denunciaría; por lo tanto, él le prohibió que interactuara con la niña.

Comencé a entender lo que Higgs y Peters habían comprendido hace unos minutos. –Este debería ser un caso sencillo. Enviar a Juan a la cárcel, ¿no es cierto?

Mi comentario fue recibido con risa, seguido de una fuerte palmada en la espalda de parte de Higgs. –Son tan inocentes en esta etapa, ¿no es así?-le dijo a Peters.

-Desafortunadamente no, Raj. - ¡Eh! ¡Recordó mi nombre! – Habrá varios abogados involucrados. Probablemente, Juan será declarado demente; claramente tiene problemas psicológicos y de ira. Claro que la policía necesitará su versión de la historia. Habrá una larga investigación y es probable que lo absuelvan por demencia u algún tipo de estupidez psicológica. A Juanita, definitivamente, le darán una condena por ser cómplice de algo, aparte de homicidio culposo, pero dado el hecho de que no participó y que es una menor de 17 años, podría obtener algún tipo de indulgencia.

Higgs sintetizó:- En pocas palabras, es un gran lío. Todo esto va a costar mucho dinero antes de ser resuelto. Sólo espero que "J" reciba su merecido porque no creo que podamos localizarlo sin más información.

-Seguro.-agregó Peters. –La gente como Juan es la que me preocupa. Espero que nunca encuentre uno de esas novelas de asesinos seriales; él es del tipo que intentaría recrear el Infierno de Dante pero en la Tierra cuando sea más grande.

-¿Y qué hay de la beba?-pregunté.

Peters respondió:- Creo que es mejor que no encontremos un nombre para ella. Apostaría a que saldrá con vida de la cirugía pero, probablemente, no sobrevivirá más de un par de semanas dado el alcance de sus heridas.

Higgs y Peters se separaron. Higgs fue a hablar con su compañero y Peters a ver lo que se había perdido en la sala de emergencias mientras estaba tratando con este fiasco.

Higgs y su compañero decidieron que llevarían tanto a Juan como a Juanita a la estación para hacerles más preguntas y otros procedimientos. De inmediato, Peters estuvo ocupada con otro caso de urgencia, un infarto agudo de miocardio, según mi impresión.

Otra vez, me quedé parado solo y confundido. No tenía a quién reportarle ni con quién verificar la historia y mi turno había terminado hacía más de una hora. Sin nada más que hacer, comencé a caminar a casa. No fue exactamente lo que esperaba experimentar en mi primer día en medicina clínica. Pero como se confirmaría más tarde en el año, este caso estaba muy lejos de ser el más interesante o trágico al que me expondría.

Capítulo Dos:
Dos entran, uno se va

-LO PEOR NO fue que viste a tu mamá en la ducha o que le tomaste una foto, sino que eres lo suficientemente estúpido como para contárnoslo.

-Me haces sonar como un pervertido; no fue así en lo absoluto. Oye, las cámaras digitales acababan de salir y todos mis amigos pensaban que mi mamá era sexy.-explicó Adam.

-Te refieres a una MQMC.

-No sabía lo que MQMC significaba cuando tenía 14. Mi mayor factor estresante fue el SAT[1]...algo que a ti dudo que te haya estresado o, de lo contrario, no te habrías encaprichado con ir a Brown.

-Sí, sí, no todos nosotros pudimos ir a *Harvard* como tú. Pero, igualmente, terminamos en la misma escuela de medicina.

---

1 **SAT Reasoning Test**, antes conocido como **Scholastic Aptitude Test** o **Scholastic Assessment Test**, una prueba estandarizada frecuentemente usada para seleccionar el ingreso a la educación superior en los Estados Unidos

-De todas maneras…sólo tomé la foto porque mis amigos se la pasaban diciendo que mi madre era súper sexy. Además, me retaron a hacerlo y, no sólo eso, también me ofrecieron cien dólares. No te olvides que eso era como tropecientos dólares en ese entonces.

Otro estudiante de medicina se unió a la conversación, éste era evidentemente un tipo deportista con buen físico. Era lo que uno de mis ex residentes apodaba un "ortomorfo"; un estudiante de medicina con el cuerpo delgado y atlético de alguien que probablemente fuera a entrar a cirugía ortopédica. Un ortomorfo era el deportista tonto de la escuela de medicina. —Está bien, siempre y cuando *tú no* pienses que tu mamá era sexy. Si entiendes a lo que me refiero. – me guiñó el ojo.

-¡Sí!- dijo otro estudiante con voz de pito. Ahora, todos estaban envueltos en la conversación; con cuatro muchachos y dos chicas, sólo yo estaba parado en un rincón observando. Obviamente, era el marginado. Aunque debo admitir que estaba ligeramente entretenido; esto no es lo que imaginaba que estarían discutiendo los futuros médicos 10 minutos antes de comenzar las rotaciones de visitas matutinas.

-¿No era tu madre instructora de Yoga o algo así?

-Sí, pero la mayor parte del tiempo ella manejaba unos estudios que eran de su propiedad. Eso la mantenía ocupada porque mi padre siempre trabajaba muchas horas y estaba bastante ocupado con las guardias de cirugía de urgencias cuando yo era más joven.

El atleta habló de nuevo:- Amigo, si era instructora de Yoga, apuesto a que era una MQMC. Oye, ¿todavía tienes esa foto? ¿Tal vez en tu teléfono o en algún otro lado?

En ese preciso instante, las dos chicas boquearon y gritaron:- ¡ASQUEROSO! ¿Cómo puedes preguntar eso?

-En realidad, no es gran cosa…la otra razón por la que mis amigos querían que tomara una foto fue porque mi mamá estuvo en *Playboy* dos años antes de que yo naciera y querían comparar sus fotos de antes y después de mi nacimiento.

Los otros tres muchachos chocaron los cinco unos con otros; estoy seguro de que Adam lo habría hecho también. Claro que sí. Hasta el día de hoy todavía no sé el por qué, pero supongo que es por eso que nunca encajo en la escuela de medicina. No provengo del mundo de las madres Playboy y de las escuelas privadas, lo cual era común para una porción significativa de nuestra clase. Particularmente, en esta rotación en medicina interna, me encontré a mí mismo rodeado de estudiantes de un linaje de familias exitosas de altos ingresos e instituciones educativas de excelencia.

-Lo que quisiera saber es cómo tu papá se enamoró de una chica Playboy.

Las chicas trataron de actuar con repugnancia pero se notaba que estaban tan intrigadas como el resto con la pregunta. Tenían los brazos cruzados intentando parecer desinteresadas pero, a la vez , estaban inclinadas hacia el círculo y esperando con ansias la respuesta de Adam.

-Mi padre estaba en la escena hollywoodense. Se convirtió en una clase de celebridad después de que CNN le hizo un par de entrevistas, describiendo algunas técnicas quirúrgicas nuevas en las que él había innovado. A partir de esa entrevista, él se convirtió en el cirujano de moda para la gente VIP de por aquí. Conoció a mi mamá en alguna fiesta meses después de que se publicó el número con ella en página desplegable.

-¿Cómo es que tienes una mamá MQMC y un papá célebre y , así y todo, te ves como " ¿Dónde está Waldo?" – contribuyó Jocko, el ortomorfo, a la conversación y luego, juguetonamente, le dio un golpecito en el hombro a Adam. Todos estaban muy divertidos como si esta fuera una conversación perfectamente normal.

Ya había oído lo suficiente y me dirigí, en línea recta, hacia la puerta en un intento por salir de la pequeña sala de conferencias. Justo cuando puse la mano en la perilla, Jocko gritó en mi dirección. –Oye, Rajeen, ¿por qué nunca te sientas con nosotros antes de las rotaciones? –Nunca nadie dice mi nombre bien; creo que es a propósito, pero no estoy seguro.

Maldición, casi lograba escaparme pero ahora me habían arrastrado a la cumbre matutina de tonterías pretenciosas y sin sentido.

Los líderes de la cumbre son Jocko , el ex jugador de lacrosse de Princeton cuyo nombre nunca memoricé, Adam el hijo de la mujer Playboy y su otro colega de Harvard, Chris. Los tres provienen de familias sumamente exitosas y arraigadas a círculos sociales, frecuentados por fuentes cautivadoras tales como el ilustre *Enquirer*.

Y luego está Donovan de Yale; es el tímido que nunca encaja pero siempre se lo incluye porque su patrimonio neto es una suma tan alta que ni siquiera puedo comprenderla. Imagine que cuando vuelve a su casa de visita viaja en un jet privado, su *propio* jet privado.

El grupo lo completan Crystal y Paige quienes son mejores amigas de Columbia y ambas lograron entrar a la misma y la mejor escuela de medicina casi de manera inmediata después de completar la solicitud. Quién sabe cómo lo habrán logrado. Pero, claramente, no fue por el hecho de que sus padres y padrastros son médicos exitosos con una gran influencia en la comunidad médica. Ni tampoco las direcciones de Bel Air, los eventos para recaudar fondos y las inmensas donaciones hechas al campus tienen nada que ver con sus cartas de aceptación. Estoy seguro de que fue una completa meritocracia.

No me malentienda, los seis que están aquí son individuos brillantes, siempre dentro del 1% de los primeros, de cualquier cosa que hagan a pesar de factores externos. Pero están tan alejados de la realidad que es gracioso. Provienen de un mundo de niñeras, au pairs, choferes, mansiones cercadas, escuelas privadas, privilegio, poder y, bueno, creo que ya entiende la idea.

Afortunadamente, no toda la escuela de medicina está llena de criaturas como estas. Diría que sólo el 50% de nuestra clase de 150 personas es de su clase; el resto, de hecho, trabajó duro para llegar aquí. Desafortunadamente, resulta ser que estoy en una rotación de siete estudiantes en la cual soy el único paria.

Finalmente respondí: -No hay ninguna razón para hacerlo ya que, en mi cultura, discutir la desnudez de la madre de uno es considerada una falta de respeto. –Mi condescendencia se perdió en ellos.

-No quieres sentarte con nosotros porque te crees mucho más listo que nosotros.

Y empezó…en el primer día de rotación.

Odio las conversaciones como ésta; desafortunadamente, ocurren demasiado a menudo. En la escuela de medicina no hay muchas peleas físicas, en su mayor parte debido a la tolerancia cero y la suspensión instantánea que tendrían todos los involucrados. Por lo tanto, todos son juzgados por su performance académica, lo cual sirve para estratificar a la clase entera. Y en esta montaña de alumnos sobresalientes, donde los egos son más delicados que un huevo Fabergé, los logros y destrezas académicas se convierten en algo integral y, esencialmente, en la visión del mundo entero para un estudiante de medicina, mucho más que otras cualidades frívolas como la amabilidad, el humor, la empatía y las otras habilidades interpersonales que el resto del mundo percibe como importantes.

Los estudiantes médicos no quieren otra cosa que pasar cada examen con excelentes notas, hacérselo saber a todos, impresionar a sus superiores, publicar un par de artículos científicos, obtener fantásticas cartas de recomendación y, luego, continuar con una prestigiosa residencia en la que el ciclo se repite para obtener una especialidad de primerísima categoría, después de la cual, el ciclo se vuelve a repetir *una vez más,* para obtener uno de un puñado de trabajos codiciados en ubicaciones deseadas. Los que no encajamos en ese paradigma son, a menudo, el blanco de burlas de la mayoría de los estudiantes de medicina.

-Nada que ver,- intento responder pero antes de que pueda terminar, la puerta se abre de golpe y una docena de residentes entra a raudales.

Instantáneamente, la cumbre termina y los seis aduladores están parados firmes y totalmente atentos, listos para complacer a sus equipos y hacer un buen trabajo en esta rotación médica interna de hospitalizados críticos. Esta es una de las rotaciones principales en la que es crucial obtener una excelente carta de recomendación, sin importar qué campo un estudiante finalmente decida seguir.

Y así, comienza el primer día de una audición de seis semanas, el objetivo del cual es obtener la mejor carta de recomendación posible.

Seguramente habrá mentiras, engaños y robos involucrados. La única advertencia es que no se debe ser atrapado, de lo contrario, uno se puede olvidar de la carta y, probablemente, obtenga una suspención. Y yo estoy atrapado con seis de los más astutos aduladores de nuestra clase. Nada los detendrá para demostrar que son los mejores; esta rotación va a apestar.

Estaba en lo correcto con respecto a lo de apestar, sólo estaba equivocado acerca del por qué.

De repente la sala comenzó a oler a caca y no por las flatulencias o la disfunción del intestino de alguien sino por toda la adulación de los lameculos que ya había comenzado. Inmediatamente, los seis tenían sus narices tan metidas en el trasero del jefe de residentes que bien podrían haber hecho una biopsia de cualquier pólipo que encontrasen.

En lugar de unirme, ocupé un asiento que ahora estaba vacante y dediqué mi completa atención a devorar mi bagel. Bien podía ser mi única ingesta calórica hasta la cena si me quedo atrapado en la guardia esta noche.

-Atención, todos- anuncia el jefe de residentes, instantáneamente exigiendo atención y silencio absoluto de los aproximadamente 20 cuerpos que estaban en la estrecha sala.

-Quisiera darles la bienvenida a nuestros nuevos estudiantes de medicina de tercer año a su rotación interna de pacientes hospitalizados. Estas serán seis semanas muy rigurosas y me gustaría establecer algunas reglas básicas. Primero, hay cuatro equipos y siete estudiantes. Un equipo tendrá sólo un estudiante, ese es el equipo rojo. Los estudiantes estarán en guardias nocturnas con sus respectivos equipos y se deben involucrar por completo en todas las actividades de cuidado de los pacientes. Yo, personalmente, me reuniré con todos los estudiantes todas las mañanas de 7 a 8 a.m. para clases; por lo tanto, todas las pre-rotaciones de cuidado de pacientes deberán ser hechas antes de entonces…

Estoy seguro de que continuó hablando y hablando pero perdí interés después del aviso de clases de las 7 a.m. Un rápido cálculo mental me enseñó todo lo que necesitaba saber, concretamente, que debía estar a las 5.30 a.m. para ver a mis pacientes antes de ser recompensado con una clase, la cual estaría seguida inmediatamente por más trabajo. ¿Factible? Claro. ¿Gran oportunidad de aprendizaje? Sí. ¿Divertido? No.

-Y, finalmente, Rajen será asignado al equipo azul.-me sobresalté al oír mi nombre pero, en ese instante, me di cuenta de que todos estaban yéndose de la sala. Maldición, empecé con el pie izquierdo. Afortunadamente, vi que le estaban entregando unas cartas azules a Adam así que supuse que estaba en su equipo y me uní al grupo de cinco en el pasillo.

-Hola, Raj, ¿no es así? Soy Duke, el residente senior; ella es Kelly la residente de segundo año y ellos son Amy y Jason, los internos del equipo. Supongo que ya conoces a Adam, tu compañero de la escuela de medicina. Creo que tenemos un par de estudiantes de farmacia pero se unirán a nosotros más tarde y sólo esporádicamente.

-¿Un placer conocerlos a todos?- no estaba seguro si estaba preguntando o afirmando. Es intimidante cuando todo el equipo lo está evaluando a uno en el primer día de una rotación crítica.

-Oye, ¿no eres la persona de la que todo el mundo habla que destrozó a la junta examinadora este año? –Amy me pregunta en el acto. Claramente, ella es la estudiante destacada del grupo y, a juzgar por sus zapatos de tacón Fendi y su bolso Versace, también proviene de una vida de privilegio y estatus. Espero que trabaje con Adam.

Veo a Adam fruncir el ceño. Aunque es un genio y está acostumbrado a ser el muchacho más listo de por aquí, sabe perfectamente que poseo el título de ser el virtuoso de nuestra clase en lo que respecta a exámenes. Hice todo lo posible para ocultar este título pero los rumores en la escuela de medicina son como pulgas en una perrera, están por todos lados, son irritantes e imparables.

Siempre había un atípico en la mayoría de nuestros exámenes, un simple individuo conocido por arruinar la mayor parte de nuestras curvas de calificaciones y quien, según consta, obtuvo uno de los más altos puntajes en los exámenes de admisión en la historia de la escuela. Mientras muchas personas se daban el crédito por haber obtenido las calificaciones altas, sólo yo conocía la verdadera respuesta pero no tenía deseos de atribuirme el mérito. Finalmente, se corrió el rumor de que yo era ese individuo. Hasta el día de hoy lo niego con vehemencia, pero la mayoría está seguro de que eso es verdad.

-Los rumores son rumores- respondo y lo dejo ahí.

Amy me guiña el ojo en ese estilo de sabelotodo que tienen las muchachas, indicando que este no sería el final del tema.

-Entonces, Raj, esperemos poder hacer buen uso de tu capacidad intelectual para brindar una excelente atención a nuestros pacientes. Estarás trabajando, principalmente, con Jason. – instruyó Duke.

Eché un vistazo a Jason; estaba vestido con ropa quirúrgica, mala señal. Asintió con la cabeza, sabiendo que a mí no me iba a gustar lo que vendría.

-Por lo tanto, estarás de guardia toda la noche de hoy. Espero que hayas traído una bata quirúrgica para cambiarte.

Maldición, sabía que esto sucedería. Eso significaba que Adam estaría de guardia también y todo el mundo sabe que al sufrimiento le gusta compañía. Su compañía conduciría a mi sufrimiento.

Duke nos hizo acercarnos para una reunión de grupo y continuó:-Nuestra médica tratante es la Dra. Miley. Es brillante y lo que es aún más importante es que es práctica e increíblemente rápida. Su objetivo es salir de aquí lo más rápido posible. Sin embargo, la mejor parte es que su esposo es el Dr. Manis, el CEO del hospital. Por lo tanto, todo lo que queramos, lo obtendremos y rápido, así que nuestras vidas deberían ser bastante buenas en lo que respecta a minimizar el papeleo.

Justo en ese momento se escuchó el infame sonido de un pager. Instantáneamente, los seis revisamos los beepers que teníamos en la cintura. Como pistoleros en un duelo, Duke es el primero en sacar el suyo de la pequeña funda plástica y, rápidamente, lee el mensaje y anuncia:- Es la sala de emergencias. Parece que recibimos nuestro primer impacto (la forma de un residente de describir la admisión de un paciente o, básicamente, decir que tenemos trabajo por hacer). Jason, ¿quieres hacerte cargo de esto con Raj?

Jason asiente con la cabeza y me da una palmadita en la espalda, indicando que debería seguirlo. Fantástico, sólo unos minutos en el primer día de la rotación y ya me he enemistado con mis compañeros de clase, me dijeron que estaba de guardia y recibí al primer paciente. Podría ser peor. Al menos, no tenía una piedra en el riñón.

Cuando estamos a medio camino del gigantesco pasillo, Jason extiende su mano:-Hola Raj, soy Jason Bates, un placer conocerte. –Estrechamos las manos y él continúa:-No te preocupes por Amy, ella te va a acosar constantemente por tus puntajes; no soporta cuando a alguien le va mejor que a ella y no descansa hasta saber tus números. Fuimos a Hopkins juntos; era vaga y continúa esa tendencia aquí. En serio, ella hará cualquier cosa para no trabajar. Kelly es genial, casada y tiene un niño pequeño. Duke es un muchacho agradable, muy decente y ético pero no es la herramienta más afilada del galpón.

No estoy seguro de cómo responder así que sólo asiento con la cabeza. El hospital está lleno de chismes. Jason no parece estar interesado en ellos, sino en darme un rápido informe del grupo.

-Sé que eres un muchacho brillante así que hazme saber en qué puedo ayudarte para hacer de esto una experiencia educacional para ti, ¿ok?

Ya me agradaba Jason; parecía brillante y profesional pero no convencional, aunque mi habilidad para leer a la gente es parecida a mis conocimientos de mandarín. Concretamente, inexistente.

Entramos a la sala de emergencias y Jason sale corriendo hacia el teléfono: -Raj, te veré en el mostrador de control; me olvidé de preguntar el nombre del paciente al que se supone que debemos evaluar.

Estoy bien familiarizado con el plano de la sala de emergencias y antes de llegar a la estación de enfermería, me encuentro casualmente con la Dra. Peters.

-Rajen, ¿nunca te vas a casa?

-Lo mismo podría decirse de usted Dra. Peters.

-Supongo que estás aquí por la admisión; ¿No le envié recién un mensaje por pager a Duke por el paciente?

-Sí, señora.

-Bueno, en este preciso momento debo ir a radiología. Una niña pequeña se introdujo un frijol en el oído hace un par de días y ahora ha empezado a brotar. El radiólogo dijo que en la tomografía se ve un tallo saliendo; quiero ir a verlo personalmente. Pero tu paciente es un hombre saludable de 45 años sin historia clínica que ha ingresado con 72 horas de dolor en el costado derecho, fiebre y hematuria. Nos vemos en un rato. -Y después de decir eso, sale corriendo.

La sala de emergencias está muy ajetreada. Veo a Jason entrar por el otro lado. -Duane Little, cama 8.

-Déjame adivinar, un hombre de 45 años con fiebre y dolor en el riñón.

-Diablos, había oído que eras bueno pero nadie me dijo que eras psíquico.

-Ojalá. Me encontré con Peters de camino aquí y ella me dio toda la información.

-Fantástico, te diré algo. Te dejaré a cargo del show y seré sólo tu sombra. Intentaré no interrumpir a menos que sea necesario y si te bloqueas, sólo haz un gesto con la cabeza en dirección hacia mí y me haré cargo. ¿Está bien?

-Suena bien.

Voy a la cama 8 y encuentro a Duane caminando por el pequeño espacio, con su mano apoyada sobre la parte inferior derecha de la espalda, casi llorando. Es el típico tipo que se encontraría en un catálogo de una tienda por departamentos, de alrededor de un metro ochenta, unos 77 kilos, en buena forma, vestido con pantalones kakis, una camiseta polo y bien afeitado. En otras palabras, no pertenece a una sala de emergencias.

-Hola, Duane.

-Ay, gracias a Dios, Doc, estoy feliz de que haya llegado tan rápido. –intenta sentarse en la camilla pero el dolor se lo impide y lo obliga a pararse y volver a caminar.

-Mi nombre es Rajen y él es el Dr. Bates.

-Encantado.-se encoge de dolor a la vez que extiende la mano para estrecharla con nosotros.

Claro que estoy acostumbrado a ver gente sufriendo pero nunca antes había visto un paciente que sea respetuoso o agradecido. En general, son irritantes e insolentes así que esto fue inesperado.

Tras evaluar la situación, Jason anuncia:-Raj, voy a buscar un kit endovenoso y morfina para que Duane se relaje de inmediato. Continúa y consigue una historia hasta que yo regrese.

Duane y yo asentimos con la cabeza.

Como si Duane supiera exactamente lo que necesito, comienza a hablar mientras cojea por el cuarto, agarrándose el lado derecho.

–Nuevamente, gracias por su tiempo. En general, veo a un doctor una o dos veces al año para un examen físico y todo ha salido bien hasta el momento. No tengo una historia clínica para informarle, ni medicamentos, sólo bebo alcohol de vez en cuando, tampoco drogas ni tabaco. La familia también es saludable, sólo un abuelo que murió de un paro cardíaco. Estoy casado y tengo una hija de siete años. En este momento, está en la escuela pero mi esposa salió del trabajo y llegará aquí pronto. Yo mismo conduje hasta aquí.

Se queja de dolor y luego va hasta el lavabo donde hace arcadas vacías. Sorprendente, en 15 segundos me dijo lo que la mayoría de los pacientes requiere tras 15 minutos de persuasión e interrogatorio y sólo para dar detalles que son, en su mayoría, incorrectos.

El dolor severo remite en otros 15 segundos y decido continuar con nuestra entrevista:- El Dr. Bates estará aquí pronto y podremos quitarle ese dolor. Mientras tanto, ¿está bien si obtengo algunos signos vitales y le hago algunas preguntas?

Asiente. Lo ayudo a sentarse y conversamos mientras reúno mis datos.

-Dígame lo que ha estado sucediendo.

-Básicamente, Doctor, hace alrededor de 3 días noté este dolor en el costado derecho, supongo que es donde está el riñón. Al principio, lo toleré con ibuprofeno pero ha empeorado cada vez más. Ayer comencé a tener una fiebre de unos 38 ° C pero pensé que lo podía soportar, pese a que mi esposa me decía que fuera al hospital. Esta mañana, justo antes de irme al trabajo, el dolor aumentó y noté que mi orina se parecía al jugo V-8. Así que aquí estoy.

-¿Algún traumatismo, viaje reciente, contacto con gente enferma, drogas o medicamentos?

-No, nada de eso. Lo que sí hice fue comer mariscos hace un par de noches. ¿Cree que esto podría ser una intoxicación alimenticia?

-No, eso no lo explica. ¿A qué se dedica?

-Soy programador de software y entrenador de fútbol. Mi esposa es profesora de preparatoria. Mi hija todavía no trabaja al estar en segundo grado.

Ambos sonreímos a pesar de su sufrimiento.

-Duane, su presión sanguínea está un poco elevada. Eso probablemente sea por su dolor pero también tiene 39.8 °C de fiebre. Creo que tiene una infección.

Jason regresa rápidamente y, de inmediato, empieza a colocar una intravenosa en el brazo de Duane. Lo logra tras el primer intento. Duane era un paciente modelo a pesar del episodio de cólicos. Jason inyecta rápidamente una ampolla de morfina entera a través de la intravenosa.

-¿Cómo se siente ahora?

-Nada diferente, Doctor,…guau…ok, me ha puesto algo fuerte, ¿no es así?

Duane arrastra las palabras y sus ojos se tornan vidriosos mientras el reflejo de Bell le pone los ojos en blanco. De inmediato, se duerme y apenas respira.

Rápidamente le coloco una máscara de oxígeno y lo subo a 12L/min. La saturación de su oxígeno y otros signos vitales se normalizan casi de inmediato.

Una vez satisfecho con nuestro trabajo, Jason dice:-Bueno, sabemos que no usa drogas, dado que sólo le di 10 mg, una dosis de morfina muy moderada para un hombre de su tamaño. Y mira, ya quedó tirado en la lona. Raj, ¿descubriste algo? ¿Cuál es tu diagnóstico?

Recapitulo lo que Duane me dijo. –Básicamente, creo que tiene una piedra en el riñón que está atascada en algún lugar del uréter y que ha estado causando obstrucciones intermitentes e hidronefrosis. Ahora, se ha infectado.

-¿Es su respuesta final, Dr. Raj? ¿Cálculos renales con urosepsis secundaria?

-Lo es.

-Ding, ding. Amigos, creo que tenemos un ganador aquí.

-Te refieres a que ¿eso es todo?

-Bueno, la parte divertida terminó. Ahora, tenemos que hacer todo el papeleo, hacerle la admisión y hacerle cultivos de sangre y orina junto con algunos exámenes básicos de laboratorio. Deberíamos hacerle una TC para confirmar nuestro diagnóstico. Creo que deberíamos admitirlo por un par de días hasta que sepamos qué microbio está causando esto y que podamos tener la fiebre bajo control. Después, podrá regresar a casa a su feliz vida.

-Entonces, ¿crees que estará bien?

-Sí, claro, esto es para lo que las salas de emergencias y los hospitales fueron creados, para diagnosticar y tratar enfermedades agudas; no refugios para los sin techo, residencias para enfermos terminales y dispensario de drogas en los que se han convertido.

-Bien. Es un tipo súper agradable, su esposa está en camino y su hija…

-Espera, ¿acabas de decir que es un " tipo súper agradable'?

-Sí, ¿por qué?

-Nada. Sólo una tonta superstición que presagia algo malo para él. Siempre recuerda este dicho en medicina: cosas malas le suceden a hombres agradables. *Especialmente* en un hospital.

-¿No has notado que la mayoría de los pacientes son irritantes y algunos unos completos idiotas? ¿Y que siempre son los idiotas los que vencen las probabilidades y sobreviven un ataque cardíaco fatal o de alguna manera viven diez años con cáncer metastásico? Son los tipos agradables los que, finalmente, terminan en hospitales. Es probable que sea por esa razón que no vemos a muchos de ellos; son lo suficientemente listos para mantenerse alejados de nosotros.

En medicina, la broma es que el diagnóstico está inversamente relacionado a lo agradable. Cuanto más agradable sea el paciente, peor es su enfermedad y su resultado. De verdad, espero que este no sea el caso en la situación de Duane. De hecho, espero con ansias conocer a su familia y decirles que él estará como nuevo en un par de días.

Dios, qué equivocado estaba.

~~~~

El resto del día no fue tan interesante como la mañana pero, al menos, no hubo más discusiones con respecto a MQMC o a puntajes. Estábamos de regreso en la sala de espera, terminando con el papeleo del día. Habíamos recibido otros tres pacientes después de Duane; una firme pero manejable cantidad de trabajo.

Adam y Amy parecían llevarse fabulosamente, a juzgar por sus risas constantes y su forma de comportarse como si fueran mejores amigos- sin mencionar su mutua afición para evitar cualquier tipo de trabajo.

Era un placer trabajar con Jason; era diligente, atento, solícito y nunca se negaba a más trabajo. Justo en ese momento, mientras pensaba acerca de más trabajo, Amy se acercó a Jason con ojos de cachorrita. Era seguro que le pediría un favor, lo cual probablemente implicaría más trabajo para nosotros.

Se quedó parada al lado de Jason. Él fue el primero en romper el silencio:-¿Puedo ayudarte en algo, Amy?

-Bueno, ya que lo preguntas…acabo de recibir una admisión en la sala de emergencias y me preguntaba si a ti no te importaría hacerte cargo, dado que ustedes ya han terminado con su trabajo y nosotros todavía estamos trabajando en nuestro último paciente.

-No estoy seguro de por qué eso lo convierte en mi responsabilidad.

¡Así se hace, Jason! Tal vez su reputación de ser una "nube negra", alguien que siempre tiene mala suerte y más trabajo que cualquier otro del grupo, era incorrecta.

Nop, estaba equivocado.

-Sí, técnicamente tienes razón, pero ¿recuerdas la vez que te inscribí en una conferencia y no fuiste?

-Claro, tenía un hombro dislocado y me lo iban a reacomodar.

-El hecho es que no estabas allí y yo te había inscrito, así que esto haría que estuviésemos a mano. –Hasta revoloteó las pestañas para enfatizar el punto. –Y, en verdad, necesito tenerlo resuelto para mañana temprano. Tengo una cita con un capitalista de riesgo que me va a llevar a Urasawa y no quiero tener bolsas debajo de los ojos.

¡Noooooo! Podía notar que Jason estaba titubeando y, además, lo estaba haciendo muy bien. Sabía que iba a ceder ante la agresión de Amy para deshacerse de su trabajo.

-Bien, ¿qué tienes?

Ella dio un aullido de alegría y le entregó una ficha y salió rápidamente de la sala escoltada por Adam antes de que Jason tuviese la posibilidad de incumplir su ofrecimiento.

-Así que es así cómo obtuviste tu nube negra, ¿eh? ¿Por hacer el trabajo de otros? –le pregunté a Jason.

-¿Alguna vez oíste del mantra de los cirujanos de la vieja escuela?

-Nop.

-¿Cuál es el problema con estar de guardia día por medio?

-No lo sé.

-Te pierdes la mitad de los casos.

-Nadie piensa de esa manera en estos días.

-Estoy de acuerdo. Pero hay algo de verdad en el dicho; cuanto más trabajemos, veamos y hagamos ahora, mejor seremos en el futuro, que es lo que cuenta. Por lo tanto, si hay más trabajo para nosotros hoy, creo que es una inversión a futuro y una oportunidad para aprender. Además, en este momento, tenemos inmunidad operacional, estamos cubiertos por más de US$10 millones por mala praxis y todos los que pasan por la puerta firman un descargo en el cual ellos están *voluntariamente* entrando a un hospital escuela. A menos que cometamos una "negligencia atroz", no seremos despedidos o perderemos nuestra licencia. En el mundo real, con sólo hacer un mal chiste, te pueden hacer una queja formal contra tu licencia médica personal. Dos de esas infracciones y podrías perder tus privilegios hospitalarios si estás en un buen lugar o un hospital de primera.

Tenía razón. –Eres el jefe.-Pague ahora, gane dividendos después.

-Veamos lo que nos echó encima. –Leyó la ficha que ella le había dado. –Parece que es una mujer de 96 años con el estado mental alterado en la cama 9 de la sala de emergencias.

Nos miramos el uno al otro:-GOMER.

La tristemente célebre sigla que en inglés significa "Sal De Mi Sala De Emergencias" es utilizada para describir a aquellos pacientes de los que los médicos de esa sala quieren deshacerse tan rápido como sea posible; como suele ocurrir con indigentes, psicóticos, nonagenarios o con insuficiencia hepática.

-Raj, ¿por qué no empiezas a hablar con – entrecerró los ojos para leer el nombre de la paciente-Matilda Margaret Maude mientras yo voy a chequear a Duane? Me quiero asegurar de que esté bien y me reuniré contigo en la sala de emergencias, con suerte podremos irnos a dormir antes de medianoche.

-Suena fantástico-mentí. Cenar habría sonado fantástico, no entrevistar a una paciente que, de seguro, olía a orina y tenía demencia avanzada.

Mientras me dirigía a la sala de emergencias, recordé un interesante dato curioso que había leído recientemente. Un poco más del 40 % de los gastos anuales de seguro médico es utilizado durante los últimos seis meses de vida de las personas. Lo que es aún peor, la calidad de estos últimos días es usualmente terrible, dado que ese tiempo se pasa, principalmente, dentro de hospitales, combatiendo una que otra infección. Justo cuando comenzaba a fantasear con respecto a qué otros usos se le podrían dar a estos 180 mil millones de dólares, entré a la sala de emergencias.

En el fondo, tenía la esperanza de que el lugar estuviese atiborrado para que Amy y Adam estuviesen despiertos toda la noche. Para mi desilusión, era un pueblo fantasma con unos cuatro pacientes y nadie en la sala de espera. Tal vez esperaba la calma antes de la tormenta.

Antes de entrar a la habitación para conocer a la Sra. Matilda Margaret Maude, tuve que mirar dos veces porque no podía creer lo que veía. La Sra. Maude era, esencialmente, una delgada piel de papel de arroz que envolvía un esqueleto cubierto de manchas del hígado y sin dentaduras postizas, lo cual hacía que la boca se le viese como un sumidero negro con los labios hacia adentro. Yacía en posición supina en la cama, pero era tan cifótica que la curvatura que tenía en la espalda impedía que la cabeza tocara las dos almohadas debajo de ella. Tenía los dedos tan delgados y frágiles que yo tenía miedo de que se convirtieran en polvo si le estrechaba la mano.

-Sra. Maude-No hubo respuesta. Intenté otra vez más fuerte. Nada.-SEÑORA MAUDE- grité. Abrió los ojos y murmuró:-¿Abigail?- Inmediatamente retornó a su estado somnoliento, con la boca abierta bien grande y con la baba que le chorreaba por el sumidero, es decir, la boca.

Intenté frotarle el esternón suavemente pero no parecía notarlo. Intenté de nuevo más fuerte y sentí un ruido suave. Retrocedí con el temor de haberle, posiblemente, fracturado una de las costillas. Por suerte, tampoco parece haberlo notado. Un hallazgo incidental en una radiografía, que haremos más tarde, nos lo dirá.

Comenzó a relamerse los labios y, una vez más, preguntó por Abigail.

Nadie se había preocupado por chequearle la presión sanguínea, probablemente por miedo a que al colocarle e insuflarle un manguito en el brazo le destruyera el húmero. Con razón la sala de emergencias la quería fuera de aquí. Yo ni siquiera sabía cómo le colocaría un catéter endovenoso; estaba tan cubierta por manchas de la edad, del hígado y por piel superflua que no podía verle las venas de los brazos.

Claramente, ella no sería de mucha ayuda para darme una historia. Por lo tanto, lo mejor que podía hacer era investigar sus viejas historias clínicas, conocidas como fichas.

Por supuesto que no encontré nada; aparentemente ella nunca antes había estado aquí. Hasta el momento todo lo que sabía era su nombre, que estaba respirando y que podría tener una costilla rota.

-¿Quién está a cargo aquí?

Levanté la vista y vi, desde la estación de trabajo, un hombre de cuarenta y pico, bien vestido, gritando en dirección general hacia mí desde la habitación de la Sra. Maude.

-Eh, hola. Soy Rajen, ¿Quién sería usted?

-¿Es usted su doctor? Quiero saber por qué nadie está cuidando a mi abuela.

-Soy el estudiante de medicina del equipo que va a admitir a la Sra. Maude.

Me interrumpió y me regañó: ¿ESTUDIANTE DE MEDICINA? ¿Qué tontería es esa? Cuando llamé dije que quería que la viese el Jefe de Medicina. Ella está gravemente enferma. Esto es una tontería. ¡Voy a reportar esto a la Junta Directiva!

Justo lo que necesitaba, un miembro de la familia encolerizado que ni siquiera tenía idea de por qué estaba molesto.

-¿Y usted es?

No hubo respuesta. Así que continué:- Este es un hospital escuela y el doctor de admisión está en camino. Tenía que ir a revisar a otro paciente. ¿Puedo hacerle algunas preguntas para que podamos cuidar a su abuela de la mejor manera?

-Maldición. ¿Aquí es donde los dólares de la asistencia médica van a parar por estos días, para tener estudiantes de medicina que vean a los pacientes mientras que los verdaderos doctores se van a jugar al golf?

-Le aseguro que los doctores no están jugando al golf a esta hora. – siendo las 10.20 pm y demás.

-No apruebo su tono insolente, SEÑOR.

-¿Mi tono? Usted era el que estaba diciendo blasfemias y levantando la voz.

-Bien, responderé sus preguntas pero sea rápido, tengo que irme a casa.

-Fantástico, gracias. ¿Y usted es?

-Richard, su nieto. La mayor parte de la familia llegará más tarde esta noche. Todos vivimos aquí cerca.

Otra vez me ignoró para responder su teléfono móvil, justo al lado del cartel de "PROHIBIDO USAR TELÉFONO MÓVIL EN LA SALA DE EMERGENCIAS". –Sí, espere junto a la entrada de la sala de emergencias, al lado de las ambulancias; yo estaré allí tan pronto pueda hablar con un verdadero doctor.

Supongo que estaba hablando con su chofer pero no tenía forma de saberlo y no quería darle el gusto.

-¿Qué es lo que trae a su abuela a la sala de emergencias hoy?

-Usted es el *doctor*, ¿no tendría usted que decírmelo a mí?

-Mire, Richard, puede ser un sabelotodo o puede ayudarme. No soy un oráculo que sabe toda la historia clínica de ella. Si usted puede brindarme toda esa información, además de todas las medicinas que toma, dosis y alergias, sería un gran comienzo.

-Bernard es el que sabe todo eso, no yo. Debería estar por llegar, envié al otro chofer a buscarlo de inmediato. Dijeron que no había suficiente espacio en la ambulancia para llevarlo a él ya que había dos paramédicos en la parte trasera con ella.

-¿Quién es Bernard?

-Es el cuidador y mayordomo que vive en su casa. La abuela vive sola aquí al lado y él la cuida. También tiene una enfermera durante el día; ella vendrá mañana; estoy seguro de que ellos podrán responder todas sus preguntas.

-¿Ustedes son unidos?

-Mire, no sé lo que está tratando de insinuar pero nosotros amamos a nuestra abuela. Tiene otro nieto y una nieta. Si no vienen esta noche, vendrán mañana antes de ir al trabajo. Su esposo murió hace unos diez años y ella no quiso vivir en un hogar de ancianos así que le compré la mansión de al lado para estar cerca en caso de que algo sucediese.

En ese momento, otras dos personas bien vestidas entraron furiosas a la sala de emergencias y fueron directo, como una flecha, hacia la Sra. Maude.

-Abuela, ¿estás bien? No te están haciendo daño, ¿no es cierto? –preguntó la mujer mientras lanzaba una mirada acusadora en dirección hacia mí antes de volver a ocuparse de la Sra. Maude. -¿Abigail?

Tuve que tomar el control o, de lo contrario, esta familia me volvería loco. -¿Y quiénes son ustedes? La sala de emergencias está cerrada para las visitas, sólo un miembro de la familia permite el…

-¿DISCULPE? Otro ataque como ese de parte suya y llamaré a la Junta Directiva y haré que lo despidan.-anunció de una manera lo suficientemente fuerte como para que todos los que estaban alrededor la oyeran. A nadie le importó. El personal de la sala de emergencias está acostumbrado a personas bajo coacción que intentan demostrar su poder y su postura. No tiene sentido y no cambia nada. De hecho, cuanto más poder una persona intenta mostrar abiertamente, en realidad, demuestra el poco poder que tiene.

Suspiré, ya que era lo único que podía hacer en este punto. Parece que la gente siempre se siente con más derecho cuando está en el hospital. He notado que los que, en general, dicen ser amigos de personas importantes son los más impotentes, sin ningún poder o influencia real.

En ese instante, llegó Jason, permitiéndome escapar de la familia infernal. Lo intercepté antes de que se acercara demasiado y lo puse al tanto de toda la situación en la estación de trabajo.

Afortunadamente, mientras estábamos conversando, los nietos estaban intentando despertar el cuerpo comatoso de su abuela.

-Diablos, esta es la clásica situación en la que una familia que claramente no sabe nada de la única abuela que le queda, de repente, se siente culpable de que esté en el hospital. Querrán que hagamos todo por ella sin darnos ninguna información útil, lo único que harán es provocarnos acidez. ¡Hazme acordar de que se lo agradezca a Amy! –suspiró Jason, claramente habiendo visto este escenario antes. –Raj, observa cómo manejo la situación y toma nota.

Entró a la pequeña habitación e, instantáneamente, captó la atención de todos.:-Hola a todos, soy el Dr. Bates. Estoy a cargo aquí.

-Al fin, un verdadero doctor. – Richard presentó a sus hermanos y exigió que le dieran las últimas noticias con respecto a su abuela.

-Bueno, al parecer ella llegó a la sala de emergencias debido a un estado mental alterado. Esto es algo que tomamos muy seriamente y comenzaremos a hacerle, de inmediato, los correspondientes exámenes de sangre y tomografías computadas. Tendré más información para darles en la mañana cuando comencemos a tener algunos resultados.

La nieta habló, intentando parecer lista y erudita:- ¿No correrá el riesgo de contraer cáncer por la radiación? –Con esa pregunta reprobó; su ignorancia era obvia.

La quería abofetear hasta dejarla tonta. Tendría suerte si su abuela lograse pasar la semana de la forma tan caquéctica que parecía estar. Diablos, una TC tiene la misma cantidad de radiación que un vuelo transatlántico.

Tras ignorar su pregunta, Jason se volvió hacia mí y dijo:- Dr. Raj, ¿sería tan amable de ir a radiología y notificarles, personalmente, que necesitamos una tomografía computarizada de inmediato para la Sra. Maude? Dígales que ella es una VIP y que será mejor que la hagan sentir cómoda y que sea rápido. Además, pida el protocolo especial de "baja radiación". Su guiño fue casi imperceptible.

Tras agarrar la indirecta, fui corriendo al departamento de radiología donde me miraron como si fuese un cierto estudiante de medicina confundido y me dijeron que estaban en camino. Más tarde, me enteré que sólo debía desaparecer, no hacer lo que en realidad me dijo.

Cuando volví a la sala de emergencias cinco minutos más tarde, encontré a Jason dándole buen uso a su conocimiento médico y entrenamiento: navegando la web.

-Después de que te fuiste pude lamerle las botas a la familia. Decidieron que ella estaba bien cuidada y se fueron a casa. En especial, les gustó la parte VIP.- me guiñó el ojo pero de una manera obvia esta vez. –Todos son abogados exitosos en un bufete que su abuelo comenzó hace muchos años. No tienen idea de lo que está sucediendo con su abuela. Afortunadamente, su mayordomo estará aquí pronto y nos pondrá al tanto de todo.

-¿Qué hacemos mientras tanto?

-Lo que hacemos con todos los GOMERs…le haremos un escaneo panorámico.

En pacientes que no tienen una buena historia clínica, el examen físico no puede ser enfocado apropiadamente (estos son los mismos pacientes que no saben, en primer lugar, por qué están en la sala de emergencias), además de tener un beneficio limitado o ninguno. Así que en lugar de perder mucho tiempo en un examen que posiblemente sea inservible, se realiza una tomografía computarizada de pies a cabeza para detectar cualquier anormalidad. El examen físico puede llevar unos 45 minutos ininterrumpidos mientras que la tomografía computarizada puede ser realizada en menos de 8 minutos con escáneres modernos. En principio, suena fantástico; el único problema es el costo. Un escaneo panorámico pedido por la sala de emergencias comienza en unos 15 mil dólares y asciende, rápidamente, si se necesitan agentes de contraste especiales o si se requiere una resonancia magnética.

Pedimos el escaneo panorámico y esperamos a Bernard.

~~~~

Bernard era un tipo con clase, la personificación de la clásica ayuda contratada. Llegó vestido con un uniforme de mayordomo británico, más fino que muchos de los esmóquines que había visto. Y lo que es aún más importante, tenía el expediente completo de los últimos 35 años, por haber estado trabajando durante ese tiempo con la familia. Me hacía acordar a Alfred, el mayordomo de Batman.

Le agradecimos a Bernard y le permitimos sentirse cómodo en la habitación de la Sra. Maude mientras nosotros comenzábamos a revisar el historial. Aparentemente, él y Josefine, la enfermera personal de Maude, iban a turnarse para que alguien estuviese al lado de su cama todo el tiempo.

-Oye, ¿no crees que se parece a Alfred?-preguntó Jason tan pronto estuvimos fuera del alcance de ser oídos. Supongo que no fui el único en pensar en el encapotado.

-¡Eso es lo que iba a decir! Es muy organizado también. Mira todos estos meticulosos registros.

Comenzamos a familiarizarnos con Matilda Margaret Maude. Los registros estaban tan bien organizados que su revisión era trabajo de un solo hombre, por lo tanto, Jason decidió que su tiempo sería mejor invertido en hablar con Bernard para obtener su perspectiva de lo que estaba pasando. Más información médica llegaría pronto una vez que Josefine trajese registros médicos aún más completos de la historia clínica de Maude. Aunque ambos registros eran muy completos, más tarde noté que faltaban algunos detalles menores en ellos, pero nada crucial. Juntos estaban increíblemente completos.

Era bastante sorprendente que llegase a los 96 años de edad. Había fumado desde los 17 hasta hace un par de años, dejando sólo por el hecho de que su demencia había avanzado hasta el punto de que se había olvidado de cómo funcionaba un encendedor. Tomaba medicina por la demencia y por su alta presión arterial. Había sobrevivido al cáncer de mama, la fiebre tifoidea, la malaria, 2 infartos de miocardio y estaba tomando unas cuatro drogas para la depresión y la ansiedad. Además, tenía una historia fuerte de alcoholismo.

Matilda solía ser habitué de la alta sociedad, siempre rodeada de gente hasta hace 5 años cuando comenzó a retirarse de casi todo. El deterioro de los últimos años había sido dramático; dejándola esencialmente sin palabras e incontinente. Era visitada por sus nietos aproximadamente una vez al mes y lo hacían de mala gana. Aparentemente, el viaje desde la casa de al lado es bastante difícil.

-¿Por qué crees que Bernard y Josefine la protegen tanto? –le pregunté a Jason cuando regresó.

-Al parecer, su esposo era un tipo íntegro, excelente abogado con una reputación de tratar a todos con sumo respeto. La combinación lo hizo muy prominente en la comunidad. Estoy seguro de que el hecho de que fuese súper rico ayudó también. De todas maneras, Josefine y Bernard lo amaban como a un hijo y en su testamento, pidió que ellos honraran su memoria cuidando de

Matilda. Así que la razón por la que ellos actúan de esa manera podría ser por deferencia a él. Me pregunto si la herencia será para ellos dos o para los avariciosos nietos.

-¿Cómo era Matilda antes de estar comatosa?

- Entre líneas, creo que era el prototipo de mujer florero y buscona. Proviene de una clase alta y nunca trabajó en su vida, sólo se veía bonita del brazo de su difunto esposo. Él estaba feliz con ese arreglo porque ella se entretenía sola, permitiéndole a él trabajar y construir su imperio. Además, ella era una experta en organizar las reuniones sociales apropiadas para una familia de su estatus.

-Apuesto a que su familia está aquí para demostrar a *sus* abogados que a ellos les importa. Supongo que si hay una disputa por la herencia en el futuro, sus nombres aparecerán en el registro del hospital como prueba de que estuvieron aquí cuando su abuela estaba enferma y eso los beneficiará.

-Raj, todavía hay esperanzas para ti. Confía en mí, ella será una verdadera molestia mientras esté aquí. –Nuevamente, el pager de Jason sonó, esta vez con una página de texto. –Bueno, el radiólogo informa que todos los escaneos son esencialmente normales; sólo encontró la esperada osteoporosis y atrofia cerebral, todo congruente con su edad.

-Recuérdame otra vez el por qué ella está aquí.

-Su nieto llamó a emergencias cuando la estaba visitando, asegurando de que ella no lo reconocía y que seguía quejándose en exceso de algo que nunca antes había oído. Pero es abogado así que utilizó la expresión de moda "estado mental alterado" y voilá, aquí está.

Después de terminar todos sus papeles de admisión, pregunté:- ¿Cómo hacemos que se vaya?

-Buena pregunta. Es bueno pensar acerca de un alta temprana. Supongo que tenemos dos opciones: número uno, la mantenemos aquí hasta que contraiga una desagradable infección intrahospitalaria y termine en la morgue; número dos, por medio de un frívolo examen, le damos un diagnóstico cualquiera, la tratamos, la curamos y hacemos que la familia esté de acuerdo en que ella regrese a casa con todo solucionado. Si es la última opción, estoy seguro de que el hospital le dará un sablazo para que haga una inmensa donación y le pondrán el nombre de ella a algún estúpido pasillo.

-Fantástico.

-Sí, dímelo a mí. Afortunadamente, Duane está al lado así que, al menos, no tendremos que caminar mucho para chequearlo.

Entramos a la habitación de Duane y lo encontramos durmiendo tranquilamente. Todo estaba estable. Su ritmo cardíaco había aumentado a 10 pulsaciones por minuto, pero sin pensar en eso por el momento, nos fuimos directo a la sala de descanso de médicos para poder cerrar los ojos.

~~~~

Nos dormimos rápidamente y las cuatro horas que logramos dormir distaban de ser suficiente. Me levanté de la cama y fui al vestuario para cepillarme los dientes y lavarme la cara. Lo bueno de estar de guardia es que se puede pasar de estar profundamente dormido a comenzar a trabajar en unos tres minutos; lo malo es que se usa la misma ropa que el día anterior y que hay que dormir en un colchón comunitario. En general, se renuncia al hecho de ducharse y desayunar, ya que los diez minutos extras que se tienen para dormir son demasiado valiosos para desperdiciarlos en tales actividades.

Lo primero que hice fue chequear a Duane. Todavía estaba durmiendo. Le di un empujoncito suave en el hombro para despertarlo.

-Eh, hola Doctor. —se sentó en la cama, frotándose los ojos. — Guau, no estaba bromeando cuando dijo que estaría temprano en la mañana. ¿Ya es de mañana?

La pre-rotación, el proceso de ver pacientes y reunir información antes de hacer realmente una ronda de visitas con el médico tratante comenzaba, frecuentemente, mucho antes de las 6 a.m. y aún más temprano para los servicios quirúrgicos cuando se debía estar en la sala de operaciones para las 7 a.m.

Pregunté, yendo directamente al grano: -¿Cómo pasó la noche? ¿Cómo se siente?

-Dormí como un bebé.- enderezó la espalda y estiró los músculos como si se estuviese preguntando a sí mismo cómo se sentía. Satisfecho con los resultados, asintió con la cabeza en señal de aprobación. —Creo que estoy mucho mejor, el dolor se redujo como un 80 % y no siento náuseas como antes. ¿Cree que la infección se haya ido?

-Bueno, está tomando un amplio espectro de antibióticos así que es muy probable que maten a casi todo lo que esté causando la infección. Haremos una terapia a medida cuando tengamos los resultados de los cultivos y sepamos exactamente contra qué luchamos.

-Gracias, Doctor. Mi esposa y mi hija llegarán más tarde en la mañana. ¿Cree que pueda conocerlas? Quiero presentarles al doctor que salvó mi vida.

Su amabilidad me halagaba. —Todavía no está fuera de peligro pero será un placer informarles sobre su estado actual. Tal vez, los cultivos estén para entonces y, si tenemos suerte, sabremos con exactitud qué es lo que está causando todo esto.

Estreché su mano y fui a la habitación de al lado para chequear a la Sra. Maude.

Parecía más frágil que nunca, se le veían casi todos los huesos debajo de su delgada piel de papel de seda. Nadie se había atrevido a colocarle una vía intravenosa, por lo tanto, radiología intervencionista colocó una vía subclavicular bajo la guía fluoroscópica en algún momento en el medio de la noche. Fue a través de eso que recibió sus líquidos y le extrajeron sangre para examinarla. Se la veía tan decrépita que me sorprendía que la vía intravenosa proporcionara sangre y no polvo.

Estaba a punto de despertar a la Sra. Maude cuando noté algo de movimiento en mi visión periférica. Una figura pequeña, escondida entre las sombras, se puso de pie y se dirigió en dirección hacia mí, tomando un expediente de la mesa contigua en su camino. –Hola, es usted el estudiante de medicina que está cuidando a Matilda?

-Sí, usted debe ser Josefine. Bernard mencionó que ambos se turnarían para estar con la Sra. Maude.

-Sí, soy yo. Traje un resumen de la historia clínica de Matilda para que la revise. Sus nietos no están muy informados de todo por lo que tuvo que pasar Matilda. Y con su demencia, usted no puede confiar en lo que sale de su boca.

Josefine no demuestra ni una década de los sesenta y tantos años que tiene. En general, se la veía extremadamente bien, en buena forma y parecía eficiente. Aunque había pasado los últimos treinta años trabajando como enfermera para una sola familia, era más competente que casi cualquier otra enfermera de este piso. De eso se trata la práctica privada; se obtiene lo que se paga.

Eché un vistazo a los antecedentes médicos. Eran parecidos a los de Bernard, pero más completos.

La Sra. Maude tenía una larga historia clínica; más de sesenta años de fumar en exceso, la mitad de eso acompañado por alcohol, depresión, ansiedad, reemplazo de rodilla y cadera bilateral, fusión espinal, cáncer de mama completo con mastectomías bilaterales y reconstrucciones, media docena de cirugías estéticas, malaria y numerosos episodios de neumonía. Se le habían colocado cinco bypass en el corazón y tres de ellos habían recibido stents secundarios por cortesía de sus dos infartos de miocardio. Ah y me olvidaba mencionar los dos derrames cerebrales a los que había sobrevivido y se había recuperado por completo. Según dicen todos, la Sra. Maude debería haber muerto varias veces en las últimas dos décadas.

-¿Cómo se ve la Sra. Maude hoy para usted?- pregunté.

-Bueno, parece un poco débil. En general, se puede sentar en una silla. Le gusta jugar con sus mascotas, pero no se acuerda de sus nombres. Mirar televisión y acariciar a su perro y a su gato son sus actividades principales. Bernard y yo la llevamos por el jardín, al menos, dos veces al día. Le encantan las rosas cuando están en flor.

-¿Habla cuando está en casa?

-No, apenas dice algunas palabras y casi nada de lo que dice tiene coherencia. Le he estado dando de comer los últimos cuatro años y le he estado cambiando los pañales por alrededor de tres años. –Con asentimiento, Josefine agregó:- Tristemente, algunos consideran que su estado actual es muchísimo mejor de lo que solía ser. –Tan pronto como terminó de decir esas palabras, Josefine se quedó rígida y luego se dio vuelta, claramente lamentando haber divulgado tanta información. –Discúlpeme, eso fue muy grosero de mi parte. Su esposo la amaba y eso es lo que importa.

Supuse que había obtenido toda la información que Josefine me daría por ahora. Necesitaba construir una buena relación antes de saber más sobre la Sra. Maude.

Un rápido examen físico, que consistió en que yo mirara los monitores para estar seguro de que estuviesen haciendo bip de manera rítmica, confirmó que ella estaba viva. Los días en los que se hacía un verdadero examen físico quedaron muy atrás. Actualmente, se trata de interpretar números y de dejar que las lecturas automatizadas le digan a uno lo que sucede. Y Maude tenía números en la pantalla y no eran ceros, lo cual confirmó mi interpretación inicial; todavía estaba viva.

Me encontré con Jason en la sala. Me preguntó:- Oye, Raj, ¿Cómo están nuestros pacientes?

-Bueno, Maude está viva y Duane dice que se siente un 80 % mejor.

-Bien.

-Me encontré con la enfermera de Maude que vive con ella, parece bastante competente, dice que el nivel de energía de Maude está debajo de la línea base pero, aparte de eso, está más demente e incontinente que nunca.

-Mientras los estabas chequeando, hice algunas llamadas e hice un par de averiguaciones. Tengo algunas noticias interesantes para ti; tenemos los diagnósticos de ambos.

-Grandioso, ¿qué microbio tiene Duane?

-Bueno, hablé con su esposa esta mañana. Parece que tienen una vida sexual saludable y recientemente ella tuvo una infección del tracto urinario por *E. coli* sensible a la penicilina. Una rápida llamada al laboratorio confirmó que probablemente Duane tenga la misma bacteria, la cual siempre regresa por sexo o drogas.

-Apuesta a que su esposa es sexy.

-No voy a discrepar contigo en ese punto.

-Entonces, ¿lo tratamos por un par de días más con Zosyn por vía intravenosa y lo mandamos a casa con algo por vía oral?

-Sí. La Sra. Maude es un poco más interesante. Su última hospitalización se debió a neumonía por SARM. Estuvo en la UCI por casi tres semanas, seguidas por un par de semanas más en el piso, antes de ser enviada a casa hace apenas dos semanas. Pero cuando revisé sus exámenes de laboratorio esta semana, su troponina estaba elevada. Está teniendo un ataque cardíaco silencioso.

-Maldición. Nunca lo habría adivinado. ¿Cómo se te ocurrió obtener esos exámenes de laboratorio?

-Después de que fuimos a nuestros cuartos de descanso, recordé que, en su franja etaria, los infartos de miocardio silenciosos son comunes. Revisé la TC en mi cabeza y todos esos stents que ella tenía, me hacían ruido. Así que pensé qué diablos y llamé al laboratorio para agregar una troponina a los exámenes que ya habíamos pedido. La mejor parte es que en las rotaciones, quiero que digas que tú lo hiciste. Te verás como una súper estrella.

-No puedo hacer eso, fuiste tú.

-Amigo, me importa un bledo lo que la gente piense de mí aquí. Esto es sólo una pasantía, luego me iré a la residencia de dermatología y a la vida fácil. Tú todavía necesitas tus cartas de recomendación y esto te ayudará a asegurarte una buena de parte de Miley.

-Gracias, amigo, te debo una. ¿No deberíamos llevarla para que la vean en cardiología?

-Ya estoy en eso. Los llamé hace cinco minutos. Se la van a llevar para hacerle un cateterismo cardíaco en una hora aproximadamente. Oí que en algunos países europeos ni siquiera permiten un cateterismo cardíaco a personas enfermas mayores de 65 y si tienes más de 75, ya no tienes suerte, no importa quién seas. Pero aquí están más que felices de gastar otros 100 mil para agregar un par de días más a la vida de Maude, para que pueda irse a casa y para que haga lo que sea que a ella le guste hacer.

-Acariciar a su perro.

-Fantástico, gastaremos un cuarto de millón en esta hospitalización para que ella pueda ir a acariciar a su perro. Apuesto a que ni siquiera recuerda el nombre de la maldita mascota. Se tiene que amar la asistencia médica en los Estados Unidos. Vayamos a comer algo antes de las rotaciones.

~~~~

Nos encontramos con el equipo para las rotaciones pero Adam, Amy y Kelly no estaban por ningún lado. Jason y yo intercambiamos miradas de curiosidad cuando Duke apareció por la esquina y se aproximó rápidamente.

-Jason, le di el día libre al resto del equipo. Sólo tuvieron una sola admisión durante la noche así que pensé que tú y Raj podrían hacerse cargo de eso.

Ambos estábamos diciendo groserías dentro de nuestras cabezas pero, por fuera, acogíamos con agrado la oportunidad de tener más trabajo, sin recompensa, mientras Duke nos ponía al tanto de la situación de nuestro paciente más reciente.

Las rotaciones pasaron volando.

-Buen trabajo, Raj. La mayoría de los residentes ni siquiera habrían pensado que la Sra. Maude estaba sufriendo un ataque cardíaco. Sigue así y me aseguraré de que pases con honores esta rotación.

Antes de que pueda agradecerle, la Dra. Miley se fue a hacer lo que sea que hagan los médicos tratantes. Supongo que a navegar por internet.

-Bueno, muchachos, parece que tienen todo bajo control. Estaré por aquí si me necesitan. –dijo Duke.

Esas palabras, en código, significaban que Duke se iba y que todo el trabajo del equipo estaba sobre nuestros hombros. En medicina, nunca es apropiado decir que uno se va así que, en lugar de eso, se hace un falso ofrecimiento diciendo que se está disponible cuando, en realidad, es probable que no se esté y que no se quiera ser llamado ni molestado. Es una cultura extraña.

-Adivina qué. Sólo somos nosotros dos, Raj. Hey…mira eso.

Nuestras cabezas giraron hacia el "tac tac tac" de los tacos aguja que golpeaban contra la baldosa del hospital. De esos tacones, salían hacia arriba unas preciosas piernas con una minifalda, que dejaba menos lugar a la imaginación que una bata de hospital, y un cuerpo que merecía aún menos ropa. Caminó directo a la habitación de Duane.

-Tenías razón, Raj. Es claramente sexy. Ahora, sabemos de dónde se agarró la *E. coli*. No lo culpo. ¿Nos presentamos?- Jason me guiñó el ojo mientras lo decía.

Seguí a Jason hasta la habitación donde la sensual Sra. estaba sentada al lado de la cama de Duane, acariciándole suavemente la cabeza.

-Hola, Duane, vinimos a ver cómo estaba. ¿Es ella su esposa?

-Hola, Doc. Soy su media naranja. ¿Cómo está mi esposo?- contestó ella.

-Encantado de conocerla. Soy el Dr. Bates y él es Raj, nuestro estudiante de medicina. Ha estado trabajando arduamente en el caso de su esposo. La buena noticia es que los cultivos de sangre dieron positivos para *E.coli*, probablemente proveniente de una infección en el tracto urinario, por la cual usted estuvo tratada el último mes según nuestra conversación telefónica. La otra buena noticia es que es sensible al antibiótico que ya le estamos suministrando a Duane, lo cual explica el por qué se siente mucho mejor.

-Esas son buenas noticias. ¿Cree que volverá a casa pronto?

-Creo que es una posibilidad razonable en uno o dos días. Le seguiremos dando antibióticos por vía intravenosa durante la noche y, luego, pasaremos a darle algo que pueda tomar por vía oral mañana. Si con eso va bien, será todo suyo.

-¡Maravilloso!-le dio un beso en la mejilla.

-Oiga, Doc, no quiero ser aguafiestas pero me duele un poco este brazo. ¿Puede revisarlo?

Fui rápidamente a revisar el brazo derecho de Duane y era de casi el doble de tamaño que el izquierdo y muy blando a la palpación. Inmediatamente, levanté la vista hacia Jason cuyo asentimiento, sin decir palabra, expresaba que estaba de acuerdo con el diagnóstico. Su silencio prolongado me dio el pie para dar mi opinión.

-Bueno, Duane, parece que su línea intravenosa se ha infiltrado; en lugar de pasar el fluido a su vena, básicamente ha estado goteando en los tejidos blandos de su brazo. Afortunadamente, no es un problema grave; lo que haremos es sacar esta línea y comenzar una nueva en el otro brazo. Se lo diré a la enfermera cuando salgamos y nos ocuparemos de esto de inmediato. La hinchazón del brazo debería bajar y normalizarse en un par de horas.

-Uff, gracias muchachos. Pensé que era otra infección.

-Desconectaré esta intravenosa por ahora. La enfermera está en la habitación de al lado y estará aquí tan pronto termine allí. Supongo que eso les proporciona a ustedes dos unos 15 minutos de tiempo a solas antes de la próxima interrupción.

Tanto Duane como su esposa sonreían de oreja a oreja con vergüenza. Tengo un poco de duda con respecto a si disfrutaron, a pleno, los siguientes 15 minutos. De hecho, creo que oí abrir un cierre aún antes de que yo cerrara la puerta al salir. Dudo de que haya sido el cierre de la cartera de ella.

-Raj, ¿Por qué no le dices a su enfermera que cambie su intravenosa y que le coloque una nueva en el otro brazo? Yo me haré cargo de sus órdenes y de sus estudios de laboratorio de la mañana. Tiene la misma enfermera que Maude; creo que la vi en la habitación de Maude, preparándola para transportarla al laboratorio de cateterismo.

-Claro.

De hecho, la enfermera estaba ayudando a los camilleros a mover a Maude a la camilla para ser transportada. Parecía bastante agotada y ansiosa…me refiero a la enfermera. Maude continuaba gimiendo y diciendo "Abigail" a cualquiera que estuviese escuchando. Tomé nota mentalmente para tratar de descubrir lo que quería decir.

Le transmití nuestras órdenes a la enfermera y ella las aceptó. Cuando iba saliendo, ella me gritó por detrás.

-Oiga, pensándolo bien, tengo mucho trabajo; ¿no puede usted colocarle la nueva línea intravenosa?- la enfermera tuvo la osadía de preguntármelo aún después de haber aceptado hacerse cargo, sin mencionar el hecho de que era su trabajo, por el cual ella cobraba más de 50 dólares la hora por hacerlo.

-Lo siento, estuve de guardia anoche y sólo colocamos líneas intravenosas en situaciones de emergencia. Estoy seguro de que puede hacerlo, pero si es incapaz de colocar una simple línea, por favor no dude en enviarme un mensaje por pager después de que haya fallado.- respondí con cierta sazón en mi voz.

No respondió en forma audible pero podría jurar que ella dijo algo inapropiado moviendo los labios. Las enfermeras siempre intentaban librarse de los procedimientos y los estudiantes de medicina eran los blancos principales en donde arrojar las tareas de baja categoría. Pero no estaba de humor para lidiar con este tipo de actitudes. Tal vez, habría sido diferente si ella me lo hubiese pedido de buenas maneras. Lo último que noté cuando salía de la habitación fue que ella tenía puesto un solo guante. Extraño.

Afortunadamente la mañana y la tarde pasaron sin problemas, aunque la enfermera se quejó con Jason con respecto a mi falta de entusiasmo para cuidar al paciente. Jason estuvo políticamente correcto al decirle que hablaría conmigo al respecto. Nuestra conversación consistió en burlarnos de su ropa quirúrgica con dibujitos y de lo agradecidos que estábamos de no haber tenido que recolectar muestras de orina y heces en todo el día.

Llevó sólo seis minutos firmar el registro de salida de las rotaciones, en las que el equipo que estaba de guardia presenta rápidamente sus pacientes al equipo que estará de guardia a la noche. Antes de que me diera cuenta, estábamos saliendo del hospital 35 horas después de que entramos, para volver en 12 horas.

~~~~

La mañana comenzó aún antes de que estacionara el coche. Recibí un mensaje por pager de la enfermera de Maude, preguntando si quería cambiarle su heparina, un potente anticoagulante. No le estábamos dando heparina cuando me fui del hospital; obviamente, algo había cambiado para peor durante la noche.

Fui rápidamente a buscar al residente al que le había dejado mis pacientes a cargo para que me diera un informe. Al parecer, la Sra. Maude había tenido una noche muy ajetreada. No le habían hecho la cateterización cardíaca durante el día, como había sido planificado, debido a dos casos de urgencia que postergaron su caso hasta más tarde. Para ese entonces, sus análisis de laboratorio fueron reconfirmados y sus niveles de troponina habían aumentado. Los cardiólogos concluyeron que ella estaba sufriendo un ataque cardíaco agudo. Mientras ella estaba siendo sometida a su procedimiento, encontraron que tres de sus bypasses se habían casi cerrado y requirieron stents. Increíblemente, pasó el procedimiento sin complicaciones.

A las cinco arterias cardíacas principales ya se les había hecho, quirúrgicamente, un bypass y ahora a los cinco bypasses se les había colocado stents y a uno de ellos dos veces. Ni siquiera sabía que se podía hacer tal cosa.

Más tarde me enteré que tampoco los cardiólogos pensaban que era posible, pero el riesgo de hacerla pasar por una cirugía a corazón abierto era demasiado grande, así que intentaron esquivarla con los stents. Si funcionaba el procedimiento, tal vez sería un caso notificable; eso parecía entusiasmar a los cardiólogos. Ya puedo imaginarme el título del artículo "Cuerpo viviente se somete a repetidos stents y sobrevive".

Eso explica el por qué recibí un mensaje en el pager acerca de su heparina. La necesitaba para impedir que el nuevo hardware de su corazón le provocara una trombosis aguda, en la cual un coágulo de sangre se forma y obstruye completamente las arterias que ahora están abiertas artificialmente.

Pasé por su habitación, los incesantes bips me informaban que todavía estaba viva. No se veía diferente a cómo estaba antes excepto que, ahora, una bolsa de arena estaba haciendo presión sobre la ingle derecha, el sitio de entrada del que le habían hecho los procedimientos con stents.

-Buenos días, doctor.-dijo Bernard.

Giré y lo vi con toda la parafernalia leyendo *BQ: Butler's Quarterly*. Definitivamente, se tomaba su trabajo con seriedad.

-Buenos días, Alf..eh, Bernard. ¿Cómo ha estado ella?

-De hecho, sorprendentemente. Unas pocas horas después del procedimiento, su energía regresó y pidió comer otra vez. Ustedes, muchachos, son realmente unos magos con lo que pueden hacer aquí.

-No puedo llevarme el crédito por eso. Me pone contento de que se esté recuperando tan rápidamente. –el único problema fue que yo no veía ninguna mejoría; de hecho, si no fuese por los monitores que me informaban que ella no estaba muerta, habría pensado que estaba lista para ser llevada a la morgue.

Cuando giré para irme, la oí murmurar algo que sonaba como "Abigail".

Le estaba por preguntar a Bernard sobre eso pero me distrajo el sonido de mi pager. Era de la estación de enfermería. En lugar de llamar, caminé hasta allí y pregunté quién me había enviado un mensaje.

Era una enfermera tan joven que me preguntaba si tenía edad suficiente para votar. Todavía tenía esa mirada de entusiasmo y comprensión que no se había erosionado y transformado en hastiado cinismo.

-Hola. –miró mi placa de identificación:-Rajen, soy Breanne, acabo de hacerme cargo de Duane. Es un buen hombre pero quería preguntarle algo, ¿está bien suministrarle algo más para el dolor?

-¿Más? Estaba sintiéndose mucho mejor ayer cuando me fui así que suspendimos sus medicamentos contra el dolor. ¿Pasó algo durante la noche?

Consultó su pequeño anotador:- La verdad que no. Cynthia cambió su línea intravenosa ayer a la tarde después de transferir a la Sra. Maude al laboratorio de cateterismo por segunda vez. Duane recibió todos sus antibióticos en los horarios previstos. Hasta hizo una pequeña caminata con su esposa e hija.

-Entonces, ¿le volvió el dolor en el riñón?

-Ah, no, me olvidé de comentarle. Expulsó el cálculo anoche; lo recogimos y lo enviamos al laboratorio para evaluarlo. Tiene dolor en el brazo.

-Sí, la línea intravenosa en el brazo derecho se infiltró ayer, es por eso que se la cambiamos al otro brazo. Pero el dolor debería haber desaparecido en unas horas. De hecho, había vuelto a la normalidad cuando lo revisé cuidadosamente antes de irme.

-Pero se queja por un dolor en el brazo izquierdo.

-Mierda. Ay…lo siento, no oyó eso. –Me dirigí a toda marcha hasta su habitación.

Duane estaba sentado en la cama. Eché un rápido vistazo a los monitores que mostraban que su frecuencia cardíaca era de casi 100. No era lo que esperaba de un hombre saludable, como él, camino a la recuperación. Su presión sanguínea estaba normal pero su temperatura era de 37.4 °C, un grado más alto de cuando me fui ayer. Su respiración también había aumentado de 12 a 15. No me gustaba lo que veía. Algo era incorrecto. Se estaba comportando como si su infección estuviese volviendo.

-Hola, Duane.

-Hola, doctor. ¿Cómo está?-

-Olvídese de mí, ¿Qué pasa con usted? Me han dicho que su brazo le está causando malestar, ¿es así?

-Sí, no es mucho, pero el dolor me despertó hace un par de horas y ha empeorado desde entonces, así que pensé que podía pedir algo de ese medicamento contra el dolor que usted me dio antes. Funcionó realmente bien la última vez.

-¿Siente algún dolor en la espalda u en algún otro lado?

-No, si no fuese por el tema del brazo, diría que volví a estar normal en un 90 %.

-Déjeme verle el brazo. ¿Dónde siente la molestia?

Se me había hecho un nudo en el estómago, me había puesto frío y se me había caído el alma a los pies, aún antes de que pudiera agarrar unos guantes para examinar el brazo de Duane. De inmediato, cuando levantó el brazo izquierdo, noté que estaba hinchado, rojo y probablemente caliente. Había un poco de eritema y una pequeña cantidad de secreción alrededor de la línea intravenosa donde penetró la piel, en el lado dorsal de la mano derecha.

Tenía el antebrazo hinchado en un 25 % y se extendía casi hasta el codo. Pero la señal más ominosa era que podía ver ramificaciones rojizas, que emanaban desde donde tenía la línea intravenosa y se extendían hasta casi la mitad del antebrazo, como si fueran patas largas de arañas, correspondientes a las venas superficiales.

Le aprieto el antebrazo con suavidad. Se encoge de dolor. Se le llenan los ojos de lágrimas y el brazo se retrae involuntariamente y todo a causa de una suave presión que podría ser considerada como un débil apretón de manos. Me muerdo la lengua para evitar decir algo que pudiera asustar a Duane. Fue todo lo que pude hacer para mantener mi compostura y transmitir confianza.

-Bien. Duane, me aseguraré de que le den medicamentos contra el dolor tan pronto como sea posible. También necesitaré cultivar esa secreción y sacarle la línea intravenosa. Tendremos que reemplazarla con otra, probablemente con un catéter central de inserción periférica. Será colocado al otro lado. Piense que es una súper línea intravenosa.

-Claro, doc. ¿Cree que me podré ir a casa pronto? ¿Se enteró que expulsé el cálculo anoche?

-Creo que deberíamos esperar hasta que la evaluación de laboratorio de su cálculo esté completa y que sepamos de dónde es esta secreción en su línea intravenosa.

-Bueno, ya sabe dónde encontrarme. –Aún así, logró sonreír. Estoy seguro de que no habría sonreído si supiera que estaba a 24 horas de morir en caso de que esto hubiese pasado desapercibido.

Había mucho por hacer en los 30 minutos que quedaban antes de comenzar las rotaciones. Llamé a Jason y le di un resumen de lo que había ocurrido. Me interrumpió y dijo que estaría aquí después de colgar el teléfono. Llamé a la farmacia para que empezaran a preparar, de inmediato, una solución de Vancomicina. Mientras tanto, tenía los suministros de cultivo preparados y notifiqué al equipo de procedimientos de nuestro pedido urgente para la colocación del catéter central de inserción periférica. Me ocupé de todo esto en, exactamente, 90 segundos.

Bacterias que comían carne no era algo para darse el lujo de hacerse el tonto.

Entramos a la habitación de Duane juntos, armados con suministros de cultivo y medicamentos contra el dolor. Parecía preocupado cuando nos vio que estábamos vestidos con batas, guantes y mascarillas.

-Duane, detrás de esta mascarilla está el Dr. Bates. Lamentamos entrar de esta manera pero tiene una infección grave en el brazo izquierdo que es contagiosa. Vamos a tomar los cultivos que el Dr. Raj mencionó y, luego, le daremos diferentes antibióticos que lo harán sentir mejor.- Jason conectó una jeringa al puerto endovenoso de Duane y, rápidamente, le inyectó el líquido claro. –Esto es un medicamento para el dolor.

El Toradol le dio a Duane un poco de alivio inmediato.

Nos pusimos a trabajar cultivando la secreción alrededor de la línea intravenosa; la cantidad de pus se había casi duplicado desde la última vez que estuve en su habitación hacía sólo unos minutos.

-Están empezando a preocuparme. ¿Todo está bien?

-Parece que se le ha hecho una infección por estafilococo en el brazo izquierdo. La mala noticia es que ha empezado a entrar en el torrente sanguíneo. Una vez que obtengamos estos cultivos, podremos realizar una terapia a medida para destruir al microbio y hacer que vuelva a casa con su familia.

Veinte minutos más tarde, la solución de Vancomicina estaba lista. Para ese entonces, la temperatura de Duane había llegado a 38 °C y el dolor del brazo había empeorado, lo cual requirió morfina para aliviar la molestia.

El equipo de cateterismo central de inserción periférica estaba ocupado y no pude insertar la línea por casi 2 horas; por lo tanto, decidimos administrar la Vancomicina a través de la vía intravenosa infectada. No podíamos esperar más tiempo. Fuimos agresivos y colocamos la infusión por 20 minutos en lugar de la usual hora.

Dejamos a Duane en un estado de confusión inducida por la morfina mientras salimos volando para las rotaciones, ambos preocupados por su resultado.

-Raj, ¿te das cuenta que probablemente tenga una maldita infección por SARM? Esto no es nada bueno.

-Oye, ¿recuerdas ayer cuando le pedí a la enfermera que cambiara su línea intravenosa? No pensé nada en ese momento pero cuando ella estaba trasladando a Maude, tenía puesto un solo guante y sin bata. Y sabemos que Maude está colonizada por SARM.

-DIABLOS. MALDICIÓN. Así fue como se contagió. Debería estar yéndose a casa hoy; en cambio, contrajo una de las peores infecciones nosocomiales y se introdujo directamente a su torrente sanguíneo, donde se ha estado reproduciendo como loco en las últimas 18 horas. Normalmente, la gente se pesca esto en los pulmones o a través de un absceso cutáneo, donde hay algunas barreras antes de llegar al sistema circulatorio. Esas barreras fueron circunvaladas en el caso de Duane. Si eres religioso, reza por él. – Jason se sentía visiblemente apenado.

-¿Tan malo es?

-Bueno, si responde a la Vanco en las próximas 12 horas, tal vez podamos esquivar la bala pero, amigo, una inoculación directa con SARM justo en el torrente sanguíneo puede matar a una persona saludable en menos de 36 horas. Es por eso que tomamos precauciones de una punta a la otra del hospital. Esa enfermera no debería haber estado nunca sin una bata o sin guantes en la habitación de Maude. Todos esos carteles que ves con varias medidas precautorias en las puertas de los pacientes son para prevenir este preciso escenario.

-Maldición.

-Vete a las rotaciones. Llegaré un poco tarde. Tengo que hacer que se tomen precauciones de aislamiento con él; afortunadamente, ya está en un cuarto de presión negativa. Llamaré al laboratorio para obtener los resultados de la tinción de Gram antes de ir a visitarlo.

La Dra. Miley estaba muy impresionada con la recuperación de Maude. Pero se puso a pontificar sobre cómo los avances médicos mantienen a la gente viva por más tiempo. Sin embargo, la calidad de vida es, en general, reducida y los costos son altísimos. Desde una perspectiva de negocios, la Dra. Miley dijo que era atroz mantener a la gente viva con "una calidad de vida extremadamente mala". Llegó a asegurar que, en ciertos casos, prolongar la vida hasta podría ser poco ético. El hecho de que tengamos conocimiento, tecnología y medios no significa que utilicemos todo esto en cada caso. Pero debemos mantener los deseos de los pacientes y la familia.

Hablando de familia, ninguno de los nietos de Maude se había molestado en aparecer desde la noche en la sala de emergencias. No obstante, a través de Josefine y Bernard, dejaron en claro que se debería hacer *todo* para que se mantuviera con vida a su abuela.

Justo cuando comenzábamos nuestra rotación para revisar a Duane, apareció Jason. Miley dijo que hicimos todo correctamente. Ella, personalmente, informaría al comité de enfermedades infecciosas sobre dicha infección porque había un vínculo que era evidente, implicando, claramente, que iban a rodar cabezas. No entró a ver a Duane para minimizar el riesgo de contaminar a otros, dada su activa infección.

Maude estaba en piloto automático y el cardiólogo dijo que ella se podía ir a casa en 2-3 días si todo iba bien. Dada su edad avanzada, él quería mantenerla en observación un poco más de lo normal.

Afortunadamente, Duane iba bien también. Esa misma noche, después de su segunda dosis de Vanco, Duane informó que su dolor había disminuido significativamente y que estaba empezando a sentirse mejor. Con suerte, mañana tendremos sus sensibilidades infecciosas y hasta podríamos pasar a darle los antibióticos por vía oral en un par de días.

Esa noche me fui a casa pensando que había hecho una diferencia en la vida de alguien y que mañana sería un buen día.

~~~~

El día de mañana llegó y comenzó como cualquier otro día en medicina. Tanto Duane como la Sra. Maude estaban evolucionando bien.

De hecho, los resultados de los cultivos de Duane llegaron justo antes de las rotaciones. El microbio causante era, en efecto, SARM. Afortunadamente, la cepa responsable por esta infección era sensible al Bactrim, un antibiótico muy común y, en general, bien tolerado, que estaba disponible tanto en presentación por vía intravenosa como por vía oral.

-Por lo tanto, dada la sensibilidad de la bacteria al Bactrim y la respuesta positiva de Duane al tratamiento de Vanco por vía intravenosa, creo que podemos darle Bactrim por esa vía por un día y, si responde favorablemente, enviarlo a casa en dos días con Bactrim por vía oral. –Eso concluyó mi presentación con respecto a Duane en las rotaciones de la mañana.

-Raj, ese es un excelente plan; hazlo realidad. Cámbiale la dosis de la mañana a Bactrim en lugar de Vanco hoy. ¿Cómo está Matilda?-preguntó la Dra. Miley.

-Status quo.-Jason y yo comentamos simultáneamente.

-Bueno, supongo que todavía estamos trabajando de niñeros hasta que cardiología le permita irse a casa, así que mantendremos todo igual y, con suerte, saldrá de nuestro servicio al término de la semana. OK, equipo, buen trabajo, terminen su trabajo y salgan de aquí. Estaremos de guardia mañana así que vayan a descansar esta noche.

Mientras Jason escribía las órdenes para la Sra. Maude, yo decidí ir a chequear a Duane.

-Buenas noticias, Duane. Tenemos los resultados de los cultivos y parece que las bacterias que causan su infección son sensibles a un antibiótico muy común que usamos todo el tiempo. Le vamos a cambiar a esa nueva medicación vía intravenosa por un día. Si evoluciona bien, le daremos la versión en píldora por otro día y si la tolera bien, se irá a casa en aproximadamente un par de semanas con el Bactrim por boca.

-Oiga, gracias, Doc, no se ofenda, pero sería feliz si no lo viese nunca más.

-Eso es lo mismo que me dicen las chicas. Supongo que debería ir al gimnasio más a menudo. – dije impávido.

-No, no, no quise decir eso…

Mi sonrisa me delató.

-Estuvo bien. Por un instante, me lo creí. ¿No tiene novia? Pensé que los Docs tenían muchachas persiguiéndolos como si no hubiera un mañana.

-Ay, mi amigo, habla de la vieja escuela. Las chicas de hoy saben que el título de "interno", "residente" o "pasante" es sinónimo de pobreza y privación de sueño. No pierden el tiempo con nosotros, humildes aprendices. Las chicas sólo desean a médicos completamente certificados por la junta o "médicos tratantes". Ahí es dónde está el dinero y las chicas lo saben…desafortunadamente.

-¿De verdad?

-Sí. No es broma. Antes se solía ir a un bar y una vez que se corría la voz de que uno era doctor, las chicas nos buscaban. Hoy en día, esa estrategia es un fiasco; las chicas no sólo preguntan si uno terminó su entrenamiento sino en qué área uno se especializa.

-¿Por qué les importaría eso? Un doc es un doc, ¿no es cierto?

-¿Está bromeando? Las chicas no quieren salir con un doctor general o de cuidado primario en estos días; ellas quieren un especialista; ahí es dónde todavía está el dinero. Mi amigo es un neurocirujano soltero hecho y derecho y no tiene problemas en conseguir una chica ahora. PERO, en la escuela de medicina era una historia completamente diferente. Tenía que suplicar para tener una cita. Sin embargo, ahora que gana más de 800 mil dólares al año, es muy deseado a pesar de sus 9 kilos demás y algunas entradas.

-Guau, y siempre pensé que los docs y los atletas eran los que conseguían muchachas, en ese orden.

-Tal vez los atletas, usted es entrenador de fútbol y tiene una esposa preciosa.

-Ve, eso es lo gracioso. La conocí en la universidad en Cornell y la frase seductora que usé fue que estaba estudiando para entrar a la escuela de medicina. Pensó que yo era listo y que sería doctor algún día. Después de no ser aceptado en ningún lado, obtuve mi master en diseño de software pero ya me la había ganado para ese entonces.

Le di una palmadita en la espalda mientras me preparaba para irme. –Bien, me alegra que esa frase haya funcionado para usted, yo no he tenido esa suerte.

-Es usted un tipo agradable. Estoy seguro de que encontrará a alguien fantástico y si no, se puede apegar al hecho de salvar vidas. Parece ser bastante bueno en eso.

-Gracias, Duane. Me tengo que ir. Me aseguraré que reciba su medicación ahora y regresaré más tarde para chequearlo.

-Gracias, Doc. Una vez que llegue a casa, correré la voz de que conozco a un grandioso soltero disponible que salva vidas en su tiempo libre.

Estoy seguro de que Duane nunca sospechó que en una semana me estaría pidiendo que le quitara la vida, no que se la salvara.

~~~~

Entré a la escuela de medicina pensando que, al convertirme en médico, mi objetivo sería salvar vidas y terminar con el sufrimiento. Lo que no sabía era que esas dos cosas no iban necesariamente de la mano. Duane estaba por enseñarme que, a veces, son mutuamente exclusivas. Y esa distinción es precisamente el por qué mi vida se complicó por completo desde esa misma mañana.

Antes de ir a la habitación de Duane, me encontré casualmente con el interno adjunto de esa noche. Estaba haciendo un gesto de negación con la cabeza a medida que se aproximaba.

-Amigo, a tu paciente no le va muy bien. Afortunadamente, todavía está vivo y la buena noticia es que salió de tu servicio.

-¿Salió de nuestro servicio? Estábamos pensando en darle el alta para irse a casa mañana.

-Cancelen ese plan. Desarrolló NET temprano esta mañana y progresó rápidamente. Al principio, sólo decía que le picaban los ojos mucho pero eso empeoró, así que hice una consulta oftalmológica de urgencia. Dijeron que tenía abrasiones severas en ambas córneas. Pero se pone peor. En el momento que el doctor de ojos estaba yéndose de la habitación, tu paciente escupió sangre por todos lados y asustó al doctor. Supongo que no están muy acostumbrados a ver mucha sangre. De todos modos, dio código azul. Hizo algo muy inteligente ya que "eso fue lo que le salvó la vida".

Yo estaba en shock intentando asimilar todo. Ayer Duane se estaba riendo y hablando de buscarme una cita.

-Así que para cuando el equipo de código azul llegó, él estaba con un ataque severo, su piel estaba tan excoriada y pustulosa que parecía tener tres grados en todo el cuerpo. El ataque fue tan violento que se cayó de la cama al piso, con pedazos de piel desprendiéndosele. Cuando se cayó de la cama, su catéter central de inserción periférica se enganchó con algo y se salió, así que perdimos el acceso intravenoso. Estaba sufriendo un ataque, escupiendo sangre y vomitando simultáneamente mientras que su piel volaba con cada nueva ola de ataques. Debido a que no teníamos acceso intravenoso, tuvimos que darle un sedante intramuscular fuerte. Pero ese tipo de cosas no actúa de inmediato y se estaba, literalmente, atragantando con su vómito. Así que tuvimos que hacerle una intubación de urgencia, lo cual fue imposible durante su ataque de epilepsia por lo que le hicimos una traqueotomía de emergencia. Una vez que las cosas finalmente se calmaron, le hicimos una transfusión de seis unidades de sangre. Pero debido a todas las áreas en las que faltaba piel, estoy hablando del 50% por ciento, necesitó sangre de forma constante y transfusiones de plaquetas durante toda la noche. En realidad, los dermatólogos vinieron a mitad de la noche para ayudar a cubrir todas las heridas de piel; nunca los vi por aquí después de las 4 p.m. así que *eso* te debe decir algo. Luego, lo transferimos a la unidad de cuidado intensivo una vez que estaba un poco más estable. Lo peor es que su esposa e hija estaban en la habitación cuando todo sucedió. La hija se asustó muchísimo y fue ingresada a psiquiatría pediátrica para monitoreo. La esposa está hecha un desastre aunque muy bonita, debo agregar. Estuvo preguntando por ti y hacía hincapié en que tú decías que todo iba fantásticamente bien.

-¿Dónde está él ahora?

-Maldición, llego tarde, aquí tienes la tarjeta de salida de él. Está en la UCI.- el interno salió corriendo pensando en su próxima tarea.

Maldición, MALDICIÓN, *MALDICIÓN*…esto *no* era nada bueno. Me quedé allí parado en un estado de semi-shock. Por supuesto que había leído sobre la necrólisis epidérmica tóxica o NET y lo catastrófica que podía ser. La mayoría de la gente, con un caso severo, no sobrevive pero es tan raro, sólo hay alrededor de 100 casos severos en los Estados Unidos de Norteamérica al año.

Luego, me di cuenta qué fue lo que lo causó. Fue el Bactrim intravenoso que recibió. Los medicamentos sulfa están asociados a la NET y eso fue lo único que cambió en su cuidado ayer.

El corazón se me convirtió en un cubo de hielo y sentí que se me venía el mundo abajo. Fue mi idea darle ese medicamento. Si hubiese continuado con Vanco otra semana más, habría estado bien. O si yo le hubiese colocado su intravenosa en lugar de la desgraciada enfermera contaminada, nunca se habría contagiado de SARM en primer lugar.

Hace sólo un día él me estaba agradeciendo el haberle salvado la vida, sin darse cuenta de que yo era el responsable de casi habérsela quitado.

Mis piernas comenzaron a moverse pero mi mente era una nube de pensamientos confusos, ninguno de ellos estaba completamente formado. Yo todavía estaba lidiando con el hecho de cómo pudo haber pasado esto; él estaba bien ayer.

Antes de darme cuenta, fui al quinto piso y entré a la UCI. Había mucha conmoción en las dos habitaciones frente a mí. El estrecho lugar estaba lleno, con cinco personas, cuatro vestían largos abrigos y una enfermera estaba con ropa quirúrgica. Un respirador con algunos tubos largos y dos bolsas llenas de glóbulos rojos estaban siendo rápidamente infusionados.

No podía ver quién era el paciente porque estaba cubierto, de pies a cabeza, con un bálsamo espeso con blancos vendajes que cubrían la mayor parte de su cuerpo. Tenía los ojos abiertos pero empapados con un ungüento lubricante espeso. No pude reconocer a Duane pero el hecho de que la tubería del respirador le entraba por el medio del cuello y que le faltaba piel, me dio la pista de que se trataba de él.

Estaba lo suficientemente cerca como para oír a los médicos tratantes discutir el caso y pude entender partes de la conversación.

-Es sorprendente que esté vivo pero los factores de coagulación están bastante bajos. Vamos a tener que darle algunas plaquetas más. Creo que después de que se completen las transfusiones, podemos dedicar una de las líneas centrales a productos sanguíneos y las otras a medicamentos y fluidos.

-Estoy de acuerdo. Más temprano estuvo el oftalmólogo. Dijo que sus abrasiones corneales eran severas y peores que ayer. Podría perder uno o ambos ojos si no nos aseguramos de que estén siempre lubricados.

-En algún momento del día de hoy deberíamos darle la inyección intravenosa de inmunoglobulina si los esteroides no producen una diferencia importante cerca del mediodía. Si sigue perdiendo piel, como lo está haciendo en este momento, morirá de deshidratación, perdida de sangre o ambas en uno o dos días.

-Sin mencionar infección. Tuvo septicemia por SARM; si le agarra eso en estas lesiones abiertas, es el fin del juego.

Ya había oído suficiente y me di vuelta para irme. El alegre Duane que había estado mejorando, ahora estaba con ventilación mecánicamente asistida y casi ciego. Sin mencionar el hecho de que estaba perdiendo tanto la piel como la sangre a un índice alarmante. La inyección intravenosa de inmunoglobulina era un tratamiento de último recurso con sólo una escasa posibilidad de éxito. Pero si los esteroides no funcionaban, esta era la última opción en el armamentarium para el tratamiento de necrólisis epidérmica tóxica, aparte de las medidas auxiliares de cuidado de piel y las transfusiones de sangre.

Justo cuando pensaba que las cosas no podían empeorar, lo hicieron. Me encontré con su esposa de casualidad cuando salí de la UCI y ella vino corriendo hacia mí.

No estaba bien pero ¿quién podría culparla? Ayer su esposo había pasado de estar recuperándose muy bien a estar golpeando las puertas del cielo, su hija fue internada por un colapso nervioso por haber presenciado cuando su padre perdía la mitad de la piel y sangre durante un ataque, inmediatamente después de que le hicieran un examen de ojos, el cual indicó que estaba quedándose ciego rápidamente y ella quedó sola para lidiar con los efectos secundarios. Se veía de la manera que uno esperaría: desgreñada, confundida, con los ojos y la nariz en carne viva de tanto llorar y sorber. Pero aún así logró vestirse bien, probablemente sea el único pedacito de armadura que le había quedado contra el mundo cruel que la estaba sofocando.

Me preparé para la arremetida que pensé que seguiría. Sabía que ella me culparía por todo, me gritaría y me insultaría. Tal vez me atacaría y me denunciaría con la junta médica y hasta me demandaría. Mi carrera terminaría muchos años antes de comenzar.

Respiré profundo y me preparé. Mientras se aproximaba, ella redujo la velocidad y se dio unas palmaditas en el vestido y el abrigo, en un esfuerzo por serenarse antes de la inminente *battle royale*.

Lo que sucedió después me tomó por sorpresa.

-¿Está bien, Dr. Raj? –logró preguntar entre sorbos.

Se me estremeció el cuerpo por un instante ante la pregunta. Me tomé un momento para engañarme a mí mismo. Tampoco me veía tan atractivo. Había logrado salpicarme con jabón antiséptico para manos por todo el cuerpo cuando salí de la UCI, estaba completamente despeinado debido a mi constante movimiento nervioso cuando me enteré de lo de Duane y debo haber emanado la vibra de que estaba entre constipado y por vomitar mientras me preparaba para la llegada de ella. Lo que sucedió después vino de manera natural sin pensar.

-¿Yo? Usted cómo estará.- le di una palmadita en el hombro.- No puedo imaginar por lo que está pasando y no simularé. —ella me abrazó y lloró desconsoladamente sobre mi hombro.

-Creo que Duane desarrolló una reacción severa al antibiótico sulfa que le pusimos para intentar tratar su infección. En este momento, su cuerpo toma la piel como una invasora extraña y hace todo lo posible para protegerse a sí mismo, al disparar todo su arsenal del sistema inmunológico a la piel. Es por eso que se estaba cayendo y sangrando. Lo mismo le sucedió con los ojos. Lo peor parece haber pasado. El ataque convulsivo fue porque su cerebro estaba sobrecargado y necesitaba reiniciarse. El ventilador respira por él en este momento porque está muy sedado a causa de los medicamentos contra el dolor, pero lo están haciendo sentir relajado.

-Gracias.- No entendía por qué me estaba agradeciendo. Sin poder encontrar una razón, continué con mi parte médico y el plan de tratamiento.

-Le están dando esteroides para intentar apagar su ataque al sistema inmunológico. Si eso no funciona, el próximo paso es la inyección intravenosa de inmunoglobulina, la cual intenta buscar moléculas y varios fragmentos proteicos y celulares, que también tienen un rol en este caos en su cuerpo. Es increíble que le haya pasado a una persona tan agradable como él. No se merecía esto y haremos lo mejor que podamos para ayudarlo a recuperarse.

-Gracias.

Una vez más, juro por mi vida, que no podía entender el por qué me estaba agradeciendo. Yo sólo estaba parloteando con respecto a lo que estaba sucediendo para que ella entendiera. Estuve a punto de preguntarle por qué me agradecía. En todo caso, ella debería estar usándome como saco de boxeo. En cambio, me quedé en silencio hasta que ella rompió el silencio y respondió mi pregunta secreta.

-Usted es el primero, entre docenas de personas que han estado corriendo alrededor de Duane, en decirme lo que sucedió. La parte más atemorizante no era pensar que iba a morir sino no saber el por qué. Me ha dado respuestas y ahora yo puedo asimilar lo que está sucediendo.

Hasta ese momento, no me había dado cuenta el poder que tiene algo tan insignificante como una explicación. Después de todo, el mayor temor de la gente es a lo desconocido. Si uno le dice a alguien qué esperar, él o ella se puede preparar mentalmente para ello; pero si se lo deja indefenso, entonces es todo una gran confusión.

-¿Puedo verlo?

-No creo que sea un buen momento. Hay mucha gente alrededor de él en este momento. Le diré lo siguiente. La llamaré una vez que esté más tranquilo y yo mismo la llevaré a la unidad de cuidados intensivos.

Estuvo de acuerdo y me dio su número de teléfono celular mientras caminaba hacia la sala de espera, con la cabeza tan baja que pensé que podría caerse. No tenía idea de qué hacer así que me quedé parado contra la pared hasta que la gravedad me empujó hacia abajo y me senté catatónico en el corredor. No sé cuanto tiempo pasó pero, finalmente, Jason vino y me ayudó a levantarme. Hablamos sobre lo que había pasado.

-Raj, no puedes culparte. No es tu culpa por *intentarlo*, en realidad, fue nuestro intento. En última instancia, fue una decisión en equipo el hecho de cambiarle los medicamentos por su bien. Además, el verdadero nombre detrás de la orden es mío, no tuyo. El objetivo era hacerlo irse a casa, de la manera más segura, lo antes posible. La intención no fue lastimarlo ni causarle algún daño; si hubiésemos sabido que esto sucedería, de ninguna manera le habríamos dado esa medicación.

-Sí, pero fue mi idea.

-¡Y una buenísima! Evaluaste todas las opciones y escogiste la mejor. Lo que sucedió fue una consecuencia accidental, una discapacidad impredecible y seria en su plan de tratamiento. Arriba, Raj, este es el mundo real y este tipo de cosas suceden. No estamos aquí para ser amigos de nuestros pacientes, estamos aquí para ayudarlos. Desafortunadamente, nada en medicina es 100 %. La triste verdad es que vamos a tener algunas complicaciones y tragedias como la de Duane. La medición de un buen doctor es cómo maneja la situación cuando las cosas se van al diablo. Es fácil dar buenas noticias; este trabajo se trata de malas noticias.

Escuché y supe que lo que decía era verdad; sólo que no podía distanciarme de los acontecimientos que habían sucedido.

-Vamos, iremos a comer algo y hablaremos con su esposa, otra vez, después de las rotaciones.

Las rotaciones fueron bien. La Sra. Maude continuaba con su absurdo anhelo por Abigail mientras que sus nietos todavía permanecían desaparecidos en acción. La Dra. Miley hizo un gesto de negación con la cabeza con respecto a Duane y dijo que esa debía ser una lección para todos nosotros, para que veamos que todo lo que hacemos es real y no un juego. No podemos, ni un instante, tomarnos nuestros trabajos con liviandad cuando hay vidas humanas en juego. Después de haber dicho eso, nos deseó que tengamos una buena noche de guardia y se fue.

Media hora más tarde, Jason y yo nos dirigimos hacia donde se encontraba la esposa de Duane y la escoltamos hasta la unidad de cuidados intensivos. Inmediatamente, pude notar que la condición de Duane había deteriorado; estaba con hipertensores-los médicos los utilizan para mantener la presión sanguínea cuando está demasiado baja debido a una enfermedad extrema, pérdida de sangre o sepsis. Duane tenía las tres. Dejé que Jason guiara la conversación. No estaba de humor para nada excepto para ser un observador pasivo.

-Sra. Little, al ver los resultados de laboratorio que tengo…

Su voz había caído en oídos sordos. De inmediato, la Sra. Little estaba al lado de su esposo, sosteniendo una de sus extremidades superiores vendada y llorando desconsoladamente.

-Te amo, cariño, vamos a superar esto y te llevaremos a casa. —Su cuerpo temblaba mientras hablaba; jadeando entre ataques de llanto a la vez que intentaba comunicarse con su esposo. —Jenny está internada en el hospital también. Entró en shock cuando vio tu ataque de convulsiones anoche, pero ella estará bien para el fin de semana. Me estoy derrumbando, cariño,…realmente te necesito a mi lado. Los últimos nueve años han sido los mejores de mi vida… No puedo imaginarme los próximos 90 sin ti. *Tienes* que recuperarte. Si no lo haces por ti, hazlo por mí, cariño.-puso la frente contra el brazo vendado y se quedó en esa posición.

Hasta los ojos de Jason se humedecieron al oír su sentida conversación, pero él nunca lo admitiría. Salimos inadvertidamente de la habitación y bajamos las cortinas para darles más privacidad. Nos quedamos en la estación de trabajo y esperamos.

-El hecho de que esté con hipertensores no es una buena señal, ¿verdad? —pregunté, pero noté que Jason estaba en una conversación profunda con el médico tratante de la unidad de cuidados intensivos, el cual estaba haciendo muchos gestos y pasándose la mano a través de su disminuida cabellera. Al final de la conversación, el médico tratante escribió algunas órdenes y habló con la enfermera.

-¿De qué se trató todo eso?

-Estaba recibiendo un informe del Dr. Benson. Malas noticias. Además de la necrólisis epidérmica tóxica y el SARM, Duane tiene SRIS, un predecesor de CID. Básicamente, sus factores de coagulación están fuera de control y le van a dar una unidad de sangre cada hora y un paquete de diez plaquetas cada cuatro y seis horas. Dijo que los esteroides no estaban funcionando, a pesar de las grandes dosis que le dan.

-¿Hora de la inmunoglobulina intravenosa?

-Sí, eso fue lo que le dijo a la enfermera que preparara. La infusión debería comenzar en las próximas horas.

-¿No sale como 10 mil dólares por ciclo de tratamiento?

-Amigo, es como 10 mil dólares por *dosis* y tiene programada 2 antes del anochecer. Es un esfuerzo desesperado. Esto no se ve favorable. —algo llamó su atención. Era la Sra. Little que estaba saliendo de la habitación de Duane. —Está saliendo; sigue mi ejemplo.

Caminamos hacia la Sra. Little y le dimos algunos pañuelos de papel para secarse los ríos de lágrimas que le caían por las mejillas.

-Sra. Little, desafortunadamente Duane no está respondiendo a nuestros esfuerzos. Vamos a comenzar con infusiones de inmunoglobulina intravenosa, dentro de una hora, para intentar limpiar las moléculas ofensivas de su cuerpo. Hay sólo un 50 % de posibilidades que esto ayude, pero es nuestra única opción. Hay un 100 % de posibilidades de que continúe deteriorándose sin eso.

-Entiendo. Gracias por su honestidad. A Duane le agradaban mucho tanto usted como el Dr. Raj, hablaba muy bien de ambos. Se que harán lo mejor para ayudarlo. Además, no puede ser peor, ¿verdad?

Error. Pero no se lo dijimos. El problema no era tanto que muriese; era lo que pasaría si sobrevivía.

Duane mejoró después de la primera infusión de inmunoglobulina intravenosa, y ya para la hora de la cena le habían retirado los hipertensores. Incluso se hablaba de sacarle el respirador y suavizarle los sedantes. Todo el mundo se sentía optimista.

Fue durante la segunda infusión que todo se convirtió en un infierno. Desarrolló trombosis, una rara complicación de la inmunoglobulina intravenosa. Pero como era de esperarse, Duane no desarrolló la versión local sino la variedad sistémica y comenzó a arrojar pequeños émbolos por todo su cuerpo. Para cuando nos dimos cuenta de eso, no respondía al dolor y no podía mover el lado izquierdo de su cuerpo.

Inmediatamente se detuvo la infusión y fue enviado para que le hagan, de urgencia, una tomografía computarizada de la cabeza, la cual mostró una hemorragia cerebral del lado derecho, en otras palabras, un derrame cerebral. La lista de problemas de Duane seguía creciendo.

-Maldición, Raj. Ojalá nunca hubiese venido a la maldita sala de emergencias.

-Es como tú dijiste sobre los tipos agradables. No les va bien en un hospital.

-Ja,ja. –Jason intentó reírse. Pero salió más como una tos. -¿Recuerdas que dije eso?

-Sí, pensé que era una tontería.

-Aquí tienes la prueba viviente de que no es así. Él llegó con una simple infección de riñón y ahora tiene sepsis, necrólisis epidérmica tóxica, CID, un derrame cerebral y depende de un respirador, además de tener una traqueotomía. Sin dejar de mencionar que también está ciego. Hace un par de minutos hablé con el oftalmólogo, el Dr. Sun. Dijo que el 50 % de ambas córneas se ha deteriorado y las probabilidades de recuperación sin cicatrización son escasas. Si desea ver nuevamente, necesitará trasplantes corneales bilaterales.

-Debe estar sufriendo un infierno.

-Estoy seguro de que sobrevivirá al infierno. Hablé con su esposa y fui completamente honesto. Le conté que él tenía alrededor de un 5 % de pasar la noche. Así que en una hora le retiraremos todos los sedantes y, tal vez, pueda comunicarse un poco. Si despierta lo suficiente, tal vez él pueda responder algunas preguntas asintiendo con la cabeza o pestañando.

Terminé mi otro trabajo y entré a la unidad de cuidados intensivos justo cuando Jason y el médico tratante le estaban reduciendo los analgésicos a Duane. Comenzó a mover el lado derecho de su cuerpo y a pestañar.

-Duane, querido, ¿puedes oírme? —su esposa le preguntó en el oído llorando. No hubo respuesta. Intentó una vez más. Luego cambió a su oreja izquierda y él movió el brazo derecho.

-¿Puedes oírme, cariño?

Asintió levemente con la cabeza.

-¿Tienes dolor?

Afirmativo.

-Te amo…

Y entonces, cayó al piso, llorando con fuerza convulsiva. Sus gritos de agonía se esparcieron por toda la unidad de cuidados intensivos. Todos oyeron pero intentaron mirar hacia otro lado e ignorarlos. Jason y el médico tratante la levantaron y la llevaron hasta la sala de conferencias. Yo estaba solo con Duane.

-Duane, ¿puede escucharme?

Un gesto de afirmación con la cabeza. Intentó hablar pero el tubo respiratorio que tenía en el cuello le impedía cualquier posibilidad de comunicación verbal de su parte.

-¿Puede ver?

Negativo.

-¿Puedo hacer algo por usted?

Un asentimiento enfático y un temblor en su mano derecha.

-¡Qué! ¡Dígalo y considérelo hecho!

Más temblor de mano. Tenía la sensación de que nadie de nosotros sabía lenguaje de señas. Aún cuando alguien supiese, sería muy difícil porque tenía la mano tan vendada que los dedos no podían moverse de forma individual. Estaba envuelta como un mitón.

Esto no iba a ningún lado. Entonces, se me ocurrió una idea.

-Le diré lo siguiente. Le sacaré un poco de vendaje de la mano y le pondré un lápiz en ella. ¿Cree que podrá escribir un poco?

Hubo un asentimiento con la cabeza y un gruñido forzado.

Salí corriendo a buscar un lápiz y un poco de papel. Desenvolví la mano derecha de la momia y me quedé con la mirada fija. Tenía la mitad en carne viva y la otra mitad con escaras negras como si hubiese sido dejada en la barbacoa demasiado tiempo. Las escaras negras no se veían muy diferentes al tejido de una momia, al menos de las que yo había visto en museos.

-Estoy colocando un lápiz en su mano. El anotador está debajo, ¿ok?

Tocó el anotador e intentó escribir pero los movimientos de la mano eran, en el mejor de los casos, torpes. Sólo logró hacer algunas rayitas indescifrables similares a cómo las pintaría un elefante.

-No puedo leer eso, Duane, ¿puede intentarlo otra vez?

Intentó una vez más.

El mismo resultado.

Comenzó a golpear el lápiz, claramente agitado. Pero no podía identificar si era por frustración o dolor. El lápiz se le estaba resbalando de la mano así que se lo envolví con muchas capas de cinta para aumentar su tamaño, permitiéndole a Duane sujetarlo de manera más fácil.

-Todavía no puedo leerlo. ¿Tiene dolor?

Afirmativo.

-¿Quiere unos analgésicos?

Negativo enfático.

-¿Quiere intentar escribir algo de nuevo?

Afirmativo.

Coloqué de nuevo el lápiz en la mano, ahora aumentado en circunferencia con cinta quirúrgica, y lo intentó nuevamente. Mucho más lento y deliberado esta vez. Había logrado escribir un par de letras antes de que los monitores comenzaran a hacer bip y una enfermera entrara corriendo para notificarme que su presión sanguínea estaba peligrosamente baja. Salió corriendo para ir a buscar al médico tratante. Toqué el botón de silencio.

Duane siguió con una concentración deliberada. Todo su ser estaba enfocado en lo que estaba garabateando con la mano derecha. Terminó la primera palabra y estaba comenzando la segunda cuando el médico tratante entró.

Ocurrió un caos. Su presión sanguínea cayó estrepitosamente y todas las alarmas de la habitación sonaron.

Tiré el anotador cuando alguien, con una bolsa intravenosa, me llevó por delante. Rápidamente, los analgésicos ingresaron al sistema de Duane y se reiniciaron los hipertensores. En segundos, había vuelto a quedar inconsciente.

Me agaché para recoger el papel y me horroricé al leer su nota, apenas legible pero asombrosamente clara en lo que trataba de expresar. Vi dos palabras que nunca hubiese creído que proviniesen de Duane. Escribió "máteme" en su tercer intento de responder lo que quería que hiciera por él.

Jason vino. Escondí el papel en mi bolsillo.

~~~~

A pesar de una noche de guardia tranquila, no pude dormir mucho. Estuve despierto toda la noche, pensando en Duane. No dejaba de pensar acerca de cómo había entrado a la carrera de medicina para salvar vidas pero, ahora, parecía que la respuesta no era tan clara. ¿Será posible que para aliviar el sufrimiento de una persona, nuestro rol podría, de hecho, ser el de ayudar en su muerte? Después de todo, si eso es lo que Duane deseaba, ¿era nuestro derecho negárselo?

El suicidio es, técnicamente, ilegal. Es algo que siempre me parece gracioso porque si uno lo logra, ¿cómo es que llegan a procesarlo? Supongo que lo que realmente entra en juego es que si uno se suicida; sus beneficiarios pierden todos los beneficios tales como seguro de vida, pensiones y herencias, entre otras cosas. Es por eso que muchas personas que terminan con sus vidas lo hacen parecer un accidente para que sus herederos puedan, por lo menos, obtener las recompensas de lo que han cosechado cuando estaban vivos.

Una forma muy común de hacerlo es lograr que un policía lo mate, es decir, ir a gran velocidad y luego, simular que saca un

arma de algún tipo cuando el oficial se aproxima al vehículo. El
oficial descargará su arma de fuego en defensa y la investigación
arrojará que el infractor sólo tenía su teléfono cerca. En este
escenario, la familia obtiene todos los seguros y otros beneficios y
el individuo termina muerto de una manera rápida e indolora sin
haberse, de hecho, suicidado.

El problema con esta situación hipotética es que Duane nunca
podrá conducir de nuevo.

Todavía no le había contado a Jason sobre el mensaje que
Duane me había escrito en sus últimos segundos de consciencia.
Yo debatía si era real. Me refiero a que si alguien en su estado de
coerción puede ser capaz de tomar semejante decisión. Y si es así,
¿su deseo debería ser cumplido?

Al fin y al cabo, una vez que fue intubado y no pudo
comunicarse más, su esposa se convirtió en su guardián legal. Por
lo tanto, oficialmente ella tiene el control de cualquier decisión
médica que se tome con respecto a Duane. El problema es,
¿cuándo le cederá el poder a su esposo? ¿Cada vez que él pueda
comunicarse o sólo cuando se recupere totalmente? Y, de todos
modos, ¿Qué diablos sería "recuperarse" en su caso?

Comenzó a dolerme la cabeza. Estas eran preguntas muy
complejas a las cuales yo no tenía ninguna respuesta. La escuela de
medicina nunca trató estos temas. Si fueron tratados, debo de haber
faltado a esa clase.

Me acosté y di muchas vueltas en la cama. Cuando
finalmente logré dormirme, mi pager me despertó de inmediato.
Era Jason, pero estaba llamando desde la UCI. Eso sólo podía
estar relacionado con Duane. Cualquier mensaje antes del
amanecer, enviado por un médico, nunca se trata de buenas
noticias.

En lugar de llamar, salí corriendo a la UCI. Como era de esperarse, Jason estaba al lado de la cama de Duane, hablándole a un residente de la unidad que estaba de guardia esa noche.

-Raj, malas noticias. Me enviaron un mensaje por pager acerca de la Sra. Maude. Su ritmo cardíaco tenía pocos latidos irregulares hace una hora, así que conseguí un nivel de troponina. Resultó ser elevado. Cardiología piensa que podría tener otro infarto de miocardio y la están llevando rápidamente al laboratorio de cateterización. Les preocupa que pueda haber tenido una trombosis aguda en uno de sus stents. Esperemos que no sea nada. Lo sabremos en alrededor de una hora.

-Ay, pensé que algo andaba mal con Duane.

-Ya que estoy aquí levantado, pensé que podría chequearlo. Ha comenzado a responder al tratamiento. ¿Cómo? No sé, ya que está sólo con cuidados paliativos y antibióticos. En cualquier caso, se ha estado despertando en las últimas horas y sé que tú tienes una debilidad por él así que pensé que sería bueno enviarte un mensaje por pager. No fue mi intención hacerte correr hasta aquí.

Estaba emocionado por la consideración de Jason. A la mayoría de la gente le molestaría ser despertada a las 4 a.m. para tratar con problemas cardíacos de una anciana de más de 90 años. Pero Jason logró encontrar el lado positivo de la situación y compartir, específicamente, conmigo el progreso de Duane.

Fui hacia Duane mientras Jason intentaba obtener otra hora de sueño antes de comenzar el día.

-Duane, ¿Puede oírme?

Afirmativo.

-¿Se siente mejor?

Negativo.

-¿Tiene dolor?

Sin respuesta.

-¿Quiere que vaya a buscar a su esposa?

-Negativo.

Los movimientos que hacía con la cabeza eran mínimos, pero evidentes y rápidos. Claramente, me oía y respondía de una forma coherente.

-¿Hay algo que pueda hacer por usted?

Afirmativo.

-¿Quiere que yo haga lo que escribió en la nota?

Definitivamente afirmativo.

-Quiero examinarlo un poco si no le importa.

Afirmativo.

-Voy a abrirle los ojos. Quiero que me diga si puede ver algo.

Negativo. Intenté dos veces más, la misma respuesta.

-¿Puede mover el lado izquierdo del cuerpo?

Movió el brazo y la pierna derecha pero el lado izquierdo permanecía sin cambios, inmóvil. Supuse que él había intentado mover todas las extremidades pero sólo lo había logrado con el lado derecho.

Con eso, salí y me dirigí hacia afuera para aclarar la cabeza. Mientras pasaba por la sala de espera, vi a su esposa acurrucada en una silla con una manta, intentando descansar. Debido a que no le permitían estar en la unidad de cuidados intensivos a la noche, ella esperaba lo más cerca posible de su esposo. Ni siquiera se había ido a casa. Duane estaba sufriendo mucho pero ella, también, estaba pasando por una experiencia terrible y traumática. Los últimos días había envejecido diez años y el curso de su vida había cambiado por completo, no sólo para ella sino para su hija también.

Me senté al lado de ella. Todavía no sé por qué lo hice pero parecía ser lo correcto. Le toqué el hombro suavemente y ella se despertó sobresaltada.

-Ay, no, Duane, él está...-dijo con voz cargada de sueño y fatiga. Pero su cara tenía esa mirada de horror, esperando las peores noticias.

-En realidad, está mejor. −su alivio era palpable mientras se acomodaba para mirarme.

-Gracias, Dr. Raj. Me vendría bien un poco de buenas noticias. Ha sido terrible pero todavía espero que él sobreviva. Yo puedo soportar mucho pero Duane es mucho más valioso para mí que mi propia vida. Su muerte sería peor que si yo muriera. Con mucho gusto, daría la vida por él. Aceptaría todo su dolor con tal de verlo sonreír una vez más.

Me conmovía su amor por su esposo y, en ese instante, supe que incumpliría la promesa de hacer cualquier cosa que Duane me pidiese. Matarlo podría ser un acto de compasión pero sería peor que un asesinato para su esposa. Sabía que él me odiaría por eso.

-Dr. Raj, ¿cree que él sobrevivirá? Nadie me habla de él. Es como que todos intentan evitarme para protegerme, pero hasta las malas noticias apeciaría. Ayuda estar informado.

-Bueno, ya sabe que está enfermo pero acabo de estar con él y podía oírme y asentir con la cabeza. Indudablemente, parece como si estuviese pasando la cuesta. Si sigue así, podría sobrevivir aunque el proceso de recuperación va a llevar meses. Y va a requerir múltiples injertos de piel, además de que esté posiblemente paralizado y ciego.

-Pero, finalmente, ¿se iría a casa? −su mirada era de pura esperanza. Era todo lo que ella tenía. Decirle que no, sería criminal. Ahora me doy cuenta por qué muchos doctores evitan demasiado contacto con los pacientes o sus familias. En verdad, era mucho más arte que ciencia, muchísimo más subjetivo e incierto que la naturaleza precisa y predecible de valores numéricos de laboratorio.

-Sí.

Me agarró de las mangas y enterró la cabeza en mi hombro, suspirando con alivio. Mientras me abrazaba, no paraba de repetir.

-¡Gracias, gracias, gracias!

Le di una palmadita en la espalda y finalmente ella se soltó.

-Se da cuenta que la vida será dura cuando regrese a casa. Y, probablemente, costosa con sus requerimientos de cuidado y su incapacidad para trabajar.

-Todo eso se puede solucionar. Puedo buscar un segundo trabajo. Nuestros padres pueden mudarse con nosotros y ayudar. Jenny ama a sus abuelos. Tal vez seamos una familia grande bajo un mismo techo pero, al menos, seremos una familia.

Bueno, ahí tenía mi respuesta. No cumpliría mi promesa de ayudar a Duane en su pedido. No me gustaba estar atrapado entre los deseos de mi paciente y los de su esposa.

En mi mente todavía tenía un pensamiento irritante; aún no sabía cómo mantener el poder real de tomar decisiones médicas. En cualquier caso, ayudar en el suicidio en el estado de California era lo mismo que cometer un crimen. PERO, sabía que…fácilmente podía hacerlo parecer un accidente o simular causas naturales, en cuyo caso su familia heredaría, al menos, un millón o más de dólares libres de impuestos de su seguro de vida. Y estoy seguro de que yo ni siquiera figuraría en la lista de sospechosos. Sin embargo, al permitirle vivir, su esposa sería mucho más feliz o, al menos, es lo que dijo.

-Aplaudo su actitud. Duane es un hombre afortunado de tener una esposa tan dedicada y cariñosa.

-Soy yo la afortunada de tenerlo.

Me encogí de hombros, inseguro con respecto a que más hacer:- Volveré más tarde y me aseguraré de que pueda visitarlo antes de que comience el caos de las rotaciones matutinas.

La dejé con una esperanza renovada, pero muy dentro mío sabía que Duane no quería continuar con su vida, como un simple cascarón de la persona vivaz que había sido hasta hace sólo una semana. Pasaría de ser el sostén de su familia a ser una persona que moja la cama. De ser el jefe de familia a un parásito paralizado, incontinente y ciego con la necesidad de contar con asistencia constante para todo, desde comer hasta bañarse. Probablemente necesite catéteres urinarios y tubos rectales para ayudarlo con sus deshechos corporales. Ni que hablar de su apariencia que sería como una colcha de parches aleatorios de numerosos injertos de piel y, eso, con los mejores esfuerzos de cirujanos plásticos altamente calificados y numerosas operaciones.

Y eso es en el mejor de los casos.

~~~~~

Resultó ser que la Sra. Maude tuvo, en efecto, una trombosis aguda o coágulo de sangre en uno de sus stents. Pero gracias a los esfuerzos del incondicional cardiólogo intervencionista, que estaba de guardia, pudo realizar una lisis del coágulo mínimamente invasiva. En un par de días, la señora Claude volverá a estar nueva como un fósil.

Duane pasó una buena noche también. Al otro día le sacaron los tubos y podía respirar por sí solo con la ayuda de un poco de oxígeno complementario. Sin embargo, su voz sonaba como la dama de uno de esos comerciales televisivos de "los peligros de fumar", en los que la voz es áspera y gutural. Eso es porque su voz está emanando desde el agujero que tiene en el cuello, en lugar de salir por la boca. Al menos, estaba progresando.

A su hija le habían dado el alta y volvió a casa, donde se reencontró con su madre y abuelos.

Dos días después, Duane fue transferido a la unidad de quemados, donde lo tratarían por sus quemaduras de tercer grado, además de comenzar su proceso de rehabilitación ya que, ahora, estaba casi sin medicamentos a excepción de antibióticos, morfina y su infinidad de gotas para ojos y ungüentos para sus córneas maceradas. El mismo día Duane fue transferido de la unidad de cuidados intensivos a la unidad de quemados. A la Sra. Maude la vino a buscar su chofer en su Bentley para llevarla a casa.

La vi en la camilla cuando salía del hospital, escoltada tanto por Bernard como por Josefine. Ningún otro miembro de la familia estaba presente a pesar de ser domingo.

Les grité desde atrás:-Oiga, Bernard, nunca terminamos nuestra discusión sobre quién es Abigail.

-Ja,ja. Realmente tiene buena memoria. Ni siquiera su familia sabe quién es. Es una dulce niñita que vive al lado, viene de visita todos los días y hace su tarea al lado de la cama de Matilda.

-¿O sea que no es un pariente?

-No de sangre. Sus padres son unos profesionales muy importantes y sus hermanos ya son grandes. Ella fue un accidente.-me guiñó el ojo-si entiende a lo que me refiero. Siempre solía venir a saludar y a jugar con las mascotas. Con los años, Josefine y yo la adoptamos como parte de la familia. La ayudamos con su tarea y, generalmente, ella come un bocadillo con Matilda. Una vez, vino al hospital pero creo que usted estaba ocupado asistiendo al hombre de la habitación de al lado. ¿Puedo preguntarle sobre su estado?

-Digamos que los buenos muchachos terminan últimos.

-Era bastante apuesto por lo que recuerdo antes de que lo trasladaran. Me imaginé que se había ido a casa con su bonita esposa.

-No puedo divulgar mucho por los protocolos de seguridad del hospital, pero puedo decirle que no va a volver pronto a la casa. La Sra Maude es la afortunada aquí.

-Bueno, siga haciendo tan buen trabajo. Nosotros, otra vez, le agradecemos por su amable cuidado. Le notificaré a la junta directiva, a través de un benefactor anónimo, sobre el maravilloso trabajo que usted y su equipo hicieron. Su nombre será mencionado con ponderación.

Observé mientras la subían a su carroza para hacer su lujoso viaje de regreso a casa, donde ella continuaría babeando y quejándose en su vida de lujo, hasta que necesite que le reparen otra parte o hasta que tenga que superar otra infección. Estaremos dispuestos y a la espera.

Para Duane era casi lo mismo.

Se estimaba que él permaneciera en la unidad de quemados al menos dos o tres meses, sólo para ser seguido de un período de dos meses o más en una calificada unidad de rehabilitación, después de la cual probablemente requiera personal de enfermería capacitado a domicilio por mínimamente un par de horas al día por, potencialmente, siete años…y eso, si todo salía de acuerdo al plan. Y sabemos lo bien que salieron las cosas para Duane Little.

Las cosas resultaron bien para Duane durante las primeras tres semanas en la unidad de quemados. Solía recibir visitas, a diario, de su esposa e hija, quienes siempre lo alentaban y se enorgullecían de los pequeños pasos que él hacía hacia su recuperación.

Sus quemaduras y múltiples injertos de piel se estaban curando muy bien. Podía mover levemente el lado izquierdo del cuerpo, si los espasmos se pueden considerar como un movimiento real. La visión del ojo derecho había mejorado levemente; podía ver dedos a unos sesenta centímetros de la cara aunque, definitivamente, iba a necesitar trasplantes corneales bilaterales en el futuro.

La caída en picada para Duane comenzó alrededor de la semana cuatro, después de ser dado de alta de la unidad de cuidados intensivos. Las visitas diarias de su esposa se habían reducido severamente a sólo un par de veces a la semana. Por lo tanto, su progreso se detuvo y, entonces, el objetivo era el "mantenimiento" de lo que él tenía- lo cual no era mucho, esencialmente un vegetal con una mente afilada, poca visión , una voz apenas entendible y una escritura muy limitada.

Había completado dos meses de otras rotaciones y estaba deambulando por los pasillos, con nada para hacer, cuando recordé a Duane y lo busqué en la base de datos de la computadora. Todavía estaba en el hospital así que decidí ir a visitarlo.

Fui a saludarlo y encontré a su esposa al lado de su cama. Cuando me acerqué, ella se dio vuelta y miró en dirección hacia mí. Hubo un posible indicio de reconocimiento, pero eso fue todo. No se detuvo; en cambio, caminó y me pasó por al lado. La dama que una vez me había abierto su corazón, ya no recordaba quién era. Tal vez porque yo estaba vestido con camisa y corbata en lugar de la bata quirúrgica que solía usar cuando estaba en esa rotación. Lo que llega fácil, fácil se va; las heridas de la psiquis también, se curan con el tiempo.

Ya no poseía ese comportamiento amoroso que alguna vez tuvo. Ahora era fría y distante. Supongo que eso ocurre cuando uno se da cuenta que la persona, que una vez conocieron, ya no existe. Aunque el cuerpo esté vivo, la persona cambia para toda la vida.

Pensé en saludar a Duane pero me di cuenta que tal vez no quiera oírme y, debido a su visión limitada, dudo que me haya visto y por estar yo parado a unos tres metros de distancia. Lentamente me alejé, pero su ojo estaba mirándome sin pestañear.

Me superó la curiosidad. Me acerqué y me presenté. Me recordaba y nos comunicamos durante un rato por medio de asentimientos y palabras escritas. Su habilidad para escribir había mejorado significativamente. Desafortunadamente, la apoplejía también había progresado y su habilidad verbal era casi nula a pesar de la terapia del habla y del lenguaje.

Estaba bastante enojado conmigo por no mantener mi promesa. Me senté al lado de su cama por casi tres horas y lo que me enteré me dio escalofríos.

Su esposa había conocido a alguien y la semana anterior había pedido el divorcio. Aparentemente, ella no quería cuidar de un vegetal y pensó que Jenny necesitaba una figura paterna real en su vida para crecer normalmente. Eso explicaría el reciente empeoramiento de Duane y la negativa de participar en una terapia física. No tenía motivación.

Sabiendo que era un error, le pregunté si todavía seguía en pie el pedido que me había hecho en el pasado. Dijo que sí y que me ayudaría a mantener mi promesa. La única diferencia era que ahora había cambiado su testamento con su abogado, de tal manera, que sus bienes pasarían a ser de su hija cuando ésta cumpliese 18 años. Aparentemente, no aprobaba el hecho que su esposa continuara con su vida cuando él todavía estaba vivo.

Estoy seguro de que ella se había sorprendido bastante cuando se enteró. Hasta el momento, no comprendía este cambio. Yo no estaba seguro de lo que haría cuando me fui de la habitación de Duane.

Meses después tomé una decisión.

Capítulo 3:
Susto pancreático

CUANDO EL DESPERTADOR suena por primera vez en la vida a las 3:40 a.m., para marcar el comienzo del día, es muy raro que a uno le de placer. Hoy no era diferente. Era el primer día de mi rotación quirúrgica en el hospital universitario.

Acababa de salir de una reciente rotación de guardias médicas en las que había sido expuesto a muchísimos casos sub-agudos, no todos con finales felices.

Una rotación quirúrgica prometía ser muy diferente. Y esta no era sólo una rotación quirúrgica, era el servicio "Robor". Burt Robor desempeñaba muchos roles incluyendo Doctor en Medicina, Miembro de la Sociedad Americana de Cirujanos, Profesor de Medicina, Presidente de la Sociedad de Cirugía y Vicerrector de la Universidad, para ser más preciso.

El servicio Robor era la madre de las rotaciones quirúrgicas. Dr. Robor es uno de los más respetados y deseados cirujanos del país. Su clientela está compuesta principalmente de VIPs. Sus resultados son fenomenales pero la carga de trabajo es inhumana. Bueno, para nosotros, no tanto para él. Verá, él se lleva toda la gloria pero es su "equipo" (a saber "nosotros") el que hace la mayor parte del trabajo.

De inmediato, a las 3:40 a.m., un buen estudiante de medicina saldría corriendo de la cama completamente despierto, correría a la ducha, para luego vestirse con la vestimenta apropiada de un estudiante de medicina con zapatos lustrados, camisa almidonada, corbata, pantalones y un inolvidable saco blanco y corto lleno de todo tipo de cosas, desde tarjetas de notas pasando por linternas de bolsillo hasta martillos de reflejos. Lo que inmediatamente hice fue tocar el botón de la función de dormitar…repetidas veces. Una mala idea, aunque parecía brillante en ese momento.

El desayuno era un lujo que no me podía dar, si quería llegar al hospital a tiempo en mi primer día. Nunca pensé que las 4:10 a.m. sería la mañana; en mi vida anterior, como un ser humano normal, eso representaba el final de una gran salida nocturna.

Tras llegar al hospital ocho minutos más tarde y completamente sin aliento, me di cuenta que no sabía dónde debía ir o lo que se suponía que debía hacer. El hospital no era precisamente acogedor tampoco, con sus ladrillos de los años 50 y los pasillos más largos que cualquier edificio de los Estados Unidos de Norteamérica, con la probable excepción del Pentágono. Sólo una de cada tres luces estaba encendida, la mayoría de las cuales parpadeaban, proporcionando ese ambiente que solamente se encuentra en las películas de terror de los años 70.

Era surrealista estar parado en uno de los más famosos y respetados institutos de medicina con apenas un alma dando vueltas pero, aun así, sabiendo que se habían realizado milagros dentro de estas viejas y crujientes paredes.

El hall estaba tan vacío y desértico que podría haberme desplomado a causa de un ataque cardíaco y nadie me habría encontrado por diez minutos. Extraño, ya que la desbordante sala de emergencias debe de haber tenido una espera de más de cuatro horas. Al salir de mi ensoñación, encontré rápidamente el séptimo piso que era dónde Robor hacía la admisión de sus pacientes y dónde se suponían que las pre- rotaciones comenzarían.

Las pre-rotaciones son un horrible proceso en el que los estudiantes de medicina y los internos, los peldaños más bajos de la proverbial escalera médica (en algún lugar entre sobras viejas de hace tres días y hongos indeseados) recogen todos los signos vitales, "los pormenores", los acontecimientos de la noche para todos los pacientes del servicio. Como nadie me había dado el nombre de nuestros pacientes, esta tarea resultó ser un poco difícil.

Inocentemente, caminé hacia la estación de enfermería más cercana y me presenté gentilmente.

-Hola, muchachas, está llegando una tanda grande. ¡Va a ser un día largooooo!- gritó la enfermera a cargo a sus colegas sin, de hecho, hacer contacto visual o cualquier otro tipo de gesto para indicar que mi presencia había sido reconocida. Más tarde me enteré que esta era la forma habitual de tratar a los estudiantes de medicina en el duro mundo de la cirugía general.

-Son cada vez más jóvenes año tras año. –dijo una voz desde algún lado cerca de la estantería con las historias médicas.

Para que se den cuenta que estaba allí, tosí, pero al estar en un hospital, fue una estrategia muy ineficaz.

-¿Eso significa que mi equipo no ha llegado todavía? –pregunté inocentemente a cualquiera, a nadie en particular. Y ese fue precisamente quien respondió mi pregunta: nadie.

Tras sentirme frustrado, me planté delante de la enfermera a cargo y no me moví: - Ay, todavía está aquí.

FINALMENTE, la enfermera a cargo levantó la vista desde su asiento y me vio por primera vez. – Creo que ha llegado tarde. Vi a uno de los internos que estaba buscando a uno de sus estudiantes.

Estaba por el ala este, 703 o algo así. –apenas pude agarrar la última parte debido a que ella ya había vuelto a concentrarse, en su documentación, mientras me hablaba.

A toda prisa busqué el este y corrí a toda velocidad por el pasillo, tratando de encontrar a alguien con una larga bata blanca que pudiera guiarme. De repente, oí un grito que provenía del pasillo del lado oeste:- OYE, ¿eres RA-GERM?

Me di vuelta de inmediato y respondí:-Sí, soy Rajen. Me acerqué apresuradamente hacia el interno que se veía cansado y con una bata larga y blanca. Descarte eso, no era para nada blanco. La combinación de usar demasiado tiempo esa ropa, con deshechos del hospital y la falta de lavado, había convertido esa bata en un color marrón claro muy poco atractivo.

-¿Soy su estudiante de medicina?

-Sí y llegas tarde en tu primer día. ¿Nadie te dijo que un estudiante de medicina debería llegar antes que un médico? Aparentemente, no.- Bueno, todavía podemos enseñarte que los estudiantes son los últimos en irse. Como sea, te llamaré Ra, es más rápido. Toma estos cuatro pacientes y haz anotaciones. Nos veremos en 15 minutos, a las 5 a.m., en la sala de conferencias para elaborar planes antes de las rotaciones de las 5.45 a.m.

Desafortunadamente, no pude distinguir su nombre ya que su identificación estaba al revés.

Tomé las fichas, o como también se las llamaban, tarjetas de salida, gastadas y manchadas con café, que me habían sido arrojadas mientras el interno se dirigía a la habitación de un paciente, dejándome atrás.

Se veía un poco consumido, demasiado alto para su bata, y caminaba ligeramente encorvado como si estuviera constantemente por trastabillarse. Sin saber su nombre, decidí apodarlo Dr. Desgarbado.

Ahora tenía que ir a hacer mis anotaciones del día.

Volví corriendo a la estación de enfermería y estaba a punto de preguntar dónde estaban situados mis pacientes pero pensé, que sería mejor, no perder el tiempo porque lo único que recibiría sería un comentario sarcástico y un consejo ambiguo. Así que miré la pizarra y vi que los cuatro estaban en el pasillo oeste, convenientemente, en habitaciones contiguas. Aparentemente, los pacientes de Robor ocupaban la mayor parte de este piso de 40 camas.

Lo próximo que figuraba en la agenda era localizar las historias clínicas y, como sólo quedaban 13 minutos, entré en pánico. Naturalmente, sólo una historia se encontraba verdaderamente en la repisa, donde se *suponían* que debían estar. Otras dos se encontraban sobre la mesa de la sala de descanso y la última estaba ubicada encima de un cesto gigante de reciclaje de papel. Sólo quedaban nueve minutos para ver, examinar y documentar, por completo, cuatro pacientes que habían recientemente pasado por una cirugía mayor.

Rápidamente, tomé las hojas de progreso de las historias clínicas y escribí, de manera apresurada, los signos vitales de la noche, incluyendo los "pormenores", la ingesta completa de fluidos de un paciente comparada con todos sus fluidos de salida, teniendo en cuenta todos los orificios, además de una descripción de la consistencia de cada fluido. Están las recolecciones nasogástricas verdosas, el emesis como café molido, el líquido abdominal túrbido y bilioso y la siempre popular salida de colostomía (adelante, más detalles.)

Corrí, literalmente, hacia las habitaciones de mis pacientes. Afortunadamente, dos habían sido llevados para hacerles una tomografía computarizada. Eso me dejó con siete minutos y dos pacientes para examinar.

La primera fue Bertha (si usted cree que Bertha era grande, está muy equivocado, piense en la ENORME Bertha). Ella es una mujer mórbidamente obesa que pasó por una cirugía gástrica hace un par de días, comúnmente publicada en las carteleras como "grapado de estómago" o "banda gástrica". Su operación resultó bien y se le dio el alta para irse hoy. Le levanté la bata y revisé sus heridas. Todas parecían estar bien...al menos, para mí. Tenía los pulmones limpios y el hecho de que estaba durmiendo me daba el indicio que no sentía dolor. Ni siquiera se despertó al revisarla. Perfecto, ninguna pregunta que me retrase.

Por último, estaba Johnny, un caballero sin hogar que había estado en el hospital los pasados dos meses debido a su falta de "ubicación".

Todos los hospitales tienen reglas estrictas; concretamente, un paciente puede ser dado de alta para irse de un hospital a una residencia (léase: no a la calle). Además, un paciente debe ser entregado *a* alguien. Por supuesto, Johnny no tenía ni residencia ni alguien.

Dos problemas demasiados comunes en medicina.

Por supuesto que él podía ir a un refugio para los sin techo pero tiene una herida en el abdomen debido a la laparatomía exploratoria. Johnny había pasado por una cirugía, en la cual se abre el abdomen por completo y se "exploran" los intestinos para buscar heridas que son reparadas al momento de la cirugía. Con la mayoría de la gente que se somete a laparatomías exploratorias se utilizan grapas para cerrar la incisión de unos treinta centímetros de largo. Pero el abdomen de Johnny estaba infectado y eso no permitiría ni grapas ni puntos; tenía los tejidos demasiado macerados y friables. La razón de ello fue que él había esperado tres días para venir al hospital, después de ser apuñalado en el abdomen con un fragmento de vidrio sucio.

La única razón por la que vino en ese momento fue porque notó, de forma astuta, que no estaba digiriendo la comida. En lugar de eso, estaba escurriéndosele por el intestino delgado hacia la camisa desde su herida perforada. Darse cuenta de eso, sólo le tomó dos días; el otro día lo pasó intentando emborracharse.

Ahí fue cuando la gravedad de su problema dio en el blanco. Demasiada parte del alcohol se le filtró a través de su nueva fístula, impidiéndole embriagarse. Esto fue lo que lo motivó a buscar ayuda médica.

¿La razón por la que fue apuñalado? Perdió una apuesta y fue retado a apuñalarse a sí mismo.

Johnny no tiene dos dedos de frente.

Como resultado de su apuesta perdida, se perforó el duodeno a unos siete centímetros de donde se conecta con el estómago. Se le reparó la herida pero, debido a la infección, los tejidos tienen que cicatrizar solos desde adentro hacia afuera. Traducción: A Johnny le queda otro mes en el hospital antes que esté lo suficientemente estable como para ser dado de alta y para que pueda ir a un refugio para los sin techo sin ninguna medicación. Dado que Johnny no tiene ningún seguro, sólo le costará a los contribuyentes unos USD 2000 por día.

Afortunadamente, tampoco Johnny se molestó en despertarse para su revisación esta mañana, lo cual me dio un minuto completamente libre antes de encontrarme con el equipo.

Caminé enérgicamente hacia la sala de conferencias al final del pasillo, si así se lo podía llamar al closet renovado. Era una pequeña sala cuadrada con una sola mesa redonda rodeada de sillas plásticas; de un lado había una kitchenette y del otro había una hilera de computadoras. Toda la sala estaba contaminada con tazas de café usadas y periódicos viejos.

Miré detenidamente la sala y tuve una reacción tardía. Las tres personas en la sala eran las almas más cansadas que alguna vez haya visto. Todos tenían inmensas bolsas debajo de los ojos. Dos estaban bostezando y la tercera estaba cabeceando sentada en la silla mientras escribía sus notas.

-Lo lograste.-dijo Desgarbado y me presentó al resto del equipo.- Ellos son el Dr. Parker y el Dr. Reed, son los internos. Yo soy el Dr. Cooper, el residente senior del servicio. Equipo, les presento a Ra, nuestro estudiante de medicina durante el próximo mes. –No estoy seguro de que se hayan dado cuenta de que me encontraba allí porque estaban demasiado ocupados escribiendo las notas del día.

Ya no me gustaba cirugía; era demasiado formal. No sólo tenía que llamar a los internos "Doctor" aunque sólo eran dos años mayores que yo sino que además se suponía que yo debería usar una camisa y una corbata a las 4:30 a.m.

-Ra, puedes reunirte conmigo en el quirófano hoy y tomar la guardia de la noche con el Dr. Parker. Estarás a cargo de todos los pacientes post-operatorios en los que has intervenido. Tenemos tres casos hoy, un par con enfermedad de Whipple y una esplenectomía en el quirófano número 18. En general, quiero que veas a los pacientes la noche anterior a su cirugía y que completes el formulario pre-operatorio, pero hoy estás exento de hacer eso.

-Nos encontraremos aquí a las 5 a.m. los días de semana y a las 6 a.m. los fines de semana para revisar a todos los pacientes antes de que las rotaciones formales comiencen, cuarenta y cinco minutos después de la hora, con el jefe de residentes, el Dr. Blake.

Maldición, hablando de sobrecarga de información. Yo ni siquiera sabía dónde estaba el quirófano. Pero dado el ritmo acelerado del informe, sentí que no era un buen momento para preguntar.

"Desgarbado" continuó:- Nuestro médico tratante es el Dr. Robor; él es el presidente de todo el departamento de cirugía y un hombre muy respetado. Estoy seguro de que has oído de él ya que es bastante famoso. Quiere que se use vestimenta formal todo el tiempo cuando no se está en el quirófano. No le hables, a menos que se dirija a ti, si quieres pasar esta rotación.

Me aventuré a hacer una pregunta:- Pensé que el Dr. Robor tenía una clientela VIP pero los pacientes que vi esta mañana eran…

"Desgarbado" me interrumpió:-Bertha es la hija de un diputado. Johnny es especial; hasta Robor está de guardia en la sala de emergencias y tiene que formar parte de lo que se presente en esos días. Ahora comencemos antes de que llegue Blake.

"Pre-rondas", como se las denomina, es el momento cuando nosotros vemos, individualmente, a nuestros pacientes antes de las "rondas de trabajo" y cuando repasamos el plan con el residente senior, finalmente terminando en "rondas formales", que es cuando presentamos cada paciente al jefe de residentes. Durante las "rondas de trabajo", juntamos todas las historias médicas de los pacientes y las colocamos en un carrito para que estén listas y disponibles cuando hagamos las rondas con el jefe. Durante las rondas formales, se terminan todas las anotaciones y las órdenes del día son escritas por cualquiera que no esté presentando a ese paciente en particular, en general, el estudiante de medicina u otro interno.

Cuando comenzaron las rondas de trabajo, la mañana fue de mal en peor. Me reprendieron por no ver a los dos pacientes a los que se les estaba realizando las tomografías computarizadas. Aparentemente, debería haber bajado hasta la sala de tomografías para examinarlos allí. Me dejaron ir para hacer exactamente eso. Por supuesto, cuando regresé, las rondas con el jefe ya habían comenzado y nadie se atrevió a interrumpir a Blake para presentarme.

Al finalizar las rondas, el grupo se separó de inmediato y me quedé solo, sin saber qué hacer. Pensé que no era una buena idea pedirle ayuda a una enfermera, dada mi experiencia previa. En su lugar, seguí los carteles hacia el quirófano ubicado en el subsuelo.

Bajé por las escaleras de acceso "restringido" suponiendo que estaba autorizado a hacerlo, basándome en el hecho de que mi identificación abría las puertas y no sonaban las alarmas. Al abrir la puerta del subsuelo, me sumergí a un mundo de actividad constante. Fue como entrar a una colmena, sólo que todos estaban usando ropa quirúrgica.

Estaba girando lentamente en un círculo, asimilando todo, cuando me topé con una técnica en electrocardiografía y casi me caigo sobre su máquina. En lugar de gritarme, ella fue muy compasiva con mi situación:- Déjame adivinar, ¿primer día?

-¿Qué fue lo que te hizo pensar eso?

-Los casilleros están por ese camino, puedes conseguir ropa quirúrgica y cambiarte allí. Sal y dirígete en dirección opuesta, pasando las puertas dobles y llegarás a los quirófanos. Buena suerte. Me llamo Amy; probablemente nos estaremos viendo. Se fue antes de que pudiera agradecerle. Supongo que los quirófanos eran un ambiente serio.

Ser estudiante de medicina implicaba que no tuviera casillero ni ningún otro lugar para guardar mi bolso o mi ropa. Por lo tanto, tuve que arrojar todo en un rincón del cuarto de casilleros y tener la esperanza de que nadie se robara nada.

Cuando encontré el camino hacia el área pre-operatoria, nuestro primer paciente ya había sido transportado al quirófano. Hasta ahí llegó todo el examen pre-operatorio y la presentación.

Zigzagueé entre abejas obreras con vestimenta quirúrgica, todas usando mascarillas y gorros una vez que entré al área de los quirófanos. Después de dar tres veces vueltas en círculos, finalmente encontré el quirófano 18. Las salas no están numeradas consecutivamente; los números pares están en un corredor y los impares en otro.

Cuando entré. La puerta golpeó el carrito del anestesiólogo, lo cual atrajo la atención de todos. Identifiqué al Dr. Desgarbado que estaba hablando con otro individuo con ropa quirúrgica, quien yo presumía que era el Dr. Robor; ambos estaban examinando una resonancia magnética. "Desgarbado" hizo un gesto de negación con la cabeza hacia mí; Robor no hizo ningún gesto de reconocimiento.

La sala era bastante amplia con numerosas luces brillantes. En el centro, había un paciente conectado a varios monitores y entubado por vías intravenosas. Había un anestesista y una enfermera preparándolo para la cirugía; otra enfermera estaba ayudando a un instrumentador quirúrgico a preparar el equipo para la cirugía y los dos cirujanos estaban discutiendo el caso. Bastante impresionante. Había siete individuos presentes, incluyéndome a mí, al lado del paciente para esta cirugía.

"Desgarbado" vino hacia mí:-Ra, realmente necesitas hacer algo con tu puntualidad. ¿Llegaste a revisar el caso del Dr. West en el pre-operatorio?

-No, apenas logré cambiarme a tiempo.

-Que no pase de nuevo. El paciente es el Dr. Peter West; es un urólogo recientemente retirado al que le diagnosticaron cáncer pancreático. Esta cirugía es la única posibilidad que tiene de sobrevivir.

-¿Qué talle de guantes usas?

-Me encogí de hombros.- ¿Mediano?

-Maldición, hombre, ¿No sabes el tamaño de tus guantes? Pareces un 7.5. Haré que la enfermera te traiga un par. Al menos, ¿sabes cómo fregarte?

-Sí.-mentí. Claro que había oído de eso antes, el procedimiento de lavarse los brazos, desde la punta de los dedos hasta los codos, antes de ponerse una bata quirúrgica y guantes al comienzo de una cirugía. También, leí que era una completa tontería; en otros países, sólo se lavaban las manos y tenían el mismo índice de infecciones que nosotros teníamos en Estados Unidos, excepto que aquí pasábamos cinco minutos completos fregándonos la piel con desinfectantes cáusticos antes de *cada uno* de los casos. Pero me pareció que no era una buena idea notificarle al Dr. Desgarbado este chisme.

-Tal vez, todavía haya esperanzas para ti. Ve y friégate. No uses el lavabo del medio, ese es el de Robor. Te veré aquí en unos minutos. No contamines nada; todo lo que es azul está esterilizado.

De inmediato, salí para fregarme, Después de dar dos pasos, alguien me detuvo:- Oye, ¿a dónde crees que vas?

Me volteé:- A fregarme.

-La otra puerta de allí; asegúrate de orinar también. Este caso llevará al menos seis horas. —Por lo menos, el instrumentador quirúrgico no parecía tener una vendetta en mi contra.

Logré fregarme y ponerme la bata sin complicaciones.

Una vez que comenzó el caso, Robor se paró al lado derecho del paciente y "Desgarbado" al izquierdo. Detrás de Robor, se encontraba el instrumentador quirúrgico y yo tomé mi puesto detrás de "Desgarbado".

Esto apestaba; yo era el más bajo del grupo así que ni siquiera en puntas de pie podía ver por encima del hombro de "Desgarbado". Así es cómo pasé las primeras dos horas del caso, con la mirada fija en el hombro de "Desgarbado" mientras ellos operaban. De vez en cuando, pude llegar a ver una gasa empapada en sangre.

Cuando entró la enfermera auxiliar para darle un descanso a una de las enfermeras, notó mi precaria posición y me dio una banqueta para que me subiera.

¡Sorprendente! Mi visión cambió dramáticamente. Ahora, estaba mirando adentro del abdomen de Peter. Estaba fileteado, de par en par, y pude identificar el estómago, el hígado, el intestino delgado y el grueso y una estructura como una esponja medio grisácea y verdosa-¡el páncreas! Estaban completando la maniobra de Kocher. Yo estaba tan fascinado que ni siquiera me di cuenta que me estaba apoyando sobre "Desgarbado" hasta que él me dio un golpe en el estómago.

-Ra, sostén esto.-"Desgarbado" me da un retractor de metal, con el cual mantener la pared abdominal fuera del camino. Mi nueva misión en la vida era asegurarme de que el tejido que estaba retrayendo no se metiera en el medio del campo quirúrgico.

Lo debo de haber estado haciendo bien porque después de 45 minutos, me pasaron un segundo retractor de metal. Así es cómo pasé las próximas dos horas, retrayendo tejidos. Por la constante tensión de mantener los tejidos retraídos, me dolían los dedos, brazos, hombros y espalda. Pero, al menos, estaba haciendo algo diferente. ¡Estaba ayudando a operar!

El entusiasmo por retraer duró poco, desvaneciéndose en unos 15 minutos, después de los cuales el trabajo se volvió tan aburrido que comencé a cabecear mientras estaba de pie.

Mi vejiga comenzó a recordarme que necesitaba que la vacíe. Pronto me di cuenta de que estas cosas quirúrgicas eran para los pájaros. ¿Quién diablos, en verdad, quiere pasar las horas en un frío quirófano de pie, con sangre e intestinos hasta los codos, sin poder ir al baño, para tener una cirugía tras otra todos los santos días?

Continúo intentando convencerme a mí mismo de que aunque mi rol era mínimo, los calambres en los músculos valían la pena. Al menos, era un miembro activo en la cirugía de Peter. La verdad es que no lo era.

Una nueva enfermera entró a la sala y anunció:- Dr. Robor, los nuevos auto-retractores están aquí.

-Fantástico.-dijo el hombre-abrámoslos.

Tan pronto le entregaron el "auto-retractor", yo fui liberado de mis obligaciones. Me dijeron que el aparato reemplazaba todo lo que yo había estado haciendo las últimas tres horas…como verá, soy el último mono.

Lo que era aún peor. "Desgarbado" tomó mi taburete escalera para sí mismo así que, otra vez, tuve que mirar su hombro.

Finalmente, el caso terminó, 6 horas 30 minutos después de que comenzó. La jerga que se usó durante el procedimiento fue tan seria que ni siquiera sé si el caso resultó un éxito o un fracaso.

Robor dejó la sala de inmediato y uno de los internos entró a ayudar a cerrar la incisión principal. Una vez más, me quedé con la visión de un hombro sólo que, esta vez, era la de un interno porque "Desgarbado" se ubicó donde Robor estaba parado previamente.

Después de lo que pareció una eternidad, se sacaron todas las gasas estériles y otros vendajes y Peter West fue llevado a la sala de recuperación antes de ser trasladado a su habitación de hospital.

Me dolían los pies, los músculos y la vejiga se me había inflamado como una pelota de básquetbol. Estar de pie en un área de sesenta centímetros cuadrados, por más de seis horas ininterrumpidas con zapatos de vestir, no es la mejor forma de usar mi dinero de clases; al menos, según mi opinión. El lado positivo era que ahora podía ir al baño.

-Ra, ve con el Dr. Parker para asegurarse de que el próximo paciente esté listo. Quiero comenzar el caso en diez minutos para que podamos salir de aquí a las 8 p.m. y hacer las rondas nocturnas.

Esto no parecía estar yendo en dirección a ser un buen día.

Logré ver al nuevo paciente y orinar. Y eso fue todo lo que tenía que hacer antes de que comenzara el segundo caso.

El segundo caso era como el primero, pero peor. El Dr. Parker estaba en la sala también, así que me paré detrás de *él* las seis horas completas. Él estaba parado detrás de "Desgarbado", en el mismo lugar que yo estuve parado en el caso anterior. Ni siquiera llegué a retraer. Lo único "operatorio" que hice fue entregarle al instrumentador quirúrgico gasas llenas de sangre para que las tirara.

El primer par de horas estuvo OK; al menos, podía escucharlos enseñarle a Parker algo por aquí y por allí, así que aprendí un poco. Ya a las tres horas, estaba aburridísimo. Ya no había más enseñanza y mi visión de la espalda de Parker, desde unos diez centímetros de distancia, no había cambiado. Sin mencionar el hecho de que la sala estaba calefaccionada sólo a 15 °C y se hacía difícil respirar a través de la mascarilla. Por lo tanto, estaba temblando además de estar desesperado por oxígeno.

A las cinco horas, alguien me habló pero sólo para decirme que diera un paso hacia atrás porque yo estaba en su camino.

El caso terminó a las seis horas y Robor se fue de la sala. Suspiré con alivio; finalmente, pude ver el abdomen. Hasta tuve la esperanza de que pudiera dar un punto o una grapa. Ese pensamiento duró poco.

-Ra, el Dr. Parker y yo cerraremos aquí. ¿Por qué no preparas al próximo paciente así comenzamos de inmediato?- Sólo que no fue una pregunta.

Afortunadamente, el tercer caso fue mucho más corto, sólo una esplenectomía para el tratamiento de anemia hemolítica autoinmune. No estaba seguro de lo que significaba eso pero sonaba muy mal.

El único beneficio durante este último caso fue que cuando se instaló el aburrimiento extremo durante la segunda hora, el caso terminó. Gracias a Dios.

Eran las 10 p.m. Había terminado la mitad del primer día de cirugía y todo lo que había hecho, en las últimas quince horas, había sido quedarme parado inmóvil en tres operaciones importantes, completar unos papeles y orinar una vez.

Otra vez, cuando comenzaron a cerrar, me dijeron que fuera a chequear a los dos pacientes anteriores antes de las rondas nocturnas. La única buena noticia fue que los otros pacientes que vi esta mañana ya no eran mi responsabilidad. De ahora en adelante, sólo era responsable por pacientes a los que había fregado durante la cirugía.

Cuando localicé las habitaciones de los dos pacientes con Whipple, mi pager sonó con un mensaje conciso: habitación 643, de inmediato.

Salí corriendo y me topé con Parker en las escaleras, yo bajando y él subiendo. Supongo que recibió el mismo mensaje y tuvo que salir del quirófano.-Muévete, hombre, necesitamos poner un tubo torácico.-Parecía estar entusiasmado con la posibilidad de un procedimiento.

Llegamos y había caos por todos lados. No sé cómo, pero "Desgarbado" ya se encontraba allí. Podría haber jurado que hacía sólo diez minutos que me había ido del quirófano. Se estaba preparando para colocarle un tubo torácico a una anciana que parecía cianótica y se veía como dos décadas mayor de los 68 años que realmente tenía.

-Ahí llega el equipo. Dr. Parker, venga aquí. –"Desgarbado" le susurró:- ¿Ha colocado uno de estos antes? –Parker negó con la cabeza. "Desgarbado" habló aún más bajo.-Bien, usted es capaz, de alguna manera hay que aprender. –le dio a Parker el equipo.

Mientras preparaban a la paciente para el tubo torácico del lado derecho, yo tomé su historia clínica y comencé a leer sobre nuestra paciente.

Jane Dover era una mujer de 68 años que fue admitida, en el día de ayer, por falta de aire y se encontró que tiene varias lesiones en el pulmón, de acuerdo con la TC. Probablemente representaban múltiples focos de cáncer dada su historia como fumadora de más de 40 años y su reciente inexplicable pérdida de peso. Durante la noche, se le colocó oxígeno suplementario con el plan de obtener una tomografía por emisión de positrones por la mañana, para continuar trabajando en su sospechoso cáncer.

Hace veinte minutos, ella reportó dolor en su lado derecho y falta de aire que estaba empeorando a pesar del oxígeno. Una radiografía de tórax, realizada de inmediato, reveló hemotórax en el lado derecho, lo cual no estaba presente anteriormente ese día y eso, ciertamente, explicaría sus síntomas. La causa más probable fue que uno de los nódulos de cáncer había erosionado un vaso sanguíneo, el cual había sangrado, haciendo que el pulmón colapsara.

Probablemente ella no sobreviviría la pérdida de su pulmón derecho a menos que, de inmediato, se le colocara un tubo torácico para evacuar la sangre y permitirle al pulmón volver a expandirse.

Recordaba haber leído que colocar un tubo torácico podría ser un procedimiento muy gratificante ya que los pacientes sienten alivio casi de forma inmediata, ni que hablar del hecho que se trata de un procedimiento para salvar vidas, si todo saliese bien. Pero, en un fumador compulsivo podría ser bastante engañoso debido a un pulmón muy pequeño y frágil, haciendo que la colocación del tubo sea crítica y, a menudo, dificultosa.

En lugar de sostenerle la mano a Parker y guiarlo en el proceso, "Desgarbado" sólo hablaba mientras Parker hacía el procedimiento solo. Yo escuchaba; nadie más en la sala parecía estar prestando mucha atención al procedimiento. Todas las enfermeras estaban ayudando a mantener a Jane en posición y administrándole medicamentos o monitoreando sus signos vitales.

-Bien, el tamaño de esa incisión es perfecto. Ahora, expándelo con el hemostato. Excelente.- Parker parecía confiado en su habilidad aunque noté que le temblaban las manos. Probablemente, por nervios o adrenalina yo me cagaría en los pantalones si estuviera colocando mi primer tubo torácico sin aviso previo.

"Desgarbado" le dio un tubo de goma, agarrado entre las hojas del hemostato. –Aquí tienes el tubo torácico. Quiero que lo deslices hacia adentro justo arriba de la costilla como lo hablamos y luego, muévelo hacia adelante y apenas un poco hacia abajo; deberíamos ver salir sangre casi instantáneamente.

Parker hizo lo que le dijeron y casi de inmediato sangre oscura comenzó a fluir hacia afuera.

-Buen trabajo. Ahora, muévelo un poco más lejos. Bien. Sigue avanzando. Sí, exactamente así…un poco más. Sólo tienes que tener cuidado de no… ¡MALDICIÓN!

De repente, el lado derecho de su pecho se desinfló y el sangrado pasó de ser de un oscuro color borgoña a un rojo brillante.

"Desgarbado", literalmente, empujó a Parker a un lado y gritó:- Vendaje oclusivo de inmediato. ¡Consigue un quirófano YA! Tenemos que abrirla y arreglar esto. Llama al Dr. Blake y haz que se reúna con nosotros allí.

Las tres enfermeras de la sala dejaron todo lo que estaban haciendo y comenzaron, de inmediato, a conducir la cama hacia los elevadores del quirófano. En 20 segundos, la sala estaba desértica excepto por mí y Parker. Los otros estaban camino al quirófano.

Miré a Parker; no parecía muy preocupado. Se quitó los guantes y fue el primero en hablar. –Supongo que deberíamos terminar las rondas.

Tal vez haya sido sólo mi impresión pero sentí una pizca de emoción allí. Sé que todavía no soy médico pero hasta *yo* sé que algo muy malo acababa de ocurrir. Lo que noté fue que el lado derecho de su pecho de repente se descomprimió, lo que implicaba que la sangre tuvo que haberse ido a algún lugar. Claramente, no salió del tubo, lo que significaba que, probablemente, se haya ido a la cavidad abdominal. La única manera que podría haber sucedido fue si el diafragma se hubiese pinchado durante el procedimiento. La sangre color rojo brillante que apareció de repente fue, probablemente, secundaria a una laceración del hígado porque se llegó demasiado lejos con el tubo y fue demasiado agresivo.

Traducción: complicación grave.

Querría preguntarle sobre esto, pero Parker ya había salido por la puerta y se dirigía al séptimo piso.

-Eh, ¿no deberíamos ir al quirófano?

-No. Los Dres. Cooper y Blake se encargarán de eso. Nuestro trabajo es controlar a los pacientes de este piso. –Claramente, no quería hablar más sobre lo que había pasado.

Quería preguntarle cómo había logrado atravesar el diafragma y destruir el hígado, pero supuse que sería mejor mantener la boca cerrada si quería pasar esta rotación. Después de todo era julio, el peor tiempo para ser paciente en cualquier hospital universitario ya que es cuando todos los nuevos internos comienzan. Muchos estudios han demostrado que los índices de mortalidad y el número de complicaciones que ocurren en julio y agosto son, significativamente, más altos que en los otros meses, probablemente se deba a episodios como los que acababa de presenciar.

Lo que realmente me irritaba era que Parker no tenía ningún remordimiento con respecto a estas acciones; de hecho, parecía impávido ante la experiencia. Si yo hubiese hecho algo para causarle a alguien una complicación potencialmente de muerte, que requiriese cirugía de alto riesgo de emergencia, creo que estaría conmocionado y re-evaluando seriamente mi vida y hasta, probablemente, considerando seguir otra carrera.

La falta de empatía me molestó, conjuntamente con el hecho de que yo tenía que referirme a los internos como "Dr." Decidí que cirugía apestaba. Los cirujanos viven en su propio pequeño mundo egoísta; un mundo que tiene uno de los más altos índices de divorcio, adulterio, alcoholismo y otras estadísticas repugnantes.

Los cirujanos también cumplen con algunas de las horas más largas de cualquier ocupación del planeta y cobran grandes sueldos...alguien tiene que pagar la pensión alimenticia y la manutención de los hijos.

Aunque no lo sabía en ese momento, había aprendido una regla importante: En el estudio de la medicina, mucho de lo que se aprende es lo que *no* se debe hacer y cómo *no* actuar al observar a otros.

Intenté comer algo pero la cafetería estaba cerrada. La sala de cirujanos ya había sido saqueada y todo lo que quedaba eran algunas galletas a medio comer y un poco de gaseosa. Bon appétit...al menos, eran calorías que mantendrían mi azúcar alto durante la noche.

Finalmente, logré ir a la habitación del Dr. Peter West, nuestro primer paciente con Whipple del día, y llamé a su puerta. La falta de respuesta mostraba claramente que debía entrar, los hospitales no tienen ningún sentido de privacidad. Rápidamente, me saludó una mujer, bien vestida, que parecía tener unos 50 años- o es un asalta-cunas o ella envejecía extremadamente bien. El Dr. West estaba durmiendo y parecía bastante sedado por su anestesia.

-Supongo que usted es la esposa del doctor.

-Sí, encantada de conocerlo. –estrechó mi mano. -¿Doctor?

-No, me llamo Raj. Soy estudiante de medicina. Estuve observando el caso de su esposo más temprano.

-Qué gentil de su parte darse una vuelta por aquí. Bert pasó por aquí antes y me dijo que el caso fue extremadamente bien y que deberíamos saber en un par de días si fue curativo o no. Desafortunadamente, he leído todo sobre cáncer pancreático y Peter tiene solamente el 10% de posibilidades de curarse y de vivir un año más, dado el tamaño de su masa.

-¿Usted también es médica?

-No, por Dios santo, no. Terminé mi Ph. D. cuando Peter estaba haciendo su residencia en urología hace unos 38 años. Nos casamos y quedé embarazada un tiempito después de que defendí mi tesis y me he quedado en casa cuidando a nuestros tres hijos desde entonces.

-Una madre con mucha educación universitaria que nunca trabajó, ¿no es cierto?

Se ríe ante el halago. –No, en realidad sólo quise obtener mi título para mantenerme ocupada porque sus horas en el hospital eran muy largas. En ese entonces, vivíamos en San Francisco. Él estaba en el SF General Hospital y yo estaba en Cal. Nos conocimos en UC Berkley, en su último año de la escuela de medicina y mi primer año de la carrera y nos casamos en su primer año de residencia. Bert Robor y Peter fueron juntos a la escuela de medicina de la UCSF.

-El Dr. Robor es uno de los mejores cirujanos que hay para el cáncer pancreático.

-Sí. Hace años que conozco a Burt. No le cuente a nadie pero Peter le hizo a Bert una biopsia de próstata el año pasado.

-¿El Dr. West se jubiló hace poco?

-Ja. ¿Se jubilan los cirujanos? Teníamos grandes planes de viajar por el mundo y de tener vacaciones de lujo, pero Peter siempre dijo que lo haríamos más tarde. Y ese momento nunca llegó y le diagnosticaron cáncer hace sólo un mes. Nuestros planes de viajar y ver el mundo nunca llegaron. –se quedó mirando con añoranza por la ventana, claramente preguntándose cómo podría haber sido la vida.

-¿Todavía trabaja?

-Una vez que le diagnosticaron cáncer, lo obligué a jubilarse. Ha estado trabajando los siete días de la semana durante 34 años. Comenzó una corporación en Beverly Hills y es el dueño de varios edificios médicos y de un par de centros quirúrgicos. Era tan exitoso que podría haberse jubilado hace una década. Creo que ama su trabajo. Trabajó tanto que el menor de nuestros hijos se niega a hablarle y los otros dos apenas lo llaman, a excepción de una vez al año. Yo viajo a verlos y somos unidos pero a Peter sólo lo ven como un padre ausente.

-No tenía idea. Pensé que tenían una familia y una vida perfecta.

-Usted es un ingenuo, ¿no es cierto, querido? Amo a ese hombre sólo que él nunca estuvo presente. Por supuesto que pude comprarme todo lo que quise y los chicos tuvieron una educación de excelencia; incluso él estableció un fondo fiduciario para la educación de sus sobrinas, sobrinos y nietos. Pero eso no compensa el hecho de que simplemente no estaba presente. Parí a mis tres hijos sola; él estaba en el trabajo. Fui a todas las reuniones de padres sola. Yo era la mamá de fútbol, la tutora, el chofer, el entrenador de básquetbol, la que les leía cuentos antes de dormir y papá sólo los arropaba. Él era sólo el proveedor.

-No tenía idea de que pudiera estar casada y, sin embargo, sola.

-Esa es la vida de un cirujano. Siempre lo emocionó operar y salvar vidas. Su momento de felicidad era cuando contaba historias de cómo pudo cortar un tumor por completo, restaurar una función urinaria o corregir una disfunción eréctil y mejorar, de manera drástica, la vida de otro. Supongo que no puedo culparlo por ponerse contento al estar al servicio de los otros. Me hubiese gustado compartir algunas alegrías con Peter fuera de la medicina, pero siempre era "más tarde"…

-Estoy seguro de que va a estar en el 10 % y va a vencer esto.

Ella asintió con la cabeza, reconociendo mi intento de empatía y consuelo. Nos sentamos en silencio por varios minutos y cuando la señora West comenzó a hablar, me contó cómo era su vida como esposa de un cirujano. Con razón los cirujanos tenían un alto índice de divorcio. Nunca estaban en casa y las oportunidades de tener aventuras amorosas eran muchas. También tenían la excusa perfecta para cubrir tales encuentros. Siempre podían decir que estuvieron de guardia y un esposo o esposa nunca dudarían del hecho de por qué nunca regresaron a casa esa noche.

Los chicos tenían la mejor ropa, algunos de los coches más rápidos y los juguetes más geniales durante la escuela secundaria. Se pagaron las clases en la universidad y el dinero nunca fue un problema. Pero, sin embargo, odiaban a su padre por no ser un padre presente.

Fue perturbador saber que un cirujano podría llevar una vida profesional exitosa pero dejar mucho que desear socialmente. Fui un estúpido al imaginarme que un cirujano sería tratado como héroe en su casa.

-Dios mío. Mire la hora. Son las 2 a.m. Siento haberlo entretenido por tanto tiempo, Raj. Fue un placer hablar con usted. Me han sucedido muchas cosas últimamente. Por favor, no tome nada de lo que dije de manera negativa. Medicina es una carrera fantástica y la oportunidad de ayudar a otros cuando lo necesitan es invaluable, pero todo con moderación y equilibrio es mejor.

Después de decir eso, le dio un beso al Dr. West en la frente y se fue de la habitación.

Vi al Dr. Desgarbado que estaba escribiendo una historia clínica en la estación de enfermería así que caminé hacia él y le pregunté:- ¿Cómo fue ese caso?

-La perdimos en la mesa de operaciones. Murió desangrada. – lo dijo con tanta naturalidad que se podría pensar que estaba hablando del tiempo.

-¿Eso es todo?

-¿Y qué más? Había sido fumadora durante tropecientos años y tenía cáncer por todos lados. Iba a morir de alguna manera e iba a deprimirse durante la quimio y la radiación. Al menos, Parker nunca más empujará demasiado fuerte cuando tenga que colocar un tubo torácico de nuevo.

Me quedé sin palabras. Todo lo que sabía era que, si alguna vez necesitaba atención médica, sería a través de la práctica privada en un hospital que no sea escuela, donde mi sobrevivencia importase más que el aprendizaje de alguien. No es extraño que los aprendices llamen a los hospitales escuela "laboratorio fresco de humanos".

Había decidido retirarme por esa noche cuando oí el pager de "Desgarbado" sonar. Supuse que sería mejor quedarme ya que estaba seguro que más trabajo venía en camino.

-Ra, ven conmigo a la sala de emergencias. En un par de minutos van a llegar unas personas baleadas. Aparentemente, tres pandilleros que discutieron sobre drogas; uno tiene múltiples disparos en el abdomen, otro una bala en el pecho y el tercero, un tiro en el brazo.

Corrimos por el pasillo hasta los elevadores de emergencias. – Yo atenderé el caso torácico con el Dr. Blake; ese tipo tiene una posibilidad de sobrevivencia. El abdominal es un caso desahuciado, pero todavía está vivo así que ¿por qué tú y Parker no lo atienden? En todo caso, será una buena experiencia y no hay posibilidades de que haya alguna complicación. El tipo del brazo puede esperar hasta más tarde a que le saquemos la bala.

Un vistazo y pude darme cuenta de que el tipo con la herida abdominal estaba desahuciado; ni siquiera tenía sentido intentar operarlo. Su abdomen parecía un queso suizo, con pedazos de intestino y sangre, saliendo a través de varios agujeros. La racionalización de Parker era que lo único bueno que este tipo podía hacer con su vida era darnos la oportunidad de aprender, para que podamos usar ese conocimiento en ayudar a otros en el futuro.

Aún con un milagro, ¿Cuáles eran sus posibilidades de sobrevivir con un interno y un estudiante de medicina que intentan hacer cirugía mayor? El resultado es cero.

Lo llevamos al quirófano, lo abrimos por completo y nos entretuvimos con él unos 45 minutos. Le hicimos una transfusión con 12 unidades de sangre 0 negativo antes de que su corazón decidiera detenerse. Por supuesto que fue una grandiosa lección de anatomía y fue fascinante ver cuánto daño podrían causar cuatro balas pequeñas, calibre .22, al rebotar alrededor de la cavidad abdominal. Definitivamente, no se hizo buen uso ni del tiempo ni de los recursos del quirófano del hospital. Pero supongo que así es cómo se forman los cirujanos. Con razón cuesta más de dos millones de dólares entrenar a un cirujano.

Parker estaba eufórico. Él se encargó de sujetar con abrazaderas la aorta abdominal, quitar el bazo, cauterizar una laceración de hígado y, luego, hasta me dejó poner las grapas para cerrar a nuestro Juan Perez…después de que lo declaramos muerto en la mesa.

No sé si cuenta como *operación* después de declarar a un cuerpo como cadáver.

Creo que las 12 unidades de sangre terminaron sobre nuestras batas, las cuales estaban empapadas con una combinación de contenidos intestinales y sangre. De hecho, había tanta sangre que había traspasado a través de mi bata, mi ropa quirúrgica y en mis boxers. Las fundas de mis zapatos protegían mis zapatos solamente, pero mis medias estaban empapadas de fluidos en los que no quería pensar. Yo era un asco y estaba empapado y disconforme.

A pesar de estar más empapado que yo, Parker estaba excitadísimo. La emoción de operar lo puso en el séptimo cielo.

Fui corriendo a los vestuarios para ducharme y descontaminarme. Apestaba; ni siquiera sabía que iba a estar de guardia, así que no tenía una muda de ropa. Tiré las medias y los boxers; terminé usando los pantalones sin calzones y los zapatos de vestir sin medias.

Terminé de ducharme, justo a tiempo para la pre-ronda a las 4:30 a.m. El Dr. West todavía estaba en su mundo de fantasía y nuestros otros dos pacientes post-operados estaban en la unidad de cuidados intensivos debido a una extubación demorada y no eran nuestro problema hasta que llegasen al piso.

Ya que el caso de la balacera iba a tardar un par de horas más, el médico tratante excusó a "Desgarbado" para que pudiera hacer las rondas mientras Blake me ayudaba a terminar el caso. Después de completar las rondas, supuse que nuestro día había terminado, de acuerdo a las nuevas leyes nacionales establecidas por la ACGME, que decían que no se permitía a los residentes bajo mandato trabajar más de 88 horas a la semana o más de 30 horas consecutivas sin, por lo menos, un descanso de 8 horas.

Estaba equivocado.

Había seis casos programados para hoy: dos grandes resecciones de intestino, tres vesículas y una fundoplicatura de Nissen.

Por alguna razón, "Desgarbado" y Parker tenían la energía y la motivación de quedarse y atender esos casos. Me enviaron a casa, alrededor del mediodía, después del primer caso. Ellos se quedaron pasadas las 7 p.m. o por alrededor de 37 horas desde cuando pisaron el hospital el día anterior. Sólo habían dormido unas dos horas durante ese tiempo. La sorpresa es que este no es un día atípico para los cirujanos que están haciendo la residencia; a menudo, están de guardia cada tres o cuatro días e increíblemente ocupados entre los cinco y siete años de capacitación.

Rápidamente, aprendí que los cirujanos que están en entrenamiento no informan, de manera honesta, la cantidad de horas que trabajan.

Las estadísticas de mi primer día de cirugía: duración = 30 horas, pacientes muertos =2, boxers sucios con material intestinal de otra persona=1. Sólo quedan 7 semanas y 5 días más. Un mes completo en este servicio y otro mes en algún otro lugar.

Necesitaba invertir un poco más en ropa interior. Ese fue mi último pensamiento antes de dormir, sin darme cuenta, una corta siesta de siete horas.

-Buenos días, Dr. West.-dije al golpearle suavemente el hombro. Se despertó con esa mirada de confusión que uno pone cuando se ha tomado unas altas dosis de narcóticos.

-Ah, hola. –Tenía la voz áspera y débil pero, aun así, tenía una entonación de confianza y autoridad.

-Soy, Raj. No sé si me recuerda. Hablé con su adorable esposa ayer.

Ahora, se estaba despertando y miraba alrededor como si estuviese viendo la habitación por primera vez. Pero rápidamente recordó dónde estaba y por qué estaba allí.-Ah, sí, imagino que es estudiante de medicina, bata corta. Lo siento, no lo recuerdo, pero Bert me inundó de narcóticos ayer.

Estrechamos las manos y a pesar de que le habían realizado una cirugía mayor ayer, apretó la mano firmemente. –Sólo quería ver cómo estaba y cómo había pasado la noche.

-Bueno, todavía estoy aquí, ¿no es cierto? Debe decir que fue bien. ¿Estarán para hoy los resultados patológicos?

-No, posiblemente estarán mañana. Por lo que sé, su tumor era bastante grande.

-Sí, dígamelo a mí. Fui yo el que esperó mucho tiempo hasta que el dolor fuese serio para operarme, así que fue mi culpa. –no había remordimiento en su voz, claramente era un hombre que se responsabilizaba por sus acciones. Ya me agradaba; era honesto y afable. Es difícil de creer que fuese tan adicto al trabajo que sus hijos lo repudiaran. Ninguno de los tres había venido a estar con él después de una cirugía tan grande.

-Me contaron que se acaba de retirar de la medicina.

-Espere, deténgase ahí un momento. Dejé de ser cirujano y me retiré de la práctica de medicina pero siempre seré médico; eso es todo lo que sé hacer.

Eso no era cierto. Pero mantuve ese pensamiento para mis adentros. –Revisaré sus heridas y regresaré con el equipo cuando hagamos las rondas, ¿ok?

-Oiga, usted es el Doc. Soy todo suyo. –me guiñó el ojo.

Las rondas fueron bien y hubo sólo dos casos largos con Robor hoy, así que estuvimos libres a las 8:30 p.m. al terminar las rondas de la noche. Me di una vuelta por la habitación del Dr. West para revisarlo y él estaba hojeando una revista médica.

-Pensé que se había jubilado.-dije, señalando la revista.

-¿Qué puedo decir? A un perro viejo no se le puede enseñar trucos nuevos. He estado leyendo estas revistas por tanto tiempo que no sé qué más hacer con mi tiempo.

-¿Por qué no viaja? Su esposa dice que es algo que sigue postergando.

-Es difícil cuando tengo más de 40 grapas que apenas me mantienen cerrado y, potencialmente, un cáncer que me está comiendo vivo desde adentro.

-Excusas. Suponga que se le extirpa el cáncer por completo con márgenes claros. Las grapas se las quitarán en un par de semanas y en un mes o dos, estará como nuevo. Y después qué.

-Me agrada, usted, no dice tonterías y va directo al grano. Si el cáncer es completamente removido, haré un trato con usted. Haré todas las cosas que dije que haría pero que ignoré debido al trabajo.

-OK, dispare.

-¿De qué habla?

-Lo siento. Me refiero a que dispare las cosas que va a hacer. Yo seré su escribiente. Hablar es barato pero si está escrito, yo puedo hacer que usted cumpla.

-¿Es en serio?

Asentí con la cabeza.

- Usted me agrada aún más. Ok, hagámoslo: 1) comprarle flores a mi esposa; 2) sentarme al frente y en el medio en la Filarmónica de Nueva York para la que mi hijo mayor toca el violín; 3) un viaje en primera clase a Europa; 4) una donación anónima al refugio de mujeres golpeadas en Nueva York donde mi hija trabaja. Eso es todo por ahora.

-Buen comienzo. Parece que lo ha pensado bien. –dibujé una cajita al lado de cada ítem de la lista y la pegué con cinta al espejo, al lado de su lavabo. Luego, tomé una foto de ella con mi teléfono y la guardé en caso de que la necesitara más tarde.

-En los últimos días he aceptado que he estado viviendo para mí mismo. He sido egoísta y otros han sufrido enormemente a causa de mi comportamiento.

-¿A qué se refiere? Usted es un cirujano inmensamente exitoso; ha salvado innumerables vidas y ha ayudado a miles de otros con sus problemas. Eso no es exactamente cómo definiría la palabra "egoísta". ¿Me perdí de algo?

-Por supuesto, he hecho esas cosas y muchas más, pero no porque me importara mucho lo que estaba haciendo. Fue algo que me hizo bien a *mí*. Cuando salvé una vida o curé el cáncer, fue una inmensa sensación de logro. Me hizo sentir más grande que la vida. Fue fácil volverse adicto a esa sensación y olvidar todo lo demás. Sé que fui un mal esposo y padre. Nunca fui un padre. Por supuesto que fui respetado y me volví rico pero no era diferente a un heroinómano. Me metí en eso por la excitación, la sensación de poder y el entusiasmo por el éxito.

-Pero usted brindó todo su tiempo a ayudar a otros cuando lo necesitaron. No veo la parte egoísta allí.

-Déjeme ponerlo en perspectiva. Me encanta operar pero no me gusta la cirugía. Lo que me gusta es que después de la cirugía, camino hacia una familia que me ha estado esperando por horas, sentados literalmente en los bordes de sus asientos, con una ansiedad palpable, temiendo lo peor y esperando desesperadamente lo mejor. Esperan mi llegada y luego, yo les doy la buena noticia. Es tan excitante decirle a la familia que su querido pariente está curado de una enfermedad muy grave; eso hace que la cabeza gire. Ese sentimiento de poder se convierte en una adicción. Por supuesto que el dinero era bueno, pero era secundario. Yo era como un heroinómano al que le pagaban por obtener su dosis. Era fantástico; por años gané un sueldo de siete cifras. Y una vez que se tiene dinero, es fácil hacer más. Los bienes raíces, los centros de cirugía, las corporaciones médicas y el capitalismo empresarial me beneficiaron más que mi salario. Pero el dinero no me atraía. Lo que amaba era ser un héroe.

-Su pasión por el éxito lo motivaron a hacer un excelente trabajo.

-Por supuesto, mis resultados estaban por encima del promedio, incluso fueron excepcionales. Pero todo fue a costa de mi esposa e hijos. No crea que yo no lo sabía; sólo estaba dispuesto a pagar el precio para hacerme sentir bien a mí mismo. No es muy diferente a una prostituta que trabaja para conseguir crack o un drogadicto.

-Entonces, ahora que ya se jubiló, ¿no tendrá abstinencia? Los adictos al alcohol y a la heroína pueden morir si lo dejan de manera repentina.

-Ya podría estar muerto. Mi destino está en la interpretación del patólogo.

-Es razonable. Pero como cirujano, sabe que debe esperar lo inesperado y siempre debe tener un plan B y hasta un C; la medicina se trata de opciones. Supongamos que está curado…por una vez, usted se encuentra del lado de recibir la noticia en lugar de darla.

-Bueno, mi esposa tuvo que soportar mucho. Creo que es hora de permitirle a ella ser egoísta. Incluso yo podría aprender a divertirme de nuevo.

-¿Y los chicos?

-Bueno, uno se niega a hablarme. De hecho, hace casi 15 años dijo que yo estaba muerto para él, así que ese sería un callejón sin salida. A los otros dos tendré que dejarlos que me juzguen de acuerdo a mis acciones. Después de todo, una acción vale más que mil palabras.

-Pensé que había dicho que la donación sería anónima, ella nunca podría saberlo.

-Ella es una chica inteligente, se dará cuenta. Ella fue a la escuela de leyes de Duke, consiguió un empleo muy importante en una empresa de Nueva York, trabajó un par de años allí y dejó para trabajar en el refugio. Creo que, muy en el fondo, ella piensa que yo golpeé a su madre con mi estilo de vida ausente. Por lo tanto, para devolverle a la sociedad, ella está ayudando a mujeres golpeadas que no tienen ningún lugar a dónde dirigirse. Ella ayuda con asesoramiento, tanto psicológico como legal, hasta las representa en la corte y hace cualquier cosa para ayudarlas a recuperarse.

-Bastante altruista. Debe estar orgulloso.

-Créame que lo estaba y, muy adentro mío, lo estoy pero nunca se lo hice saber. Siempre la presioné para que siga la ruta corporativa y que intente ser socia en una empresa importante, donde ella pudiese ganar muchos billetes. Yo equiparaba el éxito con la remuneración financiera y se lo enfatizaba mucho a mis hijos.

-A su hijo le debe estar yendo bien, tocando para la Filarmónica de Nueva York. Es muy prestigiosa.

-Él es mi hijo mayor, un muchacho muy listo y talentoso. Jugaba al tenis y le ofrecieron media beca para ir a Stanford, pero su pasión era la música. Yo insistí para que él fuera a La Granja y cursara estudios pre-médicos o de negocios y dirigiera un fondo hedge. Mi esposa entendía su pasión e insistió para que asistiera a Juilliard.

-No está mal tener que elegir entre dos de las mejores universidades de Norteamérica.

-Sí, eso se podría pensar pero yo insistí para que él no desperdiciase su vida como un músico hippy y tuvimos muchas peleas. Finalmente, él se puso del lado de su madre y compró un pasaje sólo de ida a Nueva York. Es muy respetado por su desempeño y varias orquestas profesionales lo buscan. Su sueño es convertirse, algún día, en director de orquesta y creo que lo será muy pronto.

-¿Y su otro hijo?

-Ay, Jeremy, el bebé de la familia; sólo tiene 21 años, es una década menor que sus hermanos y hace diez años que no me habla. Siempre detestó el hecho de que yo no estuviese presente. Un día le prometí verlo jugar al fútbol; era el partido del campeonato regional, pero me surgió un caso de emergencia y me perdí el partido y la fiesta posterior en la heladería. Siempre me lo echó en cara y se negó a hablarme a partir de ese momento. Fueron cinco años incómodos de vivir con él.

- ¿Se refiere a que durante toda la escuela secundaria no se hablaron?

-Bueno, yo le hablaba pero él nunca me respondía. Le hablaba a su madre cuando yo no estaba cerca y ella me transmitía lo que él pensaba. Pero nunca pidió mucho o causó problemas. Entre nosotros, creo que estaba metido en las drogas pero nunca lo pudimos asegurar ya que era un excelente estudiante en la escuela.

-¿Nunca se metió en problemas?

-No, señor, siempre fue intachable. Creo que se debió, principalmente, al hecho de que él era demasiado listo para que lo atraparan.

-Mejor que la alternativa.

-Se salteó un par de grados. Su razonamiento le permitió irse de casa mucho más pronto. Le había ofrecido enviarlo a Andover o Exeter o a cualquier otro internado que él eligiese pero su madre no lo permitiría; se llevaban fabulosamente bien y ella no quería que se fuese antes de lo necesario.

-Pero él se fue a la universidad a una edad temprana, ¿verdad?

-Claro, a los 16 se inscribió en Caltech y se graduó con un fantástico promedio de notas, con una doble licenciatura en matemáticas y física. Inmediatamente, le ofrecieron innumerables trabajos. Aceptó uno para una operación del centro de investigación gubernamental, uno de esos trabajos en los que se dice "Tendré que matarte si te lo cuento", con los niveles más altos de seguridad.

-Diría, según consta en el papel, que usted tiene una vida soñada: una esposa hermosa, una carrera exitosa, dinero a montones y tres hijos inmensamente exitosos. Pero el hecho de que su esposa lo deje solo, en general, aún después de una cirugía mayor y que ninguno de sus hijos lo visite indica que la versión escrita es bastante engañosa.

-No sabe ni la mitad. A Jeremy le compré un coche cuando cumplió 16 años y por entrar en una universidad tan maravillosa, él obtuvo un nuevo Porsche 911 Carrera. No lo condujo ni una sola vez y el día que se fue a la universidad sólo dejó una nota en la ventanilla que decía "devolver al que lo envió". Esa fue la única comunicación directa que tuve con él desde que tenía 11 años.

-¿Qué va a hacer por él cuando salga de aquí?

-Buena pregunta. No sé si hay mucho que pueda hacer. Por lo que veo, está bastante bien cuidado. Sé que le dio positivo el test de algunas drogas ilícitas hace un par de meses, lo cual es motivo de finalización de su nivel de seguridad. Pero los poderes existentes giraron las cabezas hacia otro lado y él todavía está haciendo lo que sea que él haga.

Yo estaba tan absorto en nuestra conversación que perdí la noción del tiempo. Volví de golpe a la realidad cuando todo el equipo entró a la habitación del Dr. West para las rondas de la noche. Estaba seguro de que me reprenderían por holgazanear y yo no tenía excusa, ya que el equipo había trabajado siete horas extras ayer mientras yo dormía la siesta.

Antes de que me pudiera defender, el Dr. West habló en voz alta:- Ah, todo el equipo ha venido a visitarme. Debe haber sido un día tranquilo en la sala de emergencias, ¿no es cierto?

-Hola, Dr. West.-Blake tomó la delantera mientras el equipo entraba a la habitación detrás de él. —Sólo queríamos asegurarnos de que todo estuviese bien y de que el estudiante de medicina no le estuviese causando problemas.

-Raj es absolutamente adorable. Me temo que lo distraje de sus otras obligaciones, contándole sobre mis historias pasadas. La mezcla de narcóticos y ansiedad por esperar los resultados patológicos, después de una cirugía de resección de tumor, pueden hacerle eso a una persona.

-No hay problema, Dr. West; él es parte del equipo al igual que todos nosotros. Si necesita la ayuda de Ra en algún momento, sólo hágamelo saber.

-Muchachos, han hecho un gran trabajo. Saluden a Bert de mi parte. Todo está bien aquí. Estoy seguro de que los veré a todos mañana.

Blake le realizó un rápido examen y todos nos fuimos de la habitación del Dr. West. Afortunadamente, nadie se dio cuenta de la lista de cosas por hacer que había pegado con cinta en el espejo.

-Tienes suerte de que él se haya hecho cargo del hecho de que llegaras tarde, Ra. De lo contrario, esta habría sido tu tercera vez desde que comenzaste la rotación.- comentó "Desgarbado".

Logré pasar el resto de las rondas sin llamar más la atención. Nos fuimos del hospital todos juntos. Diría que fue un día exitoso; nadie murió sólo para que los aprendices de cirugía pudieran aprender algo.

~~~~~

Me desperté de un sobresalto; pensé que estaba teniendo una pesadilla. Resultó ser el comienzo de un mal día. El susto fue porque sonó mi pager. Debo de no haberlo escuchado la primera vez porque hubo dos mensajes idénticos, con un par de minutos de diferencia. De inmediato, llamé al número.

Era Blake.-Ra, te necesitamos de inmediato. Hubo un choque en cadena con nueve autos involucrados en la autopista 10 esta mañana. Sucedió hace unos 15 minutos. Hay varios casos de emergencia quirúrgica que vienen en camino. Necesitamos a todos los que podamos conseguir, en el quirófano, de inmediato para que nos ayuden. Te veo allí en 15 minutos. Estaré en el quirófano 10. Nos vemos allí.

Colgó. Parpadeé un par de veces para ubicarme y darme cuenta de que todavía estaba en casa. Por suerte, me había quedado dormido en el sofá con la ropa quirúrgica puesta así que con un cepillado de dientes rápido y un poco de agua en la cara, fui derecho al quirófano.

La vida de un cirujano apesta.

La sala de emergencias era puro pandemonio. Cada quirófano de urgencias tenía una persona sangrando. El altavoz pedía constantemente más ayuda médica en la sala de emergencias.

Había sangre por todos lados. De hecho, si el paciente no estaba sangrando, ni siquiera se le permitía estar en el pasillo; se lo llevaban a la sala de espera.

Por primera vez en mi vida, vi etiquetas de triaje. Sólo se usaban en situaciones catastróficas; este debe haber sido un choque en cadena serio.

Estaba intentando descubrir dónde era que me necesitaban cuando, de repente, las puertas se abren de golpe y entró una cuna seguida por una camilla. La cuna tenía una etiqueta negra pegada, lo que indicaba que el ocupante ya no estaba vivo. La conmoción sucedía detrás de la cuna. Esa camilla tenía una etiqueta roja, lo cual significaba que se necesitaba una intervención emergente. Había todo un equipo realizando tareas de resucitación en un persona; en ese momento no podía decir si era un hombre o una mujer. Blake estaba liderando los esfuerzos cuando, de repente, me vio.

-Ra, ayúdame aquí. Toma esta bolsa y suminístrale ventilación asistida rápido. Llévala al quirófano 10 de inmediato; te veo allí. Ella tiene un neumotórax derecho, fracturas pélvicas y varias laceraciones en ambas extremidades inferiores. Tenemos una chance vendándola. Haz que la entuben y diles a los de anestesia que le bombeen, al menos, 6 unidades de sangre para comenzar y veremos qué pasa.

Me acababan de dar mi ascenso en el campo de batalla. En lugar de estar asustado e intentar esconderme, hice lo que me ordenó. Aunque estaba muy asustado, el equipo de enfermeras, técnicos y paramédicos estaba buscando a alguien que liderara y ese era yo.

Tenía la pierna derecha todavía sangrando profusamente por una laceración muy profunda. –Que alguien le haga un torniquete en el muslo derecho. –grité con autoridad mientras la maniobrábamos hacia los elevadores.

Sorprendentemente, para cuando se abrieron los elevadores ya se le había hecho un torniquete en el muslo derecho y el sangrado era significativamente menor. Me podría acostumbrar a este tipo de tratamiento.

-Denle un litro de solución salina normal y mantengan la presión sobre las heridas. Asegúrense de que tenga pulso y que esté recibiendo oxígeno.

-El pulso es de 130 y débil, Doc pero, definitivamente, tiene. –respondió alguien.

-Los sonidos del pulmón derecho son claros y sólo tiene rastros de cianosis. –informó otro.

Parece ser que un equipo de emergencias trabaja bien, siempre y cuando, haya alguien que lidere. Antes de que me diera cuenta, estábamos pasando rápidamente por las puertas del quirófano 10.

Le di un rápido informe a la anestesista y ella, de inmediato, intubó a nuestra Juana Pérez (JP) para tener el control de su conducto de ventilación. Luego, se le dio a JP algunos analgésicos fuertes y relajantes musculares. Mientras esto sucedía, los técnicos del quirófano rápidamente le cortaron el resto de su ropa usando sus tijeras de trauma. Simultáneamente, el residente de anestesia colocó una línea arterial en el brazo izquierdo de JP y el médico tratante colocó una línea subclavicular en el lado izquierdo después de que fue intubada.

El tiempo total que llevó todo fue de 3 minutos.

En el momento en el que se le estaba haciendo, rápidamente, la transfusión de la primera unidad de sangre, el Dr. Blake entró a la sala. Su confianza tranquilizó a todos de inmediato. Antes de que pudiera hablar, le entregaron un tubo torácico, el cual insertó con un par de movimientos fluidos. En segundos, el lado derecho del pecho de JP se volvió a inflar y su color, casi de inmediato, pasó de ser un suave azul claro a un saludable rosa.

-Bueno, eso es algo menos de qué preocuparse. Neumotórax arreglado. Lo siguiente que debemos hacer es amputarle la parte inferior de la pierna derecha; está demasiado destruida para salvarla. Quienquiera que le haya puesto ese torniquete hizo un gran trabajo, probablemente le haya salvado la vida. –declaró el Dr. Blake.

Y nos fuimos a trabajar. Operar con un jefe de residentes, motivado y bien entrenado, era una experiencia totalmente diferente a la de presenciar un trabajo rápido, sin importar la calidad ni los detalles, hecho por Parker. En tres horas, habías evaluado por completo a JP, corregido el neumotórax del lado derecho, amputado la parte inferior de la pierna derecha, estabilizado la fractura pélvica y suturado todas sus múltiples laceraciones.

Tras quitarnos las batas, Blake me llevó a un lado:-Realmente hiciste un buen trabajo, Ra, al llevarla al quirófano. Si no hubieses pensado rápidamente en su pierna sangrante, tal vez no hubiera sobrevivido. Creo que va a estar bien con un poco de tiempo y rehabilitación. Le conseguiremos una fantástica pierna protésica y ella podrá correr una maratón en seis meses.

-Gracias. – salimos caminando juntos. El sol estaba comenzando a aparecer.- ¿Viste la cuna?

-Era su hija, sólo tenía dos años. Murió camino al hospital. Nadie tuvo el valor para ingresarla. Yo fui el que arrancó la etiqueta roja y la declaró muerta afuera. Horrible.

No sabía qué decir así que hice lo que los estudiantes de medicina saben hacer mejor, cambié de tema. -¿Quiere que lo ayude con las rondas?

-Te diré una cosa; Parker, últimamente, ha estado arruinando las cosas. Dos personas murieron durante su guardia. Necesita tiempo para tranquilizarse y recuperarse. ¿Por qué no me ayudas hoy y le diré a él que tome nota? De todas maneras, no respondió al mensaje que le envíe por pager.

Ayudar a un cirujano experimentado era un mundo de diferencia, comparado al hecho de hacer tonterías con los internos. Blake era una persona completamente seria y un gran profesor. Me permitió ver lo que estaba sucediendo y si yo respondía sus "interrogatorios" correctamente, él me recompensaba permitiéndome hacer un par de suturas y hasta cerrar una incisión de piel grande. Al final del día, con él me sentía que estaba aprendiendo realmente y que todo este tema de cirugía, tal vez, fuese algo para considerar seriamente.

Con una excitación natural por hacer algo, en lugar de quedarme mirando hombros, yo estaba entusiasmado en hacer las rondas a mis pacientes esa noche y ver cómo sus días habían pasado, presuntamente, mejor que la joven madre que acababa de perder la pierna y a su beba.

Nueve llegaron al quirófano anoche, de los cuales cuatro murieron mientras los estaban operando, debido a la extensa naturaleza de sus heridas. Otras seis ni siquiera lograron llegar al quirófano debido a que fueron clasificadas con etiquetas negras y otros seis tenían heridas menos severas. Todo esto debido a un conductor ebrio que subió a la autopista por una rampa de acceso de salida y chocó varios coches de frente. Los conductores de los autos pensaron que lo mejor era bajar la velocidad cuando lo vieron acercándose, pero resultó ser algo insensato ya que estaban mucho más cerca, unos de otros, cuando impactaron. El hecho de que él estuviese conduciendo una SUV inmensa tampoco ayudó.

Me frustró el pensar que mucha gente murió por culpa de un conductor imprudente y me sentí como si necesitara oír buenas noticias. Se cumplió mi deseo.

Entré a la habitación del Dr. West y me quedé anonadado al ver decenas y decenas de flores llenando todo el lugar. En lugar de oler a hospital, la habitación olía a perfume.

-¡Dr. Raj!

-Hola, Dr. West. Supongo que ya recibió los resultados patológicos.

Me apretó la mano con fuerza.-Claro y le compré flores a mi esposa para celebrar el hecho de que los márgenes están completamente limpios.

-Diría que le compró una pequeña *florería*.

-Bueno, "se hace en grande o no se hace" es el dicho, ¿no es cierto? Y desde ahora en adelante, los West van a hacer todo a lo grande.

La señora West comenzó a llorar otra vez. Estaba sentada al borde de la cama de su esposo y parecían una feliz pareja de recién casados. Se inclinó hacia adelante y le dio un abrazo y un beso en la mejilla.

-Así que, ¿regresa al trabajo pesado la semana próxima? – le pregunté en broma (bueno, medio en broma).

-No, soy leal a mi palabra. La medicina era mi profesión, ahora mi vida es Pauline. Tenemos mucha diversión que compensar en los próximos años. Diablos, acabo de darme cuenta de que no me he tomado unas verdaderas vacaciones en los últimos 34 años, sólo viajes a conferencias a las que solía llamar "vacaciones".

El goce, entusiasmo y alivio de ellos era palpable. Ella, cariñosamente, le frotó la cabeza y él le sostuvo la mano. Era muy emotivo ver cuán diferente era el comportamiento de ellos comparado a los últimos días. -¿Y qué es lo primero en su agenda?

-Bueno, Burt es un tirano. Dice que tengo que quedarme en el hospital, al menos, dos días más y luego, tengo que continuar con él para que me quite las grapas y para el cuidado post operatorio de rutina durante las próximas dos semanas. Tengo que cuidar mi dieta y tomar las cosas con calma por un par de semanas más.

-No está mal, usted pasó de tener un cáncer que ponía en riesgo su vida hace cuatro días a estar totalmente curado. Diría que un mes de recuperación es razonable.

-Siento que si no hago algo divertido cada minuto que pasa, me pierdo de algo.

-Pensé que se había olvidado de cómo era divertirse.

-Hmm…eso suena a algo que dije, ¿no es así? Bueno, voy a divertirme, intentándolo. Se inclinó hacia adelante y Pauline estaba más que dispuesta a aceptar un beso en la mejilla.

-Veo que hay una revista de autos allí. ¿Ya no lee más las revistas médicas?

-Es que los dos estuvimos conduciendo los mismos coches en los últimos diez años. Supuse que finalmente era hora de cambiar de estilo. ¿Alguna recomendación?

Aunque la medicina era mi asignatura principal, los automóviles eran mi materia secundaria de toda la vida. Sabía todo acerca de cualquier auto fabricado desde el 93 y siempre me ponía contento compartir mis conocimientos. Intercambiamos información de contacto y yo hice las rondas con la cabeza dándome vueltas.

Esa fue la primera vez que había presenciado un milagro de la medicina moderna. Pasar de haber tenido una sentencia de muerte a estar curado fue un hecho raro y ser parte de ello, hizo que todas esas largas horas y noches de estudio, hasta tarde, valieran la pena. Hice mentalmente una nota de que debería reconsiderar la cirugía como una carrera a seguir.

~~~~

Esa nota mental perdió algo de atractivo cuando mi reloj despertador sonó a las 3:40 a.m. a la siguiente mañana, aunque muchos sostendrían (probablemente, con razón) que todavía era la noche.

El Dr. West continuaba recuperándose como un campeón y esa noche lo encontré dando vueltas por la enfermería y coqueteando con las jóvenes estudiantes de enfermería que tenían un tercio de su edad. Tenía que admitir que era un hombre bastante encantador y yo, definitivamente, podía ver por qué sus pacientes lo adoraban. Tenía una interminable fuente de energía; su confianza, conjuntamente con la abrumadora naturaleza que él usaba para contar historias, era muy cautivante y era difícil no sentirse atraído. Un grupo de enfermeras había claramente caído bajo su hechizo.

Me encontré, de casualidad, con su esposa mirándolo intensamente desde al lado del dispensador de agua. Lo estaba mirando fijo como sólo alguien enamorado puede.

-Él es el centro de atención, ¿no es cierto? –pregunté.

-Ese es el hombre con el que me casé hace unas décadas.

-Me alegro de que haya regresado.

-¡Tomó mucho tiempo! Quiero agradecerle todo lo que ha hecho y no diga que no fue nada. En verdad, le agradezco el tiempo que estuvo conversando conmigo la otra noche y Peter dijo que también había tenido un par de interesantes conversaciones con usted, aunque no me quiso contar lo que decía esa nota que despegó del espejo. Sólo hizo referencia a un estudiante de medicina y usted es el único que ha estado por aquí.

-Lo mejor será que experimente esa nota en lugar de que yo se lo arruine contando lo que decía.

Me dio una palmadita en la espalda y se unió al grupo de oyentes mientras el Dr. West contaba cómo trató la disfunción eréctil de una celebridad antes de la llegada del Viagra.

Había sólo una cirugía programada a la mañana siguiente, probablemente, debido al hecho de que era sábado pero los cirujanos no parecían distinguir entre días laborables y fines de semana.

Después de las rondas de la mañana, los West se pusieron a empacar. Los agarré justo cuando estaban dejando su habitación.

-Y pensar que si yo no pasaba, se habrían ido sin despedirse.

-Casi.-respondió el Dr. West cuando mi pager sonó. –Apuesto a que ese mensaje es de esta enfermería. Le pedí a una enfermera que le enviara un mensaje por pager y que chequeara si estaba libre.

Ciertamente estaba en lo correcto.

-Necesitamos a todo el personal que podamos. Estas flores no se van a mover solas.- me guiñó el ojo.

-Me encantaría ayudar.- Y comencé a recoger algunas flores.

-No, no, déjelas. Sólo bromeaba. –Realmente, no me había dado cuenta.

-Lo llamé porque quería agradecerle y darle un pequeño recuerdo de mi , es decir, nuestro, agradecimiento por su gentileza y disposición para escuchar a un viejo cascarrabias.

-Me entregó un sobre.

Intenté abrirlo pero me detuvo. –Aquí no, ábralo cuando llegue a casa.

Lo metí en el bolsillo e insistí para que me dejara empujar su silla de ruedas hasta el coche. La política del hospital prohíbe que una persona salga caminando del hospital, aunque pueda.

Cuando salimos, había un atractivo caballero parado al lado de una SUV pero con una expresión un poco seria. Le dio un cálido abrazo a Pauline y una palmadita al Dr. West en la espalda cuando se encorvó hacia la silla de ruedas en uno de esos pseudo- abrazos.

-Raj, le presento a mi hijo mayor, Jamison.

Estrechamos las manos y ayudamos a los West a subir al coche. A pesar de ganarle al cáncer, el Dr. West todavía tenía un largo camino de recuperación por delante, especialmente si quería salvar a su familia. Me preguntaba si realmente me iba a tener al tanto. Al fin y al cabo, hablar no cuesta nada. Lo que importa son los hechos.

Capítulo 4:
Miasis

-OIGA, DOC, APUESTO a que nunca antes había visto algo así. –le gritaron los paramédicos a Peters mientras trasladaban a otro paciente a la abarrotada sala de emergencias.

Estábamos en el medio de una ola de calor, en el quinto día consecutivo con más de 37 grados, y la sala de emergencias estaba atestada más de lo normal.

Es común tener, en la emergencia, todas las salas, sin los quirófanos de urgencia, llenas con el mismo número de pacientes en los pasillos y las sillas, lo cual es hablar de más de 40 pacientes activos en cualquier momento. Hoy nos presentaron el *estacionamiento en doble fila.*

La mayoría de los pacientes en los pasillos son, tal como suena, una camilla con una persona que está enferma, pero no crítica, y que está "estacionada" en el pasillo. Hoy tenemos gente estacionada en doble fila en los pasillos, haciendo todo más apretado y, a menos que tenga un IMC menor a 25, no podrá pasar sin ponerse un poco íntimo con cualquier sin hogar que esté contaminando los pasillos.

Los sin hogar, en general, aparecen en la sala de emergencias en los días más calurosos del año debido a la falta de aire acondicionado en las calles. Pero no son tontos; aseguran tener dolor de pecho, no deshidratación. Si una persona está deshidratada, se le da fluidos intravenosos y salen por la puerta en una hora. El dolor de pecho debe ser tomado seriamente y requiere, al menos, siete horas de evaluación hasta que los resultados de laboratorio den negativos. Ya a esa hora el sol se oculta, la temperatura es razonable y las tiendas de licor ya están abiertas.

El costo de evaluar a alguien que pretende tener dolor de pecho en una sala de emergencias puede oscilar entre cinco y diez mil dólares, dependiendo del hospital. Sería más barato alojar a los sin techo de la ciudad en el Ritz Carlton durante la canícula.

-Muchachos, estoy un poco ocupado con este tubo torácico en este momento. Pónganla en el pasillo y los veré en un rato. – respondió una agobiada Dra. Peters.

Yo observaba confundido mientras tres paramédicos, dos bomberos y el Detective Higgs pasaban al lado mío con la paciente. A menos que sea Nancy Reagan o una asesina serial, este era un séquito demasiado grande. Algo estaba sucediendo.

Tras examinar más de cerca, vi que todos tenían una expresión petulante y que los bomberos se estaban riendo como colegialas, sin la actitud de macho que parecían tener sus psiques pro-luchadoras.

La curiosidad estaba surtiendo efecto y decidí seguirlos para ver lo que estaba sucediendo. El vagabundo con la bacinilla, al que estaba a punto de asistir, podía esperar. Olerlo una vez era suficiente para darse cuenta de que su ropa, obviamente, había estado sirviendo la función de bacinilla por algún tiempo.

Justo cuando giré en la esquina buscando a Higgs, oí el característico ruido de fluido al tocar el piso de baldosa. Por lo menos, el servicio de limpieza va a cobrar por limpiar este desastre. Era mejor usar los dólares invertidos en mis clases para investigar lo que estaba pasando en otro lugar.

Los paramédicos estacionaron la camilla de nuestra misteriosa paciente junto a la pared, como había ordenado la Dra. Peters, y comenzaron a darse palmadas en el pecho, unos a otros, y a sonreír estúpidamente. Pero, de inmediato, cambiaron de actitud cuando me acerqué e hice contacto visual. En breve, formaron una impenetrable barrera alrededor de la camilla, impidiendo que yo formara parte de la emoción.

-Hola, Detective Higgs. – al oírme saludar al jefe sólo aumentó las sospechas de todos con respecto a mí. Continuaron sosteniéndome la mirada, sin comunicación verbal. Claramente, no me querían allí.

-Oye, amigo, eres el estudiante de medicina del caso del bebé sacudido, ¿no es cierto? Lo siento; tendrás que recordarme tu nombre. –al oír a Higgs reconocer mi existencia hizo que los cinco pilares humanos del Muro de Adriano aflojaran, aunque todavía no me dejaban acceder al paciente.

-Rajen.

-Cierto. ¿Todavía sigues trabajando con la Dra. Peters?

-Terminé la rotación inicial. Ahora, regresé a la sala de emergencias para mis segundas dos semanas. Luego, pasaré a la sala de internación del piso de arriba, pero seguiré cerca de la sala de emergencias para los ingresos.

-Recuerdas el caso de la beba sacudida hace un par de meses, ¿no es cierto?

-¡Claro! ¿Cómo podría olvidarlo? Fue mi primer paciente.

-Bueno, todo ese tema legal todavía continúa…el falso padre, ¿cómo se llamaba? , el muchacho que se volvió loco y que pensaba que la beba era de él.

-Juan.-dije.

-Sí, exacto. Se comprobó que estaba demente. Tuvo algunos verdaderos problemas de confianza. Todavía cree que la beba es suya, a pesar del test de ADN que confirma que no lo es con una exactitud del 99.99%. Lo ingresaron a uno de esos hospitales psiquiátricos donde, supuestamente, tuvo una terrible crisis de nervios. Creo que todavía lo están tratando de reparar, probablemente lleve años arreglarle los tornillos sueltos.

-¿Y qué hay del tipo que realmente sacudió a la beba? ¿Y Juanita?

-Bueno, la mamá utilizó su edad como defensa y la trataron como a una niña en lugar de una adulta... ¿Por qué? ¡No lo sé! Pero le dieron como cuatro años de cárcel, terapia psicológica y servicio comunitario. Supongo que en dos años saldrá por buena conducta. Todavía podrá ir a la universidad si se recupera y toma píldoras anticonceptivas.

-La beba es un vegetal y está ciega, pero su cuerpo está funcionando. Tiene, por lo menos, unos 70 años por delante en un asilo que tú y yo pagaremos.

-Qué triste.

-Lo peor es que nunca pudimos obtener pistas con respecto a quién fue el que verdaderamente sacudió a la beba. Juanita sólo lo conocía como "J" el cual, aparentemente, era un falso nombre callejero y nadie sabía quién era. El verdadero padre de la niña todavía está en la cárcel y asegura no saber nada.

-Así que ¿eso es todo?

-No del todo. La mamá presentó una apelación, así que eso deberá ser tratado antes de que se le ponga fin a este caso.

Me quedé mirando curiosamente a todos los muchachos alrededor de Higgs, que escuchaban disimuladamente nuestra conversación.

-Me imagino que se estarán preguntando por qué estamos aquí. Y créanme, no es por el aroma. Es sorprendente cómo la sala de emergencias huele peor que un mingitorio abandonado cuando afuera hacen más de treinta y siete grados.

No pude evitar preguntarme cuántos dólares de la educación de un estudiante de medicina eran dados al hospital para colaborar con el deber de bacinillas. Diablos, las enfermeras ya ni siquiera ayudaban con las cuñas. Tenían sus enfermeras auxiliares para hacer el trabajo sucio. Incluso, algunas enfermeras auxiliares tenían asistentes médicos para hacer *su* trabajo sucio.

La Dra. Peters caminó hacia Higgs con una mirada de sorpresa, claramente fingida, al ver al hombre grande. −Apenas me di cuenta de que habían entrado. Muchachos, ustedes fueron tan sigilosos y sutiles como un estampido sónico. Los seis atacaron rápidamente la sala de emergencias, atendieron una sola camilla y le gritaron al médico tratante sin registrarse. No se necesita ser un sabueso para darse cuenta de que algo está sucediendo. Maldición, la mitad de la sala de emergencias se está preguntando acerca de la carga de ustedes. Voy a llevar a este espécimen y regresaré en un par de minutos. −se fue hacia el laboratorio a paso rápido.

-Sí, ahora que lo pienso, la entrada VIP tal vez habría sido mejor. − murmuró uno de los paramédicos.

-Entonces, ¿me van a permitir ser parte de esta situación o van a enviar al estudiante de medicina a hacer rondas de café? − pregunté al grupo.

-No creo que esto sea para estudiantes de medicina. −comentó uno de los paramédicos.-Jack vomitó su almuerzo en el asilo; afortunadamente logró llegar al lavabo. Apuesto a que todavía están limpiando.

-Caballeros, seamos profesionales. Él va a convertirse en médico pronto y necesita saber con lo que se encontrará en el futuro. –comentó Higgs. Luego, guiñó el ojo y la pared se dividió, permitiéndome ver lo que yacía en la camilla.

Una cosa se hizo cierta de inmediato; no fue debido a su estatus social que ella ordenó escoltarla. Su olor era único, como el de carne en descomposición pero no de putrefacción; parecido a carne cruda que ha sido dejada afuera demasiado tiempo y mezclada con sudor. En general, apenas un poco más tolerable que el hedor a orina vieja que estaba impregnando el resto de la sala de emergencias.

Lo más desconcertante era el sonido…una clase de sorbo ruidoso como si se pasaran varias cucharas por una abundante ensalada de macaroni. Rápidamente localicé el sonido en el extremo de la camilla.

Miré rápidamente y noté que estaba cubierta por una sábana hasta el cuello y que sólo tenía expuesto el lado izquierdo de la cabeza. Su piel, o lo poco que pude ver de ella, revelaba que no se había duchado en días, a juzgar por la cantidad de costras formadas por transpiración y grasa que tenía pegada. Su cabello habría puesto celoso a Einstein. Tenía el lado derecho de la cara cubierto con un vendaje abdominal grande y acolchado, pegado a la piel. De ahí provenía el sonido.

Me acerqué. Cuando me di cuenta de lo que estaba sucediendo, me caí hacia atrás en el piso y sentí que se me subía el desayuno. Logré detener las arcadas, pero no sin antes que mis contenidos gástricos se escaparan por las fosas nasales a la manga. Maldita sea, eso quemaba.

Una vez que me puse de pie, me di cuenta de que había atraído la atención de todos los que estaban cerca. Miré a mi alrededor y había risas. Dos de los bomberos estaban tomando fotos de mí con sus teléfonos. Después de limpiarme la nariz y recuperar la dignidad, regresé a la cabeza vendada de nuestra paciente.

Ahí fue cuando descubrí que el vendaje se estaba *moviendo*.

Tenía unas larvas blancas, no muy pequeñas, escapándose por el borde inferior del vendaje, cerca del lado derecho de la mandíbula. Parecía como si quisiesen treparsele a los ojos.

Uno de los médicos se puso los guantes y levantó el vendaje. No sé lo que me llegó primero. No sé si fue el hedor, el sonido o mi desayuno parcialmente digerido. El servicio de limpieza, con seguridad, hoy se ganaría su sustento.

Le faltaba el ojo derecho por completo. La cavidad de su órbita estaba llena de larvas moviéndose. El sonido era aún más fuerte sin el vendaje. La luz debe de haberlos asustado porque todos parecían querer refugiarse dentro de la órbita y debajo de la fosa nasal derecha.

-Muy bien, muchachos. Ya se divirtieron. Tápenla hasta que vuelva Peters. Me va a encantar ver su expresión cuando vea esto.- dijo Higgs a mis espaldas, entregándome una toalla para limpiarme.

-¿Qué diablos sucede? – pregunté, a nadie en particular.- Eso fue la cosa más asquerosa que haya visto en mi vida.

-En ese momento, Peters llegó y se encontró con esta escena: dos paramédicos parados en la cabecera de la camilla, riéndose , yo limpiándome la manga, Higgs negando con la cabeza, con una consternación entretenida, y los bomberos parados contra la pared, intentando verse profesionales.

-Raj, ¿estás bien? ¿Qué diablos sucedió?

-Nada. El desayuno no me cayó demasiado bien.

-Higgs, ¿Qué le dije acerca de atormentar a mis estudiantes?

-Se lo advertí, Doc, pero él insistió en ser parte del grupo. Lo manejó mejor de lo que pensé. Jack vomitó su almuerzo y Sam tuvo que irse de la sala. Los médicos se han hecho el día con sus malditos teléfonos.

-Ok, muchachos, ¿Qué tenemos aquí?

Uno de los médicos vino:-mujer de 59 años, historia de carcinoma escamoso en el ojo derecho. Se negó a realizar tratamiento en dos ocasiones. Alguien del asilo nos llamó para informarnos que tenía un "vendaje que se movía" por encima del ojo derecho, sin especificar más y requirió transferencia inmediata a la sala de emergencias. Y aquí estamos.

Peters le dio una miradita por arriba a la paciente y rápidamente se puso los guantes y se aproximó. De inmediato, la atrajo el vendaje en el lado derecho de la cara del paciente. Por supuesto que ahora no se movía. Supongo que todas las larvas estaban intentando ocultarse de la reciente exposición a la luz.

-Señora, soy la Dra. Peters, ¿cómo se llama?

-Be...Be...B...Beatrice-murmuró.- ¿Me va a dar más leche para el ojo?

Me había olvidado de que había una paciente abajo. Ni siquiera había intentado hablar con ella o establecer una relación.

Ahora Peters estaba rodeada de todo el equipo, todos expectantes para ver su expresión cuando se diese cuenta de lo que estaba sucediendo.

-¿Sabe dónde está, Beatrice?

-Sí, en el hotel. Me dijeron que si me iba del asilo, me darían más leche. Usted ya sabe que tengo cáncer en el ojo derecho. Pero le he estado dando leche los últimos tres meses y estoy segura de que está mejorando.

-Bueno, voy a examinar su ojo derecho en este instante. Por favor no se mueva.

Beatrice asintió y una pequeña larva cayó por debajo de la gasa, justo cuando Peters estaba por quitársela. Rebotó en el piso y comenzó a retorcerse a medida que se alejaba. Peters se arrodilló para examinarla y se puso de pie para mirar a Higgs.

-¿Qué le hice yo a usted para merecer esto? Apuesto a que ella tiene una miasis aguda, probablemente hasta haya perdido el ojo derecho, ¿no? ¿Es por eso que el vendaje se movía? Déjeme adivinar. Ella vive en un asilo de mala muerte donde no le trataron la herida apropiadamente. La ola de calor y el cáncer invasivo fueron perfectos para que las moscas pusieran sus huevos y TA-DÁ. ¿Acaso tengo que mirar?

Todos estaban sorprendidos de cómo armó la historia completa sin, ni siquiera, quitar el vendaje pero, a su vez, estaban tristes por no haber podido ver la expresión de shock que estaban esperando. Higgs rompió el silencio. –Maldición, ¿ven?, por eso ella es la jefa. Usted sabe lo que hace, Doc. A usted le gusta toda esta basura.

-Higgs, ¡esto me lo va a pagar! No se olvide. –El brillo en los ojos de Peters era real y los engranajes estaban girando. Esto no iba a ser pasado por alto y Higgs pagaría con altos intereses. En el fondo, yo tenía la esperanza de estar en ese momento pero no agitó demasiado a la bestia.

Peters, rápidamente, levantó el vendaje y se quejó con disgusto mientras tres de las decenas de larvas se caían de la cara de Beatrice a la camilla. Una rebotó y continuó su descenso, retorciéndose en el medio del aire para finalmente golpear con un plaf en los nuevos Ferragamo de Peters.

Ella logró controlar su desayuno. Al mirar hacia abajo y evaluar el daño irreparable de sus costosos zapatos de taco alto de gamuza, le lanzó a Higgs la mirada más fría que yo alguna vez haya visto. De inmediato, Peters volvió a colocar el vendaje para cubrir la granja de larvas y rápidamente se excusó, transmitiendo nada más que el máximo grado de profesionalismo y aplomo a todos los que estaban alrededor. Mientras daba vuelta en la esquina, gritó:-Rajen, que le hagan una tomografía computarizada de cabeza DE INMEDIATO y llama al oftalmólogo... y que también vengan los psicólogos.

Con seguridad, esto le gana al hecho de tener que limpiar bacinillas y ser acompañante de los sin techo. Llamé a los consultores, preparé a Beatrice para su tomografía computarizada y decidí ayudar a transportarla para escapar del hedor de la sala de emergencias. El olor a las larvas, carcomiendo el cáncer, le gana al olor de un sin techo en una ola de calor.

Beatrice fue llevada a una habitación privada cuando volvió de Radiología. Aparentemente, una cara llena de larvas o un sangrado vaginal (el otro, un diagnóstico más común que no fue evaluado en un pasillo) era lo que se necesitaba para salir del corredor y entrar a una sala real.

Por lo visto, Higgs y sus amigos se habían ido a cumplir con otras tareas. Ya no estaban cuando volví y Peters estaba ocupada con un traumatismo menor por un accidente vehicular, que acababa de ingresar.

Antes de que pudiera encontrar algo más en lo que ocuparme, vi a un residente excesivamente energético corriendo al escritorio central de la sala de emergencias, tratando de esquivar los obstáculos del pasillo y de evitar pisar un charco indeseable que todavía estaba presente. Lo oí preguntarle a la enfermera a cargo por la paciente del ojo.

Ella señaló en mi dirección y él se dirigió hacia mí. Cuando se aproximaba, todo lo que podía distinguir en su gafete era que decía "Oftalmología", lo cual tenía sentido dado que estaba preguntando por la paciente del ojo.

-Hola, Dr. Sun, soy...

-Llámame "S". Estamos en el mismo equipo; lo de doctor es para los egos y los pacientes. ¿Eres el estudiante de medicina de este caso?

Asentí:-Rajen.- Tras asegurar que su apodo era raro, decidí apegarme a Dr. Sun.

Asintió y fue directo a Beatrice. Se puso los guantes y le sacó el vendaje.

-MIERDA… ¿qué te metiste, Beatrice, esta vez?

Me quedé paralizado; así no era cómo un médico le hablaba a un paciente. Al menos, esa no era la forma en la que nos enseñaban a hablarles. Nunca me había encontrado con otros médicos que les hablen a los pacientes de una manera tan informal pero, a la vez, había salido de una rotación quirúrgica en la que tenía que llamar a mis colegas "Doctor".

Este fue el momento en mi entrenamiento que marcó mi iniciación en el lado oscuro de la medicina. El lado que sólo los médicos conocen y que está bien oculto del ojo público. Todavía no lo conocía, pero pronto aprendí que los médicos usaban las malas palabras de maneras en las que harían enorgullecer a los marineros. Sólo tiene sentido por el estrés de tomar decisiones de vida o muerte a diario.

-¿Es el Dr. Sun? He estado usando leche tal como le dije; creo que ahora puedo ver mejor y que el cáncer ya casi ha desaparecido, ¿no es así? –habló con una lucidez marcada, de una manera desconcertante, dado que le faltaba un ojo y que una larva le acababa de caer de la fosa nasal derecha.

-Oye, Rajen, ¿viste esto? Es lo más asqueroso que haya visto. Trae tu cámara.

-Beatrice, ¿está bien si te saco algunas fotos de la cara? Necesito que firmes estos formularios. – el Dr. Sun le puso algunos formularios en las manos a Beatrice para que los firmase y procedió a hacer videos y fotos de Beatrice desde todos los ángulos.

-Rajen, lo digo en serio, esto contribuirá a unas fantásticas rondas o a la presentación de un caso de un estudiante de medicina. Diablos, si estás interesado, probablemente podamos publicarlo. Nunca oí de un caso de miasis orbital tan fulminante en un mundo desarrollado.

No estaba seguro de qué hacer. Nadie me había tratado como colega antes y nunca había presenciado el uso de un lenguaje tan coloquial frente a un paciente. Me quedé parado tratando de asimilar todo. Pero él parecía competente e involucrado en el cuidado de ella, a pesar de su lenguaje y su actitud liberal.

-¿Miasis? – finalmente pregunté.

-Ay, discúlpame la jerga. Es sólo una manera elegante de describir una infestación a causa de larvas. –Continuó sacando algunas fotos y videos.

-Bueno, Beatrice, gracias por la sesión fotográfica. Ahora, deberíamos limpiarte y ver lo que está sucediendo aquí. ¿Sabes cómo sucedió esto?

-¿Qué sucedió, Dr. Sun? ¿Puede darme leche?

-Ja,ja…ok, Beatrice, supongo que no voy a poder obtener la historia de ti. ¿Puedes leer estas letras pequeñas con tu ojo?

Ella leyó extraordinariamente la tabla optométrica con el ojo izquierdo y siguió muy bien las órdenes, nunca discutiendo ni causando ningún problema. Los placeres de los gratamente desquiciados.

-Muy bien, Rajen, limpiemos este lío y veamos lo que tenemos aquí. ¿Puedes prepararme un Yankauer? Iré a buscar unas batas para nosotros, fórceps y todo el kit de recolección de muestras que quieren los patólogos. ¿Nos encontramos aquí en cinco minutos?

-Claro.

-Con una misión, partí inmediatamente sin una dirección clara, con el problema de no saber qué era un Yankauer. Por suerte, me encontré a la enfermera a cargo cuando giré en la esquina y le pregunté.

-¿Para qué lo necesitas?

-El Dr. Sun me pidió que le consiguiera uno.

-Ah, ¿ya conoces al doctor de ojos? Es un buen muchacho. Podrías aprender mucho de él. Es uno de los pocos que ama lo que hace y enseña a quien muestre interés, no es sólo un médico becario. Hasta deja a los estudiantes ayudar con procedimientos y exámenes. ¿Estás trabajando en el caso de la mujer con larvas?

Asentí y ella me condujo hasta el depósito, alabando con entusiasmo al doctor de ojos y entregándome varias piezas de equipo plástico.

-Buena suerte, hazme saber si "S" necesita algo. Y no te preocupes, que no entraré a la habitación.

Regresé a donde estaba Beatrice, sabiendo que a pesar de sus palabrotas y su estilo excesivamente casual, el Dr. Sun era uno de los residentes más publicado de la universidad y querido por casi todos.

La habitación de Beatrice había sido convertida en un mini quirófano, con gasas estériles por encima de Beatrice, una luz brillante por encima de las cabezas y muchas herramientas y contenedores. El Dr. Sun estaba parado firme, con la bata y los guantes puestos, esperándome.

-Muy buen trabajo. Conseguiste todo. La mayoría de los estudiantes consiguen de todo, a excepción de lo necesario. Déjame mostrarte cómo se conecta todo.

Procedió a mostrarme cómo se colocaba un Yankauer. Al parecer, era un dispositivo de succión usado por anestesistas y cirujanos para aspirar fluidos. Resultó ser que yo lo había usado antes durante cirugías mayores, pero siempre nos referimos a él como "succión". Las larvas no podían ser absorbidas a través de la punta del Yankauer que había traído, así que modificamos el aparato cortando el tubo para crear una manguera de succión, con un agujero grande, similar a una aspiradora portátil.

Con batas, guantes y mascarillas comenzamos a trabajar, sorbiendo las larvas de la órbita derecha de Beatrice. Esas cosas escurridizas fueron listas y sintieron que algo estaba sucediendo, así que intentaron excavar más profundo en sus tejidos. Pero el Dr. Sun fue aún más listo al hacerme poner solución salina estéril y normal en su órbita para hacer salir a las larvas. Al parecer, no podían respirar debajo del agua. Aparecieron lentamente y las absorbimos por unos largos 20 minutos. Pasaban a través del tubo, como pelotitas de tapioca, con un pequeño "plaf" a medida que pegaban contra el contenedor de recolección, donde se retorcían en la solución salina sanguinolenta, como pececitos fuera del agua, hasta flotar una por una.

Cuando quedaban pocas larvas, dejamos la succión y cambiamos a los fórceps con el fin de obtener algunas muestras para los departamentos de patología y microbiología. El renombrado Dr. Debakey (inventor de los fórceps que estamos usando en la actualidad) nunca debe de haber imaginado que sus fórceps de tejido serían utilizados de esta manera.

Después de obtener un par de especímenes, el Dr. Sun me pidió que me acercara y me entregó los fórceps.

-OK, Rajen, tu turno. Agarra suavemente las larvas y colócalas en el vial con formalina. No aprietes demasiado fuerte; suelen soltar como un tipo de caca blanca. —señaló su bata mostrándome una secreción blancuzca que tenía salpicada de un extremo al otro del pecho.

Agarré los fórceps y me di cuenta de que ésta era la primera vez que iba a hacer un procedimiento, aun cuando este implicara recoger una larva de la cara, comida a la mitad, de una persona. Además me di cuenta de que tenía un temblor. Bueno, era eso o tenía un agudo arranque de Parkinson. Rezaba para que fuera el primero y que fuese debido a mis nervios si no, no tendría una potencial carrera como cirujano.

"S" me guió la mano y me ayudó a agarrar y recolectar una larva. La coloqué en la formalina y la etiqueté. Sólo dos quedaban y la próxima la agarré solo. Extendí la mano y agarré la última. Pero antes de que pudiera poner el espécimen en el contenedor, sentí otro apretón de mano alrededor de la mía. Luego, sentí un "pum" y algo me salpicó en la frente y pelo.

-Lo siento, amigo, yo no podía ser el único con una salpicadura.

-¡Puajjj! – de manera reflexiva, dejé caer los fórceps y corrí a buscar algunas toallas para limpiarme las tripas de larva.

La enfermera a cargo y el Dr. Sun estaban al lado de la puerta, riendo como tontos. Supongo que podría haber sido peor, al menos la mascarilla y el protector de ojos me defendieron. Finalmente, sentí que era parte del equipo, en lugar de esperar a que se dieran cuenta que estaba allí.

-Aquí tienes, muchacho. Déjame ayudarte. –la enfermera a cargo me limpió la sustancia viscosa y recogió los especímenes.

-Gracias, Lorraine. Te agradezco que los lleves a Patología por mí. –dijo el Dr. Sun mientras la enfermera desaparecía por el pasillo.

-Te debo una, S, por no hacerme asistir en ese lío. Hazme un favor y lleva al estudiante a cenar afuera. Después de todo, se lo merece.

Nos desvestimos, tiramos todo el equipo de protección y terminamos con todo el papeleo.

-¿Así que la conoce? -pregunté al Dr. Sun.

-¿A Beatrice? Sí, la conocí hace unos ocho meses en la clínica para ojos. Ayudé con su biopsia. Carcinoma de células escamosas de la órbita derecha. Era bastante grande y le dijimos que necesitábamos removerle el ojo derecho, lo cual implicaba quitarle el ojo, la piel y el hueso superficial. Y hacer eso, le habría salvado la vida. Con un poco de trabajo plástico y una prótesis ocular, se habría visto casi igual que antes de la cirugía. Por supuesto que se rehusó. En su lugar, decidió tratarse por sí sola con terapia de leche tópica.

-¿Puede hacer eso?

-Bueno, pensé que estaba loca así que la ingresé al hospital y le hicieron una evaluación psiquiátrica…dos veces. En ambas el profesional a cargo dijo que ella era capaz de tomar sus propias decisiones y que no la podíamos forzar. Ahora, ves los resultados. Ella estaba en un asilo para cuidados paliativos ya que el cáncer se le había extendido por el cerebro y sólo Dios sabe por dónde más. Se negó a hacerse estudios y evaluaciones de rutina.

-Y entonces, ¿qué es lo que sigue?-pregunté.

-Supongo que llamaste para que le hagan una consulta psicológica, ¿no es cierto?

-Sí.

-Cancélala, no hace falta que les hagamos perder tiempo. Tiene orden de no resucitar y bajo cuidados paliativos, dudo de que le quede más de un mes de todas maneras. Ahora, me verás ser un bravucón; llamaremos a los muchachos de ORL y haremos que la lleven al quirófano para limpiarle la herida por completo y para que la vistan apropiadamente. Van a estar entusiasmados. Pero calculo que no hay nada que podamos hacer. Diablos, le falta el globo ocular, no podemos arreglar lo que no hay.

El departamento de psiquiatría estaba feliz de que la consulta haya sido cancelada. Los muchachos de ORL estaban enojadísimos por tener que venir y se pelearon con el Dr. Sun por la consulta, negándose a ver al paciente, asegurando que no era el área de ellos.

-Oye, no me digas a mí que no van a venir. Díselo a Peters, ella está a cargo hoy. Déjame ir a buscarla. –el Dr. Sun le habló amablemente al residente de ORL, sabiendo que iba a ganar esta pequeña batalla al emplear el nombre de la médica supervisora.

-Espera. ¿Peters quiere la consulta? – preguntó el residente de ORL con un repentino interés renovado, sabiendo que un supervisora estaba involucrada y que no era otro residente el que lo estaba llamando.

-Sí, espera, aquí viene para hablarte.

-No, no, todo bien. Dile que nos encantará ayudar y que yo estaré ahí en unos minutos. Reservaré también el quirófano así ella no tiene que hacerlo. – Era sorprendente lo rápido que se hacían las cosas cuando se mencionaba el nombre apropiado.

-Guau, pensé que no iba a venir por la manera que le estaba hablando antes. – farfullé cuando el Dr. Sun colgó el teléfono.

-Rajen, la medicina es un inmenso y maldito orden jerárquico para ver quién tiene el pene más grande…o los ovarios…o cualquiera que sea tu órgano reproductivo. Mientras que en apariencia tenemos que simular que nos ayudarnos unos a otros, en realidad, todo se trata de quién es el que ejerce el poder, al menos, en lo académico o en hospitales universitarios. En el mundo privado, todos están dispuestos a ayudarte porque les pagan.

Dejamos a Beatrice sola con su demencia, en el rincón feliz donde su subconsciente la llevase y encontramos a la Dra. Peters firmando la salida. Además le informamos que los de ORL estaban en camino. El Dr. Sun fue muy preciso, en sus palabras, acerca de lo feliz que estaban los de ORL en ver a la paciente bajo la orden de ella. Simplemente asintió con la cabeza y continuó con la punción lumbar que estaba realizando para evaluar un paciente por posible meningitis.

El Dr. Sun se fue rápidamente, desvistiéndose por el pasillo. Giró cuando se dio cuenta de que no lo estaba siguiendo y gritó:-Oye, Rajen, estuviste fantástico hoy. Si continúas con esa actitud, vas a ser un gran médico. – Y con ese comentario que fomentaba confianza, se fue.

Me quedé parado ahí, extrañamente contento de que había ayudado a hacer una diferencia en la vida de alguien, aun siendo un modesto estudiante de medicina. Al fin y al cabo, todo este tema de medicina no era una mala idea.

Mi sensación de bienestar duró poco ya que sentí algo baboso entre los dedos cuando los puse en el bolsillo derecho de mi bata. Supe, sin tener que mirar hacia abajo, que el Dr. Sun me había dejado un regalito de nuestra reciente paciente. Al extender la mano frente a mí, vi la última larva pequeña de Beatrice que estaba apretada y deslizándose en el espacio entre el dedo del medio y el anular. El rastro de baba en mis dedos brillaba a la luz fluorescente del pasillo.

Corrí apresuradamente al lavabo más cercano y me lavé las manos por completo…tres veces.

~~~~

Sin tener nada más que hacer, decidí ir a chequear la "pizarra" de pacientes de la sala de emergencias (la cual es una inmensa pantalla plana digital de todos los pacientes activos) para buscar algo interesante. Mientras estaba leyendo detenidamente las quejas del jefe, la Dra. Peters vino hacia mí y me entregó un sobre. –Raj, esto llegó para ti hace un par de días. Estuviste bien hoy. ¿Por qué no te vas temprano y te das una linda y larga ducha? –nos miramos y nos reímos. Nunca me habría imaginado que estaría ayudando a sacar larvas en el trabajo.

-Gracias, Dra. Peters.

Salí rápidamente de la sala de emergencias por miedo a que la Dra. Peters retirase su oferta, al permitirme ir después de haber completado sólo la mitad de mi turno. Una vez que estaba seguro afuera, agarré el sobre que me había entregado. Era de Peter West con dirección de Nueva York como remitente.

El Dr. Peter West era un paciente con cáncer que ayudé a cuidar hace un par de meses. Sobrevivió a un cáncer pancreático gracias a un exitoso procedimiento de Whipple. Casi olvidaba el generoso regalo que me dio después de su alta del hospital. Me regaló dos pasajes en primera clase desde Los Ángeles a Nueva York, con fechas abiertas, válidos por un año y un certificado de regalo para dos entradas, con asientos centrales, en el Avery Fisher Hall, donde su hijo toca en la Filarmónica.

Fue un regalo generoso, probablemente más valioso que mi coche.

Con un entusiasmo renovado, abrí el sobre y encontré una sola fotografía en color del Dr. West, su esposa y su hijo, parados alrededor del director de orquesta de la Filarmónica de Nueva York y sonriendo. Supongo que hizo bien en ir a Nueva York para uno de los conciertos de su hijo.

Di vuelta la fotografía y encontré una pequeña nota: "Un hombre sabio una vez me dijo que "hablar es gratis". Lo próximo es Europa.

Estaba impresionado de que aún recordara quién era yo. Claramente, el Dr. West era hombre de palabra al cumplir las promesas que me hizo de disfrutar la vida, después de sobrevivir al cáncer.

Capítulo 5:
Choquemos los cinco

-DR. MOK, ESA fue una excelente presentación. Ha hecho un largo camino desde el inicio de esta rotación.

Yo estaba atónito. Un cumplido por parte del Dr. Cycle era extraño y ya había recibido dos en el último mes. Ciertamente le agregó alegría a mi día. Es verdad; todo lo que se necesita para alegrarle el día a un estudiante de medicina es un simple cumplido. En general, es suficiente con que no haya críticas o ira.

Se suponía que era mi último día en la rotación de la UCI por ese año, pero intercambié rotaciones con Cathy porque me rogó y yo realmente quería hacer otra rotación electiva. Además, ella me pagó USD 1000. Por lo tanto, yo estaría tomando su puesto y haciendo otro mes en la UCI.

Simulé que era un inmenso calvario para mí pero, en realidad, resultó ser beneficioso. Ahora no tendría que hacer ningún trabajo en la UCI el año próximo y podría elegir alguna rotación tranquila, donde la asistencia sea opcional y de esa manera poder explorar L.A. durante la hora feliz. El dinero tampoco venía mal.

El único factor común este mes sería que el Dr. Cycle fuese el médico tratante por las próximas dos semanas. De todas maneras, las caras de la UCI cambiarían al día siguiente y habría un equipo completamente nuevo.

-Hola… ¿Raj? –una voz dubitativa dijo desde atrás de mí.

Volteé y me encontré con una cara bonita y una sonrisa tímida, unidas a una pequeña estructura con cabello largo, liso y negro. Su gafete la identificaba como Cindy Lee y la larga bata blanca indicaba que era una Doctora en Medicina, completamente capacitada y no una estudiante. De inmediato, tuve la esperanza de que fuera mi residente en la nueva rotación que comenzaba mañana. Si era así, yo era realmente un ganador. Antes de responder, vi que el dedo de la mano izquierda no tenía anillo.

-Sí, el mismo. – respondí de manera estúpida.

-Fantástico.   Encantada   de   conocerlo.   –dijo   Cindy, presentándose y estrechándome la mano. –Oí que ha hecho un gran trabajo impresionando a gente en la UCI, así que quise venir a saludarlo. Vamos a estar en el mismo equipo que comienza mañana y me preguntaba si me podría poner al día con la información de nuestros pacientes, si tiene un momentito.

Finalmente, un pequeño sueño se volvería realidad, con la hermosa Cindy guiándome, el próximo mes iba a ser grandioso.

No fue así.

~~~~

La reunión con Cindy fue bien. Ella sería mi interna en el nuevo equipo y estaba nerviosa por trabajar en la UCI el próximo mes, ya que nunca antes había rotado en el ambiente de cuidados críticos. Logró saltearse esas rotaciones durante su capacitación en la Escuela de Medicina de la NYU. Además, era nueva en California y no tenía muchos amigos aquí. Al final de nuestra conversación, tuve el magnánimo gesto de ofrecerle llevarla a recorrer L.A. Aceptó.

Así es cómo terminamos tomando martinis de lichi después del trabajo y cómo empezamos a conocernos. Incluso ella pagó, sosteniendo que los internos, al menos, ganaban dinero mientras que los estudiantes de medicina se metían en deudas.

Me gustaba aún más.

Era una preciosa muchacha que quería pasar unos años formándose en L.A. , antes de volver a Nueva York, para convertirse en cardióloga. Su inspiración provenía de su padre que inmigró a los Estados Unidos de Norteamérica desde Corea y trabajaba doble turno en el laboratorio de ecocardiograma. Allí fue donde conoció a la madre de Cindy, una técnica en Radiología en la NYU, el mismo hospital donde nació Cindy y donde estudió. Además, el mismo hospital donde ambos padres fueron tratados por ataques cardíacos y donde ambos finalmente murieron con dos meses de diferencia, uno del otro, el año pasado.

En realidad, ella debía hacer su residencia allí pero necesitaba un respiro de ese lugar, debido a los recientes tristes recuerdos.

Ojalá se hubiese quedado en Nueva York. Tal vez, no hubiera contraído VIH y no hubiese dejado la medicina.

~~~~~

-Dra. Lee, ¿Qué está haciendo aquí? Ni siquiera son las 6 a.m. – le pregunté a Cindy al entrar a la Unidad de Cuidados Intensivos. Estaba acostumbrado a ser el primero en llegar y no ser saludado por los miembros senior del grupo.

-Rajen, qué bueno verlo. Gracias a su detallada información de ayer, las rondas fueron mucho más fáciles esta mañana. Espero que no le importe. Para familiarizarnos más con nuestros pacientes, ya escribí las notas para hoy.

No hacía falta decir que estaba impresionado. No sólo Cindy era alegre sino que hizo todo el trabajo por mí *antes* de que yo llegara al hospital y, por si fuera poco, me lo agradeció.

-Guau, la mayoría de los residentes llegan alrededor de las seis a.m. o más tarde. No comenzamos el turno hasta las siete a.m. y las rondas no comienzan hasta las 7:45.

-Sí, me gusta llegar temprano y estar al tanto de las cosas. Me imagino que eso hace que el día fluya de manera más tranquila. Además, los estudiantes de medicina no deberían llegar antes que los internos. ¿Para qué nos pagan mucho dinero? ¿Para dormir?

Nunca pensé que existieran este tipo de criaturas en medicina: genuinamente agradable y con disposición para ayudar.

-Supongo que estamos de guardia hoy; con suerte, tendremos algo interesante. Estaría feliz de mostrarle el manejo de un paciente al estilo de Nueva York. Es mucho más estricto que el estilo relajado de California que vi en los últimos meses.

Asentí y completamos las órdenes: reemplazos de electrolitos, modificaciones de ventiladores, revisión de radiografías y otros recados para nuestros cinco pacientes.

El Dr. Clyde llegó a las 7:45 a.m. en punto y las rondas comenzaron. Después de unas rápidas presentaciones, me enteré que nuestra residente junior era Sheila Khan y nuestro residente senior era Jack Flanders. Ambos parecían como si quisieran estar en cualquier otro lugar que no fuese este. Se rumoreaba que Jack era brillante, perspicaz y un maestro de los atajos. Nunca antes había conocido a Sheila.

Las rondas fueron tranquilas y el Dr. Cycle nos hizo sentar a todos, en la sala de conferencias de la UCI, para repasar la forma en la que a él le gustaba que la unidad fuese manejada. Justo cuando empezaba su discurso, el pager de Jack sonó. Sólo podía ser una cosa: nuestro primer ingreso.

-Jack, ¿Por qué no le das al Dr Mok la información que anotaste? Él ya sabe cómo funciona la UCI. Puede comenzar con el paciente de la sala de emergencias hasta que nosotros terminemos.

Todos estábamos asombrados de que supiera que era un ingreso y en la sala de emergencias. Dudo que oyera lo que había sucedido durante la llamada telefónica. Parece como si la omnisciencia viniera con la experiencia. Nadie cuestiona a Clyde; él nunca se equivoca. Es por eso que es el Director de la UCI.

Tomé la tarjeta de notas con puntos destacados. No había mucha información pero no era culpa de Jack; no se sabía mucho de nuestro paciente.

Cama 2
JP, 30 y pico ♂
↓ W. Hollywood
40 ° C
A & 0 x 1
Estado mental alterado

Salí y me impresionó lo sucinto, pero aun así organizado, que era Jack. En pocas palabras, logró resumir que nuestro paciente estaba en la sala de emergencias, cama 2, que era un Juan Perez, de treinta y pico, que fue encontrado en West Hollywood con fiebre alta, estaba alerta y orientado en sólo una de las cuatro preguntas comunes (persona, lugar, tiempo y evento) que se le hacen a un paciente cuando se lo clasifica inicialmente. La razón del ingreso de nuestro JP fue "estado mental alterado".

El típico individuo que encaja esta descripción es alguien que está completamente ebrio y que pasó la noche durmiendo en un callejón después de haber estado de fiesta.

Si la fiebre es más alta, en el rango de los 41, el éxtasis es el primer sospechoso. Puede, literalmente, derretir el cerebro de alguien, debido a la alta fiebre, si se lo toma en grandes cantidades. Una fiebre más baja puede tratarse desde una deshidratación hasta una infección por cualquier número de agentes patógenos.

-Bluargggg-No hay que ser muy inteligente para darse cuenta del origen de ese ruido. Fue seguido, de inmediato, por un sonido a algo viscoso pero a la vez con trozos que golpeó el piso. Si el sonido no lo reveló, el olor sí lo hizo.

Nuestro JP acababa de vomitar por todo el piso al lado de su cama. Otra buena razón para nunca sentarse en cualquier parte del piso de la sala de emergencias. Nunca.

JP no se veía bien. Su piel era pálida con una tonalidad apenas verdosa. Estaba cubierto de una transpiración grasa, con manchas de su reciente vómito, por toda la cara y pecho. A pesar de esto, se notaba que JP cuidaba su físico; era un espécimen con músculos bien definidos y una cintura delgada. Claramente, era asiduo al gimnasio.

De la misma forma que no se puede juzgar por las apariencias, no se debe suponer nada sobre un paciente por su apariencia externa. Sólo porque JP se veía en buena forma, no se debía descartar ninguna condición médica. El hecho de que recién haya perdido el control de sus intestinos y manchado sus jeans, confirmó el dato de que algo serio le sucedía.

Pero nos dio algunos elementos para comprender lo que fuese que estuviese sucediendo, concretamente, era algo malo y se movía rápidamente. El equipo de la sala de emergencias corrió a la sala y comenzó una primera evaluación antes de que yo me pusiera la bata y los guantes.

Una de las enfermeras le gritó al médico tratante más cercano.-Tiene las pupilas fijas y dilatadas y no está respondiendo al dolor.

El médico tratante de la sala de emergencias, alguien que yo no había reconocido, se precipitó hacia el lugar con su ropa quirúrgica manchada con sangre y tomó el control de la situación. -¿tenemos algún resultado de su examen toxicológico o de su tomografía?

-El de toxicología está pendiente, la tomografía computarizada de la cabeza no mostró hernia, pero radiología sospecha que hay algún tipo de infección en base a un posible absceso. Desafortunadamente, dijeron que la calidad de la tomografía era demasiado mala debido al artefacto de movimiento. Los pulmones estaban limpios.

JP comenzó a sufrir un ataque convulsivo.

-Consigan el carro de paro. Vamos a intubar y luego realizaremos una punción lumbar. Gente, ¡MUÉVANSE! Quiero tener todo listo en cinco minutos.

La multitud se dispersó con vigor ya que todos tenían algo para hacer. El médico tratante se había ubicado, por su cuenta, en la cabecera de la cama en preparación para la intubación cuando, de repente, tos con sangre salió de la boca de JP seguida de un chorro que le cubrió, de inmediato, la cara, el cuello y continuó hacia la camilla. El médico tratante ni se inmutó y la sangre extra tampoco cambió la apariencia de la ropa quirúrgica que ya estaba manchada.

Supuse que JP debió haberse sacado una buena parte de la lengua ya que comenzó a sufrir un ataque convulsivo; la sangre seguía saliéndole de la boca, sin ningún indicio de detenerse.

Las convulsiones comenzaron a disminuir después de 15 segundos, que es cuando todos se reagruparon con el equipo que el médico tratante había pedido.

-Doc, el carro de paro está aquí. ¿Está preparado?

-Esto es un maldito desastre. Denme una succión, ¡DE INMEDIATO! Luego, un tubo francés de 7 con un alcance recto. Prosiga y denle sedación fuerte y provóquenle parálisis. Si no consiguen en el primer intento, vamos a hacerle una traqueotomía.

El equipo apareció de la nada. Se colocó la cánula de succión en la boca de JP, que ahora se parecía a un volcán en erupción, que lanzaba hemoglobina por todas partes. De alguna forma, el médico tratante pudo localizar la faringe. Pero desde donde yo estaba, sólo podía ver sangre y más sangre.

Sumergió el tubo en el medio de la erupción. Lo conectó a una bolsa y comenzó ventilaciones manuales.

-Tengo sonidos de respiración, doc. Usted es un mago. ¿Cómo diablos hizo para ponerle el tubo adentro?

La pregunta no fue oída; el médico tratante estaba demasiado concentrado en lo que había que hacer después.

-Conéctenlo al respirador. Póngalo sobre su lado derecho y prepárenlo para la punción lumbar.

Después de transcurridos unos 20 segundos, se oyó una voz:-Está preparado para usted, Doc.

-Sean más rápidos la próxima vez. Preparen el manómetro. Quiero medir su presión inicial.

Con la eficiencia que sólo proviene de la experiencia, el médico tratante hundió profundamente la larga aguja en la espalda de JP, a través de las apófisis espinosas, y en el canal medular en un solo movimiento fluido. Líquido cefalorraquídeo, un poco túrbido, comenzó a manar a raudales.

-¡Conecten el manómetro!

El aparato de medición de presión fue conectado de inmediato a la aguja para determinar la presión inicial del LCR.

El único problema era que la presión estaba tan alta que el LCR corrió hacia arriba en el primer manómetro y salió, a chorros, por la parte superior como el Viejo Fiel.

-MALDICIÓN…acoplen otro en la parte superior de este ¡ahora!

Rápidamente, se añadió otro y se midió la presión.

-¡Maldita sea! ¡La presión es de 68!- exclamó el médico tratante. -¡Denme cinco tubos! Voy a recoger las muestras y recemos para que no tenga una continua filtración o una hernia con esta presión. ¿Dónde está el equipo de UCI? Quiero al paciente fuera de aquí lo antes posible.

Mientras estaba recogiendo las muestras, Cindy vino a mi lado.

-Hmmm…eso no se ve nada bien. ¿Es el paciente que acaba de ingresar? –preguntó Cindy.

Le di un rápido informe de lo que había pasado hasta el momento.

-¿Cuál es su diagnóstico, Dr. Mok?

-Sólo hay un par de cosas que pueden causar una presión de LCR tan alta, junto con fiebre y ataques. Y dado que no tiene signos de tuberculosis en el escáner de pulmón, yo diría que es una meningitis criptocócica.

-Los elogios que escuché sobre usted acaban de ser validados.

El pandemonio alrededor de JP ya se había calmado y una de las enfermeras lo estaba limpiando para su traslado a la unidad. El médico tratante se dirigió hacia nosotros. Tenía tanta sangre encima que la única parte de su nombre, que podía distinguir en el gafete, era Dan.

Cindy lo saludó rápidamente. –Hola, eh, Dr. Dan; somos de la UCI.

-Encantado. Le estrecharía la mano pero creo que usted preferiría que yo me descontamine primero. No sé qué es esta porquería que me ha salpicado. –Se dirigió al lavabo para restregarse los brazos mientras hablaba.

-Bueno, no puedo decirle mucho. Debe de haber oído que el fluido de la punción lumbar estaba sucio y que la presión estaba por las nubes. Le agarró un ataque convulsivo y se arrancó alrededor de un 20 % de la lengua de un mordisco. De alguna manera, logramos intubarlo. Está paralizado, sedado y es todo de ustedes. –Y con eso, se fue corriendo a asistir a su próximo desastre. Literalmente.

Al menos, el Dr. Dan era competente y eficiente.

-Vi a los de ORL que estaban llegando cuando yo estaba bajando. Supongo que van a arreglarle la lengua para que no se desangre antes de que lo llevemos a la unidad. Entonces, ¿Qué quiere hacer por este hombre?- preguntó Cindy.

-Ya revisé sus pertenencias. Encontré una licencia de conducir con el nombre de Jacob Winters. Si es él, vive en Santa Mónica. También encontré su teléfono celular; sólo tenía cuatro números en marcación rápida "Claudia, Rachel, Patricia y Amber". Había llamado varias veces a Claudia en los últimos días. Su teléfono no tenía ningún contacto típico como "Casa", "Mamá" o "Papá" en la agenda.

-Yo supongo que estuvo de fiesta en Hollywood toda la noche y se desmayó por tantos festejos. Los nombres pueden ser de sus traficantes de drogas o de sus llamadas sexuales. La sobredosis de éxtasis puede, ciertamente, causar hipertermia y ataques convulsivos en un hombre, joven y saludable, y no es poco común en esta área.

-Por lo tanto, deberíamos hacerle un seguimiento a la prueba de detección de drogas y obtener una resonancia magnética de la cabeza para evaluar la cripto. –Cindy hizo un gesto de aprobación con la cabeza.

-Supongo que se le han sacado exámenes de laboratorio y cultivos de rutina, pero deberíamos revisarlos otra vez para estar seguros. Veamos si podemos hacerle una resonancia magnética ahora; está en este piso y será más fácil que transportarlo hasta la UCI más tarde. ¿Se le ocurre algo más?

-Sí, comencemos a darle Anfotericina B.- Es una medicación terrible. Tiene horribles efectos secundarios. Algunos de los peores son insuficiencia renal y hepática, discrasia sanguínea, arritmias cardiacas, insuficiencia cardíaca, escalofríos, dolor de cabeza y muerte, por mencionar sólo algunos. –Tal vez podríamos agregar un par de antibióticos de amplio espectro además de grandes cantidades de fluidos intravenosos.

-Excelente, Dr. Raj.

-Sospecho que podría tener VIH o SIDA. Pero no creo que podamos testear eso sin consentimiento. Y mientras esté así, sin ningún miembro de la familia presente, tendremos las manos atadas.

-Podemos ocuparnos de eso más tarde. Primero veamos la resonancia magnética.

Él llegó a la UCI tres horas más tarde. ORL había logrado coserle la lengua por completo y llenarle la boca con gasa. El "reciente" informe de RM era consistente con una florida infección cerebral por criptococos, equipada con varios abscesos y meningitis asociada.

Lo ubicamos en la UCI en una habitación aislada, con respirador, medicamentos y muchos fluidos intravenosos.

Intenté llamar al número que aparecía en su licencia, pero era un teléfono celular sin contestador. Al no tener un familiar cercano ni contactos de emergencia, era cuestión de "apurarse y esperar" a que Jacob se despertase o se durmiera de forma definitiva.

Tras terminar los papeles de admisión, me encontré de casualidad con Jack y le conté sobre el caso y de cómo nosotros no podíamos determinar su estado de VIH hasta que se despertara.

-Eso es una estupidez, hombre. Fácilmente se puede descubrir si tiene VIH positivo sin su consentimiento. Sólo tienes que mandar a realizar los exámenes correctos. –Jack me guiñó el ojo.

-No te sigo. La ley federal establece que *debemos* tener consentimiento del paciente para ordenar un examen de VIH o para compartir los resultados de dicho examen.

-Exactamente. Se debe obtener el consentimiento para un examen de *VIH* pero yo nunca dije que se hiciera un examen de VIH. Sólo se tiene que hacer una carga viral de VIH y recuento de CD4. Ninguno de esos exámenes requiere consentimiento específico. Si tiene una carga viral de VIH positivo y un bajo recuento de CD4, se puede realizar esencialmente el diagnóstico de VIH o SIDA. Tienes que ser creativo, hombre. –me dio una palmadita en la espalda y se fue, hacia donde sea que se estuviera dirigiendo.

Ahora sé de dónde obtuvo Jack la reputación de ser listo y de saber cómo salir del trabajo.

Pero lo que había dicho era brillante. Si hacíamos lo que Jack recomendaba, podíamos obtener las respuestas que necesitábamos y evadir todo el tema del consentimiento. Claro que era un poco turbio, pero muy legal, y nos ayudaría con el tratamiento y cuidado de JP. Al menos así era cómo yo lo racionalicé, inmediatamente, antes de ordenar los exámenes.

Los tests llevarían, por lo menos, 24 horas. Durante ese tiempo, Jacob continuó mejorando incesantemente a lo largo del día, de tal forma, que había comenzado a despertarse y a responder al dolor. Para ayudar a disminuir parte del edema cerebral causado por la infección, se comenzó con esteroides a la mañana siguiente. El resultado fue bastante profundo. Al final de ese día, Jacob ya respondía a órdenes verbales e intentaba quitarse su tubo endotraqueal.

Durante las rondas nocturnas, el Dr. Cycle decidió que dejáramos a Jacob con el respirador durante la noche y que le sacáramos el tubo a primera hora de la mañana, si continuaba con una mejoría tan impresionante. Sus resultados de laboratorio todavía no habían llegado cuando hicimos las rondas.

Completé mi trabajo y estaba listo para salir del hospital. El resto del equipo hacía mucho que había terminado la noche a excepción de Cindy, que estaba volviendo a revisar las órdenes. Para mantenerme ocupado hasta que ella terminara y de esa manera irnos juntos, decidí revisar los resultados de laboratorio de Jacob una vez más. BINGO, habían llegado en menos de 36 horas.

Jack era muy astuto. De hecho, Jacob tenía un recuento de CD4 de 36 severamente disminuido y una intensa carga viral de más de 110.000 copias de ARN de VIH por mililitro de sangre.

-¡Ay! ¡Me asustó!- me quejé varonilmente. Cindy me había sorprendido, al darle un golpecito a mi silla, mientras yo estaba absorto con los resultados de laboratorio de Jacob.

-¿Qué está mirando?-preguntó.

-Adivine qué. Jacob es, de hecho, VIH positivo. Échele un vistazo a estos valores. – empujé el monitor en dirección hacia ella.

-Guau, sus partículas virales están teniendo una gran fiesta. Eso, ciertamente, explica su criptococosis meníngea. Aunque él no tiene la apariencia característica de alguien con síndrome de desgaste ni ese aspecto lipodistrófico que la gente, con medicamentos contra el VIH, desarrolla por la redistribución de la grasa.

-En otras palabras, Detective Lee, ¿está diciendo que él nunca ha estado en el protocolo de TARGA?

-Parece que no. De todas formas, salgamos de aquí. Ya son las 9 pm y tenemos que regresar demasiado rápido. –Salimos de la UCI y antes de avanzar 6 metros, nuestra conversación regresó a los temas médicos y a Jacob en particular.

-¿Cómo cree que se contagió de SIDA? –pregunté –Parece un tipo muy normal.

- FLASH DE ÚLTIMO MOMENTO. La gente normal tiene sexo y consume drogas. Es una de esas dos opciones. Elija una. La época de contraer VIH por transfusiones sanguíneas murió a mitad de los años 80 y creo que él era un niño pequeño por aquellos años. Y si lo hubiese contraído en ese entonces, no estaría ahora sin tratamiento.

-¿Cree que sobrevivirá?

-Supongo que si le quitan el respirador mañana y continúa recuperándose, estará bien. Una vez que comience con la TARGA, su recuento de CD4 se normalizará esencialmente y vivirá fácilmente unos 30 años o más. En estos días, es raro morir de VIH/SIDA o de sus complicaciones infecciosas asociadas. La mayoría de las personas con VIH mueren de algo no relacionado a la enfermedad misma.

-Lo leí en alguna parte. Supongo que es fascinante porque es la primera vez que veo que se diagnostica SIDA.

-Técnicamente no lo hemos diagnosticado todavía. Pero puede ser excitante. Recuerde que tiene las suficientes partículas virales, fluyendo a través de él, como para contagiar a todos en el hospital varias veces seguidas. Se lo debe tratar como si fuera un arma biológica.

-Buen punto. Me aseguraré de usar guantes dobles. ¿Cree que sabe lo que tiene?

-Estoy segura de que sí. Probablemente hace tiempo que lo sabe, pero estaba en fase de negación y por eso nunca buscó atención médica. Espero que no haya arruinado, *intencionalmente,* la vida de nadie al tener sexo sin protección. Es un hombre apuesto y las chicas no lo van a pensar dos veces si se quieren acostar con él.

-Creo que nunca pensé eso.

-¿Qué cosa? ¿Lo de acostarse con un hombre?

-Tal vez debería pensarlo. Es muy difícil conocer a una chica decente en esta ciudad.

-No lo creo. Es un muchacho apuesto; debe tener que huir de las chicas que lo persiguen.

-Lo que prueba con eso es que se engaña a sí misma.

-La mayoría de los engaños se basan en un poco de verdad.

-Entonces, debería tomar ventaja de su estado mental actual. ¿Estaría interesada en explorar más sus engaños mientras cena conmigo alguna vez?

-Qué proposición más interesante…espero con ansias el momento.

-Ídem. —comencé a sonrojarme pero antes de que tuviera la oportunidad de echar a perder este coqueteo inofensivo, entramos al estacionamiento y cada uno se fue por un camino diferente. La buena noticia era que la volvería a ver en apenas ocho horas.

~~~~

Llegué a la UCI y Cindy ya se encontraba allí. Al verme entrar, ella vino rápidamente hacia mí y, de inmediato, comenzó a ponerme al día con respecto a Jacob.

-Así que anoche, tu amigo, intentó quitarse nuevamente el tubo endotraqueal. Aparentemente, se le fue un poco el efecto de los sedantes y se despertó lo suficiente como para comenzar a tirar de él. Lo hizo a pesar de estar con una dosis alta de narcóticos, lo cual nos hizo ver que, probablemente, tenga un pasado con uso de drogas. Si tú o yo tomáramos la mitad de la dosis que él tomó, estaríamos inconscientes por 48 horas ininterrumpidas. De todas maneras, tiró del tubo tan fuerte que se lo sacó parcialmente y el residente de guardia decidió que era más seguro quitárselo; volver a colocar el tubo no era posible.

-Una vez que Jacob recuperó la voz, fue extremadamente grosero con las enfermeras y lo tuvieron que sedar para callarlo. Debería estar despertándose pronto. ¿Te importaría entrevistarlo esta mañana? Creo que sería más fácil si tú le hablases dado su comportamiento machista. Me haré cargo del papeleo de todos los demás.

-Claro, también puedo ayudar con esas cosas.

-No, tómate tu tiempo. Sé que estabas entusiasmado con tu primer caso de SIDA, así que despacio y aprende todo lo que puedas. Tienes casi una hora entera para conversar con nuestro amigo.

Ciertamente este se estaba convirtiendo en un buen mes; una hora completa con un paciente, sin tener una docena de otras cosas que hacer, era algo raro. Hice una lista en mi mente, de lo que sabía antes, de entrar a la habitación de aislamiento de Jacob. Tenía SIDA, posiblemente sin diagnosticar previamente, una meningitis que casi lo mataba, un pasado de uso de drogas y, probablemente, una afición al sexo y a las fiestas, dado el lugar donde fue encontrado.

Revisé su informe de signos vitales antes de entrar a la habitación. Jacob parecía estar mejorando, su temperatura estaba por debajo de los 37 °C. Los otros signos vitales estaban, esencialmente, normales con buena saturación de oxígeno con cánula nasal y sólo tenía una leve taquicardia.

Sus resultados de laboratorio eran otra historia. La prueba de detección de drogas había dado positiva en los derivados del opio, éxtasis, cocaína y alcohol. Cindy tenía razón con respecto al uso de drogas. Sus cultivos de sangre dieron negativo pero sus cultivos de LCR dieron positivo para criptococosis. La especiación y la sensibilidad a las drogas todavía estaban pendientes.

En la medicina moderna, con la tecnología y los resultados de laboratorio, es casi innecesario hablar con un paciente.

Me puse mi equipo de protección personal en la antesala de la cámara de aislamiento de Jacob, el cual consistía de una mascarilla N95, un protector ocular, bata y guantes. Al ser todo esto descartable implicaba que, el sólo hecho de entrar a la habitación de Jacob, costaba unos cinco dólares cada vez que alguien ingresaba. Jacob estaba dormido, pero se despertó fácilmente cuando le toqué el hombro.

-Buenos días, Jacob.

-Esperé una respuesta pero todo lo que hizo fue cambiar de posición y restregarse los ojos, intentando incorporarse.

-Relájese. Déjeme ayudarlo. Le subiré la parte superior de la cama para que no tenga que esforzarse. ¿Así está bien?

-¿Quién es usted?

-Mi nombre es Raj, soy el estudiante de medicina del equipo que se está encargando de su caso.

-¿Qué?

-¿Sabe dónde está?

-No, hombre, no recuerdo mucho. Recuerdo a una preciosura que estuvo aquí hace un rato. Intenté seducirla pero se enojó muchísimo conmigo. Me di cuenta de que algo no andaba bien. Lo próximo que sé es que estoy hablando con usted.

-Está en el hospital, en la unidad de cuidados intensivos, para ser más exactos. Estuvo aquí los últimos dos días.

Eso atrajo su atención y se sentó muy erguido. – MALDICIÓN, ¿Dónde está mi auto y mi ropa?

Miró alrededor, confundido, asimilando todo y llegó a su línea intravenosa. Lo detuve e hice lo mejor que pude para consolarlo, pero su agitación aumentó.

-Jacob, escúcheme un segundo, intente relajarse…

-¡No puedo relajarme! Llego tarde al trabajo; me van a poner de patitas a la calle si pierdo otro día. Necesito salir de aquí. Maldición, maldición, maldición… ¿Dónde está mi ropa?

-Respire profundo y cálmese. Responderé todas sus preguntas. Está en un hospital.

-No puedo calmarme. ¡Mierda! Necesito salir de aquí, buscar mi auto e ir a trabajar. Maldición, usted no entiende. Voy a perder el trabajo si falto otro día. – estaba sacándose las sábanas de encima, buscando algo en la habitación, supongo que su ropa.

Obviamente, la rutina del tipo amable no estaba funcionando con Jacob, así que decidí darle una dosis de realidad. –Su ropa fue quemada y su billetera confiscada. Pero después de toda la sangre y vómito que tenía sobre ellas, ningún tintorero las habría tocado. Tuvo un ataque de epilepsia en la sala de emergencias y se arrancó parte de la lengua de un mordisco.

-Mierda, ¿de verdad? –sacó la lengua y tenía dos pequeñas suturas en ella. Aparentemente, una cortadura muy pequeña en la lengua podría causar mucha hemorragia. Habría jurado que se había mordido la mitad de la lengua en la sala de emergencias, dada la abundante cantidad de sangre que le había salido de la boca. –Con razón, me pica la lengua.

-¿De verdad no se acuerda que, anoche, estaba sacándose el tubo endotraqueal?

-¿De qué está hablando? – empezó a haber confusión y curiosidad. Jacob comenzó a calmarse. Creo que estaba empezando a darse cuenta de la gravedad de su situación y que, por lo pronto, no iba a irse a ningún lado. –Ok, ok, retroceda. ¿He estado aquí por dos malditos días?

-Bueno, más cerca de las 50 horas. No sé, con exactitud, cuándo fue que la ambulancia lo trajo a la sala de emergencias, pero es bastante aproximado.

-¿Ambulancia?

-Sí, lo encontraron en un callejón en Hollywood. Por suerte para usted, un amable transeúnte nos llamó y usted fue traído aquí. Cuando estaba en la sala de emergencias, tuvo un desagradable ataque convulsivo. Ahí fue cuando descubrimos que usted tiene una infección en el cerebro causada por un hongo. Es por eso que tiene esa línea intravenosa amarilla.

-Ah, tengo una imagen. Sí. Estaba en una fiesta en un nuevo club, Drai's o algo así, en Hollywood…y…estaba por anotar con una rubia sexy. Diablos, olvidé su nombre. Ojalá tenga su número. Ella estaba tan caliente que no sabía si llegaríamos a mi auto. De hecho, no llegamos así que es por eso que fuimos al callejón, pensando que a nadie le importaría si hacíamos un rapidito allí. ¿Entiende a lo que me refiero? De esa manera, tampoco tendría que lidiar con ella a la mañana siguiente. Mi novia se da cuenta cuando otra mujer estuvo en mi cama. –y me guiñó el ojo, como si estuviéramos en algún tipo de fraternidad, compartiendo las hazañas que tuvimos la noche anterior.

-Debe de haber estado muy enfiestado para desmayarse.

-Nada fuera de las reglas. –estaba comenzando a estar mucho más coherente e interesado en la conversación. Evidentemente, Jacob se la creía mucho y claramente tenía algunas tendencias narcisistas. Decidí seguirle la corriente y ver lo que podría aprender.

-¿Qué quiere decir? –pregunté.

-Ya sabe, lo de siempre. Tomé algunos tragos y consumí una o dos líneas de cocaína para que la fiesta durara más. Luego, mi amigo y yo conocimos a un par de chicas que, definitivamente, querían pasarla bien. Se interesaron aún más cuando descubrieron que teníamos cocaína. Ambas se ayudaron para consumir una buena dosis y después estábamos unos encima de otros en la pista de baile. Cuando mencioné que tenía un poco de éxtasis, se les iluminaron los ojos. Después de que todos tomamos una pastilla, ellas estaban como nosotros. Me refiero a que estas muchachas estaban calientes aún *antes* del éxtasis. –hizo una pausa y luego completó la idea:-¡Diablos! Ojalá hubiese estado allí para ver cómo era ella después del E.

-Su orina también dio positiva en narcóticos.

-¿Chequeó mi pis? –se calmó y casi de inmediato se dio cuenta de que yo no estaba intentando ser agresivo. –Supongo que tiene sentido que me hayan chequeado eso cuando yo no podía contarle nada. ¿No es cierto? Tomo algunas pastillas de vez en cuando, nada demasiado alocado, en general Percs. Oxy si puedo conseguirlo pero es difícil por estos días y cuesta muchísimo.

-Supongo que se refiere a Percocet y Oxycontin. ¿Y qué hay de la heroína?

-No, nunca probé esa porquería. No me gustan las agujas. Sólo tomo pastillas. Mis amigos fuman heroína pero los vapores no van bien conmigo. Además la heroína de alquitrán negro arruina todo lo que entre en contacto con ella. Destruye muebles, lo cual es malo tanto para los negocios como para el placer.

-¿A qué se refiere?

-Ayudo a manejar una empresa de diseño de interiores muy exitosa, así que las apariencias son muy importantes. No se puede convencer a un cliente si se tiene alquitrán debajo de las uñas o manchas de heroína en las paredes. Soy el mejor diseñador que tienen. Habría sido socio de la compañía el año pasado, pero mi horario irregular no cae bien a los miembros del directorio. Igual, todos saben que me necesitan. Yo les consigo los grandes contratos de Hollywood.

No tenía razón para pensar que Jacob me estaba mintiendo; era bastante comunicativo con respecto al uso de drogas y todo era consistente con los resultados toxicológicos. Realmente le gustaba hablar de sí mismo. Aunque su historia de trabajo y de drogas fuese muy interesante, yo estaba listo para ir un paso más lejos y ahondar en su historia sexual y su estado de VIH.

-¿Tiene otras condiciones médicas que yo debería saber?

-Aparentemente, tengo un hongo en el cerebro. Es raro porque yo nunca he comido hongos. ¿Es así cómo alguien consigue tener un hongo en el cerebro? ¿Por comer esos hongos mágicos? Siempre supe que le cagan la mente a uno.

No estaba seguro si estaba hablando en serio o estaba haciéndose el tonto, así que decidí mantenerlo de forma profesional. -Algunos hongos son ciertamente alucinógenos pero una infección cerebral por *criptococosis* no es por comer hongos. La mayoría de la gente se infecta al inhalar esporas contenidas en excrementos de pájaros.

-¿Me está diciendo que inhalé caca de pájaro?

-Bueno, todos lo hacemos simplemente al respirar. Lo que pasa es que la gente no se infecta a menos que su sistema inmunológico esté severamente comprometido.

-¿Qué es lo que trata de decir?

-Sé que tiene otros problemas médicos.

-¿Podría mirarme?- Jacob flexionó los brazos para presumir con sus bíceps bien formados. -¿Le parezco enfermo? Hago ejercicios y hasta un poco de modelaje. Estoy saludable. No tengo problemas médicos. AHORA, ¿Cuándo diablos voy a salir de aquí?

-¿Por qué de repente se pone a la defensiva? Nuestro objetivo aquí es ayudarlo a estar mejor y, para hacer eso, necesitamos saber toda su historia médica.

-Bueno, le estoy diciendo que no tengo otra historia médica excepto la que le dije. Ahora, ¿puede decirme cuando podré salir de aquí?- estaba comenzando a ser agresivo. Podía verlo en su comportamiento. Estaba tenso con la mandíbula apretada y con las manos cerradas formando dos pelotas levantadas, como si estuviera listo para pegarme. Aunque tenía poco que temer, si se ponía nervioso al punto de levantarse de la cama, es posible que sufriese un intenso dolor de cabeza y un ataque de convulsiones.

En lugar de tratarlo con condescendencia y decirle "cálmese", frase habitual que usan muchos médicos y que sólo sirve para irritar más a los pacientes , decidí hacerme su amigo para ver si podía obtener más información. Sólo alimentaría su narcisismo.

-Jacob, sé que no quiere estar aquí; yo tampoco lo quisiera. Ha pasado por mucho en los últimos días y salió como un campeón. La mayoría de la gente en su situación ni siquiera habría llegado a la UCI, si entiende a lo que me refiero. Y la fuerza que se necesita para tirar de un tubo endotraqueal es increíble.

-Ha dado en el clavo. Ni siquiera lo sentí salir. —se le aflojó la mandíbula y los puños se abrieron. Mi plan parecía estar funcionando así que continué alimentando su ego; después de todo, la medicina se trata de crear vínculos de confianza y no de hacer amigos.

-Increíble. Debe tener un umbral de dolor bastante alto. Supongo que se deberá a las horas que pasa en el gimnasio.

-Interesante. Nunca lo pensé de esa manera. Supongo que al desarrollar músculo, también desarrollo una tolerancia al dolor más alta. Tiene sentido, más músculo significa más tolerancia al dolor. Apuesto a que es por eso que puedo hacer muchas cosas que mis otros amigos creen que son demasiado dolorosas, como comer salsas picantes y levantar cosas pesadas.

-Tal vez, por ahí vayan los tiros. –Dios, este tipo se la cree mucho; esto era entretenido. Al menos, él estaba comenzando a tomarme cariño. Ahora yo podría llegar al quid del asunto. -¿Se acuerda de algo más de la noche que fue encontrado desmayado en el callejón?

-Le conté todo lo que recordaba.

-¿Es común para usted ir a fiestas como esa y tener sexo con gente desconocida?

-Oiga, oiga, no tengo sexo con gente desconocida, sólo con la variedad más atractiva de chicas.

-Debe ser fácil para usted conseguir chicas, ¿no? A ellas les encantan los chicos malos que hacen ejercicio.

Se estaba involucrando en la conversación. Claramente, disfrutaba hablar de sus hazañas. Yo, por otro lado, me estaba empezando a sentir nauseabundo. Estaba cometiendo homicidio si, intencionadamente, tenía sexo sin protección y estaba al tanto de su VIH.

-Las chicas solteras no son un problema. Pero a mí me gustan las que están en pareja. Es un desafío robarle a otro hombre su mujer por una noche.

-Ese es un juego peligroso. Si una de las chicas queda embarazada, podría rastrear el ADN del niño hasta usted y agarrarlo para que le de pensión alimentaria o hasta ir tras su compañía. Debe usar algún tipo de protección, ¿no es cierto?

-Solía pero dejé el año pasado. Supongo que sólo se es joven una vez y se siente mucho mejor sin cubrir a Jacob Jr.

-¿No le preocupa contraer VIH, hepatitis C o algún otro tipo de ETS?

-La verdad que no. ¿Por qué me está haciendo todas estas preguntas? Si quiere tener sexo, conozco algunas preciosuras a las que les encantaría salir con un médico. Pero esas citas no son baratas, si entiende a lo que me refiero.

-Gracias, pero paso. Ya estoy interesado en alguien. –supongo que Jacob complementaba sus ingresos de modelaje y diseño de interiores con un poco de proxenetismo. Estaba a punto de indagarlo acerca de su condición de VIH cuando Cindy entró a la habitación.

-¡Hollllllllaaaaaaaa, enfermera! ¿Vino a darme un baño con esponja?- claramente, Jacob estaba interesado en Cindy. ¿Y quién podría culparlo? Ella se veía bien, especialmente porque no llevaba puesta bata ni mascarilla. Como muchos doctores, ella pasó por alto los requisitos de equipo de protección personal. Además, había tenido mucha más experiencia con SIDA que yo así que, probablemente, sabía qué era necesario y qué no.

-No. Soy la Dra. Lee. Soy la jefa de Raj en el equipo que está tratando su caso. –dijo con autoridad mientras le mostraba a Jacob su gafete.

-Bueno, si está libre para cenar más tarde, ya sabe dónde encontrarme.

-Estoy ocupada. –dijo y desvió la mirada hacia mí.- Dr. Raj, ¿ha confirmado con él las enfermedades que tuvo, o que ha contraído, que pueda justificar su debilitado sistema inmunológico?

-Eh, este, estaba…

-ESPERE… ¿está diciendo que tengo otra cosa? ¿Es así cómo me infecté con este hongo?-Jacob me interrumpió y estaba mirando furiosamente a Cindy.

-Estaba hablando con el Dr. Raj , pero sí, eso es lo que estoy diciendo. Tenemos los resultados de laboratorio que indican que su sistema inmunológico no está tan saludable como su apariencia desmentiría.

-¿Qué está intentando decir, Cindy?

-Soy la Dra. Lee. Lo que estoy diciendo es que la infección que tiene en el cerebro ocurre normalmente en personas que son, significativamente, inmunodeficientes, es decir en aquellas que tienen sistemas inmunes debilitados. Puede deberse a muchas cosas, tales como anormalidades genéticas de inmunoglobulina, cáncer, trasplante previo de órganos o SIDA.

Nuevamente comenzó a agitarse. Se incorporó y se inclinó un poco hacia adelante. Se le contrajeron los músculos de la mandíbula y entrecerró los ojos como nunca antes. No le gustaba hacia dónde estaba yendo la conversación. –Bueno, soy la excepción a la regla; nada de eso en este cuerpo. –dijo a la vez que hacía un repaso de sí mismo con aprobación. -¿Le parece que tengo un problema genético?

-Cuando lo revisamos, vimos que usted no tiene las cicatrices que, en general, tienen los que reciben trasplantes de órganos. Sin embargo, eso no excluye algún tipo de cáncer por el que puede estar bajo tratamiento o infección con VIH.

-Yo no tomo medicamentos. Ya me han examinado la orina así que ya saben todo lo que he usado recientemente. He sido honesto con Raj, pregúntele. ¿A dónde quiere llegar *exactamente*, Señorita?

-Le quiero hacer un examen de VIH. – me avergoncé cuando lo dije. Estoy seguro de que Jacob no tomaría bien el hecho de ser confrontado, sin rodeos, por una mujer. Definitivamente, estaba comenzando a percibir vibras machistas de su parte.

-¡No tengo VIH!-la respuesta tan rápida y excesivamente enfática implicaba que tenía algo que ocultar. Aunque técnicamente tenía razón, dado su bajo recuento de CD4 y una infección oportunista con *Crypto*, tenía SIDA y no VIH pero estoy bastante seguro de que él no estaba pensando así.

-Entonces, no le importará que le hagamos un análisis. Con la tecnología moderna, podemos tomarle una gotita de sangre del dedo y tener los resultados en 20 minutos. Si podemos excluir esa condición, podremos concentrarnos en otras de las causas del por qué tiene un hongo que está infectando su sistema nervioso central y así hacer que usted mejore mucho más rápido.

Jacob no estaba tomando bien el estilo franco de ejercer la medicina de Cindy. Se estaba poniendo colorado por la ira y abría y cerraba los puños reiteradamente. Estaba acostumbrado a tener el poder y no creo que le gustara lo opuesto ni el sentimiento de impotencia que estaba experimentando. Sus únicas opciones eran atacar o admitir la derrota.

-¡Esto es una mentira! Me largo de aquí, no pueden tenerme aquí en contra de mi voluntad y *sé* que no pueden hacerme un análisis de VIH sin mi consentimiento. Denme los formularios de alta voluntaria. Quiero firmar la salida de este manicomio.

-Jacob, usted parece ser alguien que sabe mucho sobre protocolos médicos y que, supuestamente, es muy saludable y no tiene problemas médicos. ¿Le importaría decirme cómo sabe que no podemos realizarle un examen de VIH o que tiene que firmar unos formularios especiales, si quiere dejar el hospital, sin el consentimiento médico?

-Conozco mis derechos. Además, en todas las noticias hablan sobre cómo las leyes antidiscriminatorias y de protección de la salud impiden el análisis de VIH y otras condiciones genéricas sin el consentimiento, explícito, del paciente hecho por escrito. –dijo Jacob con engreimiento, claramente pensando que la pelea verbal estaba ahora a su favor.

-Sospecho que usted ya sabe lo que mostrarán los resultados de su examen de VIH.

-Sí, serán negativos, Srta. Lee.

-Interesante, dado su recuento de CD4 extremadamente bajo y su carga viral de VIH muy elevada. -me dio escalofríos cuando lo dijo, temiendo que él pudiese atacarla físicamente. El estilo neoyorquino de cuidar a un paciente era mucho más beligerante que el estilo relajado y de compañerismo californiano.

-¿QUÉ…? No puede saberlo, nunca dije que podían hacerme el análisis.

-No le hicimos un examen de VIH. Simplemente contamos los tipos de células de sangre específicas en su cuerpo y chequeamos partículas virales que estuvieran duplicándose. En ningún lado se establece que se necesita consentimiento para esos exámenes, especialmente para alguien que se encontró inconsciente y que estaba casi muerto al llegar a la sala de emergencias. Le hicimos esos análisis para poder salvarle la vida, lo cual hicimos, debo agregar. Debería estar agradecido que lo hayamos examinado. De lo contrario, su diagnóstico estaría tal vez demorado y usted estaría en la morgue, en lugar de estar hablando con nosotros.

Jacob estaba furioso. Parado con la espalda recta al lado de sus porta sueros, que le estaba proveyendo de los muchos químicos que lo mantenían con vida, miró las bolsas que colgaban y a Cindy y, luego, a mí. Puedo imaginarme lo que estaba pasando por su cabeza. Le habían gritado y probado que era un mentiroso. Lo peor todavía era que Cindy no había terminado.

-Jacob, sé lo que está pensando. Quiere agredirme porque dije la verdad. Le aconsejo no hacerlo, no sólo porque lo llevaría a la cárcel más rápido de lo que se imagina, sino porque estamos aquí para ayudarlo. Para poder hacer eso, necesitamos honestidad y cooperación. Parece un hombre brillante y con los cuidados correctos, podrá vivir una vida larga y saludable.

-No necesito su ayuda; me estaba arreglando bien solo. Trátenme esta maldita infección únicamente y déjenme ir. Tengo cosas que hacer. Usted sólo es doctora, no puede decirme qué hacer. Haga su trabajo y deje de sermonearme, perra.

Guau, nunca antes había visto tanta insolencia por parte de un paciente. Pero Cindy estaba perpleja y lo tomó con calma; al parecer ella había pasado por este camino antes.

-Escuche, Jacob, lo he tratado con respeto y he sido franca con usted. Espero que usted me trate con el respeto que merezco. Sin embargo, parece que eso no va a suceder así que permítame explicárselo. Creo que usted ya está al tanto de su condición de VIH y si resulta ser verdad que ha estado teniendo sexo sin protección con otros individuos, hombres o mujeres, sin contarles de su infección, entonces usted es culpable de homicidio y de un montón de otros cargos que sólo un abogado puede decirle. Ya sé todo sobre los contactos en su teléfono celular. No será difícil obtener una orden de la corte para contactar a esas personas y preguntarles sobre sus relaciones sexuales con usted y si conocían, o no, su condición.

Ese fue mi pie para agarrar a Cindy y salir corriendo de la habitación de Jacob. Mientras la puerta se estaba cerrando detrás de nosotros, oí un fuerte golpe. Fue uno de los porta sueros estrellándose contra la puerta, seguido de una firme patada que debe haber abollado la puerta interna de su habitación. Tras pasar la segunda puerta, la mantuve abierta intencionalmente. Hacer eso garantizaba que la puerta interna, que conducía a su habitación, quedase trabada. Debido a que él estaba en una habitación de aislamiento, las puertas nunca podían estar abiertas al mismo tiempo. Uno debía entrar a la antesala permitiendo que la puerta, por la que se entró, se cerrara por completo antes de que la otra puerta se trabase y pudiera ser abierta. Si yo hubiese dejado la puerta externa cerrada detrás de nosotros, él habría podido salir y seguirnos con su ira.

La enfermera a cargo vio lo que sucedía y , de inmediato, llamó a seguridad. Jack y dos oficiales aparecieron en segundos y nosotros les explicamos lo que acababa de ocurrir. Los oficiales de seguridad pidieron refuerzos y deliberaron con Jack con respecto a qué hacer.

-Sí, tenemos que hacérselo saber al médico tratante, pero creo que deberíamos asegurarnos de que el paciente esté calmado antes de intentar hacer algo. Raj, fue muy buena idea dejarlo encerrado allí. No se sabe lo que podría llegar a hacer si se escapase. Si no se calma, creo que tendremos que ponerlo en reclusión psiquiátrica por ser un peligro para los demás. Démosle Xanax sublingual y veamos si se relaja un poco para que podamos hacerlo entrar en razón.

Seguridad hizo un gesto de aprobación al plan de Jack y éste se volvió hacia Cindy:-¿Qué diablos hizo para perturbarlo tanto de repente?

Cindy, después de recobrar la compostura, se mantuvo firme:-Lo confronté con respecto a su condición de VIH. Era claro que estaba mintiendo, acerca del conocimiento de su enfermedad, y estaba haciéndonos perder tiempo. Peor aún, él sabía que estaba infectado y se acuesta, regularmente, con gente que desconoce su condición después de darles drogas para excitarlas. –se dio vuelta hacia mí:- Sí, Raj, oí una gran parte de tu entrevista desde la antesala. Hiciste un buen trabajo pero no pude soportar oír más a ese imbécil hablar de su "Jacob Jr".

A mi entender, Jack nos miró con una mirada de aprobación.-Cindy, soy el único con reputación de molestar a los pacientes pero tal vez usted me haya quitado la corona. No creo que haya hecho algo malo per se y nosotros, ciertamente, teníamos el derecho de inspeccionar sus pertenencias, incluyendo su teléfono, cuando estaba inconsciente como parte del esfuerzo por salvar su vida. Cuando usted testifique, sólo diga que estaba buscando en su teléfono un contacto de emergencia o el número de un familiar cercano y no, el de sus novias.

-Oficialmente, todavía no sabemos si tiene VIH. PERO, si lo ponemos en reclusión psiquiátrica, pierde todos sus derechos y, de esa manera, le podemos hacer los exámenes. Si resulta ser positivo y si podemos probar que él *sabía* lo de su enfermedad mientras estaba teniendo relaciones, sin decirle a sus parejas al respecto, tendremos que involucrar a la policía. Conozco un detective al que podemos llamar. Me encargaré de eso. Ustedes, muchachos, denle el parte a Clyde; esto *tal vez* lo haga reaccionar.

Nos dimos vuelta para irnos y Jack nos gritó con un pensamiento pasajero:- Muchachos, asegúrense de documentar toda la información con respecto a este caso, es hora de cubrirse el trasero. Esto se va a poner feo.

~~~~

Dr. Clyde estaba muy callado, asintiéndole a Cindy, mientras yo lo ponía al corriente de lo que había sucedido en la sala de conferencias de la UCI. De vez en cuando, hacía una pregunta pero la mayor parte del tiempo sólo escuchaba. Habló después de que nuestra historia terminó. –Bueno, obviamente no podemos revisar su teléfono ahora. Raj, ¿Cómo sabes que tiene al menos cuatro novias?

-Revisé la sección de "Favoritos" en su teléfono y había cuatro nombres de mujeres allí. Así que tomé una foto con mi teléfono junto con sus números telefónicos. Mucha gente guarda números importantes en esa sección, como "Casa" o "Mamá" y normalmente los mejores amigos.

-Entonces, no sabes si son novias per se. ¿Lo único que sabes es que hay cuatro nombres de mujeres en la lista de marcación rápida? Podrían ser una pista falsa, es decir, él tal vez llame a su madre o hermana por su nombre.

-Sí, Dr. Clyde. –con toda honestidad, ese pensamiento jamás se me cruzó por la mente pero era muy lógico que Clyde llegara a esa conclusión.

-Ciertamente, podemos decir que tuvimos que revisar de urgencia su teléfono para buscar un contacto, que pudiera darnos su historia clínica para salvarle la vida. Por lo tanto, revisar su teléfono es legítimo. Además, hay dos anotaciones de enfermeras, hechas por separado, que comentan la forma grosera y maleducada con que las trató. Eso demuestra su pobre consideración tanto hacia las mujeres como a la autoridad. Asegúrense los dos de documentar, con exactitud, lo que ocurrió esta mañana además de su agresión cuando se le pidió cumplir con el cuidado y los exámenes médicos comunes.

El Dr Clyde se puso derecho en la silla, estiró los brazos, se quitó las gafas, se restregó los ojos y tiró los lentes a través de la mesa. Con la mirada fija, en nada en particular, a la distancia, finalmente habló:- Bueno, lo que tenemos aquí es un... ¿cómo lo digo? Un lío.

Después de varios momentos de incómodo silencio, Cindy fue la primera en romperlo:-Bueno, técnicamente, nosotros no hicimos nada malo.- es divertido ver que hasta la gente más agradable utiliza la palabra "yo" para referirse a cosas que salen bien y "nosotros" o "el equipo" cuando las cosas salen mal. Una de las maneras más fáciles de transmitir humildad en medicina es hablar en tercera persona tanto para lo *bueno* como para lo malo.

-No, no hicimos nada mal. Tal vez, las cosas no fueron manejadas con el mejor tacto posible, pero no hemos violado ninguna ley o regla del hospital. De hecho, le salvamos la vida y su recuperación ha sido fantástica así que, ese, es el lado positivo. La desventaja es que se ha convertido en un caso muy delicado. Probablemente nos demande por alguna que otra razón absurda ya sea discriminación, maltrato o vaya Dios a saber qué. El otro problema, más apremiante, es que es probable que continúe contagiando con VIH a otras personas inocentes tan pronto salga de aquí. Definitivamente, es una zona gris. Tenemos que reportar casos de VIH/SIDA pero, técnicamente, no tenemos el diagnóstico confirmado. La pregunta es: ¿Qué hacemos de ahora en más?

Un silencio aún más extraño mientras todos reflexionábamos su pregunta.

Esta vez fui yo el que rompió el silencio. -¿Por qué no llamamos a un consultor de ética?

-Sí, es una fantástica idea.-estaba contento con el apoyo entusiasta de Cindy.

-Normalmente, estaría de acuerdo pero debido a la recesión económica, ese puesto de trabajo fue removido hace aproximadamente un año.

Mi brillante idea se desintegró en un segundo, pero supuse que podría tirar otra:- ¿No podemos asustarlo para que se haga un examen de VIH o intimidarlo de alguna manera?

-Por lo que ambos me dijeron, es demasiado listo para eso y conoce sus derechos. Además, el miedo es un pobre motivador en medicina. Mira a los índices constantes del tabaquismo y la obesidad, a pesar de la conciencia pública generalizada de cáncer de pulmón y de los riesgos asociados con sobrepeso.

-¿Y si lo tenemos en reclusión psiquiátrica y luego lo examinamos? –agregó Cindy.

-Estaba pensando en eso, Dra. Lee, ¿pero qué fundamentos tenemos para colocarlo en una reclusión psiquiátrica involuntaria? No podemos ponerlo en reclusión sólo porque se puso un poco molesto y se lanzó sobre ustedes dos. Tenemos pacientes que amenazan con atacar al personal y a los médicos todo el tiempo. No se justifica llamar a seguridad por un delito hecho por primera vez a menos que haya algún tipo de daño físico, en cuyo caso un paciente, simplemente, va a prisión.

No estábamos llegando a ningún lado. Estábamos atascados en un limbo de leyes estúpidas, que demandan que curemos a alguien que no tuvo escrúpulos en arruinar la vida de otros. Ahí fue cuando noté un destello efímero en los ojos de Dr. Clyde. Sabía que se le había ocurrido algo. Sólo que no sabía qué. Había estado haciendo esto por décadas pero la situación actual parecía haberlo dejado perplejo. Sus próximas palabras fueron un testimonio de su brillantez, aunque no me di cuenta en ese momento.

-Tal vez, deberíamos dar un paso al costado y dejar que Jack maneje este caso por un tiempo.

-Pero Dr. Clyde, me siento bastante cómoda manejando SIDA. Tuvimos muchos pacientes difíciles en Nueva York…

-Gracias, Dra. Lee. No tengo dudas con respecto a su conocimiento, referencias y habilidades pero creo que, debido a la agresión hacia usted y hacia las otras mujeres, es más seguro que le permita a Jack asumir el cuidado de Jacob de manera inmediata. Estaré disponible para consultas en caso de que el equipo necesite mi aporte; por lo demás, creo que en el manejo de Jacob menos es más. Por lo tanto, ya no es necesario que le hagamos rondas formales.

-Pero…- Cindy intentó discutir pero la decisión fue, claramente, definitiva.

-Gracias por su tiempo y por informarme esta situación, Dres. Raj y Lee.

Eso concluyó nuestra reunión y cambió, por completo, el curso de los acontecimientos en el manejo de Jacob.

~~~~

Me encontré, por casualidad, con Cindy a la mañana siguiente cuando ella estaba examinando la historia médica de Jacob.- Oye, pensé que estabas fuera del caso.

-Lo estoy pero eso no significa que no pueda hacer el seguimiento de lo que está ocurriendo. Al fin y al cabo, todos estamos en el mismo equipo. En realidad, el Dr. Clyde no dijo que estaba fuera del caso. Dijo que debía ser manejado por Jack. Mi evaluación está totalmente arruinada pero eso no quiere decir que no se pueda aprender de Jacob. Él es un caso interesante, tanto de forma médica como social. Además, tú tienes una muy buena relación con él.

Fantástico, justo lo que quería, tener más trabajo. No me malentienda. No me molesta aprender pero tampoco me molesta irme más temprano a casa, en lugar de tener que ver un paciente más, especialmente un paciente jodido como Jacob. Pero, por supuesto, no podía *realmente* decir eso, eso implicaría que mi evaluación se iría al diablo también y que otras cosas desagradables ocurrirían, como no pasar la rotación, no obtener una buena residencia, beca de investigación ni trabajo, entre otras cosas. Así que, por supuesto, tenía que parecer entusiasmado al estar de acuerdo con Cindy. Pero tampoco podía arriesgarme a molestar a Jack o Clyde. —Me encantaría hacer el seguimiento de Jack pero ya oíste al Dr. Clyde; ahora es el caso de Jack.

Como si le hubiesen dado el pie, Jack entró a la unidad y se fue derechito a la habitación de Jacob.

-Ves, eso es lo que me gusta de ti, Rajen, siempre estás dispuesto a hacer lo que sea para aprender. Hablaré con Jack y veré si todavía puedes hacer el seguimiento de Jacob. Estoy seguro de que él agradecerá la ayuda y, luego, me puedes tener al tanto de su estado.

-Claro, me encantaría darte una mano. Es casi como una telenovela de la manera que se está desarrollando todo esto.

-Sí y es por eso que amo la medicina, siempre es interesante e impredecible. Oh, aquí viene Jack. Le preguntaré si puedes continuar siguiendo el caso para que tú no tengas que hacerlo.

Antes de que pudiera agradecerle, aunque esa fuese la última cosa que quería hacer, ella dejó de hablar y fue a interceptar a Jack.

-Hola, Cindy.

-Hola, Jack. Tengo que pedirle un favorcito.

Jack estaba ocupado garabateando la historia clínica de Jacob, claramente intentando evitar hacer favores o algún trabajo extra. Pero Cindy parecía no darse cuenta de esas pistas sutiles aunque Jack le dio vuelta la espalda, se sentó y continuó escribiendo. No obstante, ella se quedó parada allí y esperó tranquilamente. Finalmente, él respondió: -¿Qué sucede?

-Me preguntaba si Raj podía seguir a Jacob con usted. Al fin y al cabo, Clyde me dijo a mí que estuviese fuera del caso. Nunca mencionó nada acerca del estudiante de medicina. Además, Raj fue el primero que lo vio en la sala de emergencias y que lo diagnosticó. Es más, ha entablado una buena relación con él. Tal vez sea muy útil…

-Claro, no hay problema. Dejaré a Raj que tome la delantera y yo ayudaré.

Convencer a Jack fue mucho más fácil de lo que Cindy había esperado.

-Oye, Raj, ¿Por qué no vienes aquí y revisas estas órdenes conmigo? Gracias por su preocupación, Cindy; la mantendremos informada. Nos vemos en las rondas.

Cuando pasé al lado de Cindy de camino hacia Jack, ella me codeó, como si hubiésemos logrado algo grandioso. En realidad, todo lo que había logrado era crear más trabajo para mí. Por supuesto que era bonita, pero un poco despistada.

Jack me tiró la historia clínica:-Échale una ojeada a estas órdenes y reúnete conmigo en la cafetería. Discutiremos los detalles allí. No te molestes en hacerle un examen físico; él está comatoso.

Leí con cuidado la historia clínica. Aparentemente, después de nuestra pequeña confrontación de anoche, Jack pudo calmar a Jacob de tal manera que aceptó permanecer en el hospital y completar su tratamiento. Jacob también comenzó a sufrir temblores y le habían empezado a colocar una alta dosis intravenosa de diazepam; eso claramente explicaría el por qué estaba comatoso. También había firmado el consentimiento para el examen de VIH, el cual fue realizado anoche.

Yo estaba completamente confundido. Ayer Jacob se negó a hacerse un examen de VIH. Además, casi nos ataca, a Cindy y a mí, y estuvo a punto de salir furioso del hospital con una infección que puede ocasionar la muerte. Ahora, por algún milagro, Jack lo había convencido de permanecer en el hospital por su tratamiento, además de estar de acuerdo en que se le haga un examen de VIH. Claramente, yo tenía mucho que aprender acerca del arte de la medicina. El conocimiento podía llevarlo a uno lejos pero, hasta el momento, no había reemplazo para la interacción humana o la manipulación, como pronto aprendí.

-Entonces, ¿Qué piensas? –preguntó Jack aun antes de que me pudiera sentar con mi bagel en nuestro reservado en la cafetería.

-¿Acerca de qué?

-Raj, no eres idiota, no andes con rodeos conmigo. Acerca de Jacob, ¿de quién más?

-Ah, supongo que después de que le diste un tiempo para calmarse, pudiste razonar con él y hacer que aceptara realizarse un examen de VIH. Noté que le diste Valium intravenoso. ¿Eso fue para la abstinencia al alcohol? El momento en que se lo hiciste tiene sentido. Pasaron alrededor de 72 horas desde que fue admitido al hospital, suponiendo que no ha tomado desde que llegó; ahí es cuando se supone que un alcohólico comienza a abstenerse. Diría que captaste la abstinencia pronto, salvándole potencialmente la vida.

-¿Y cómo armaste esa pequeña historia?

-Sabemos que ayer casi nos ataca y que se llamó a seguridad. Le notificaron que si seguía con ese comportamiento, lo pondrían en reclusión psiquiátrica, bajo la cual él perdería todos sus derechos y se le haría un examen de VIH, sin importar sus deseos.

-Tras oír que debía calmarse, dejándote ayudarlo a razonar, obviamente prevalecieron la lógica y la razón. La abstinencia al alcohol fue probablemente casual pero es bueno que lo hayas notado tú, en lugar de cualquier otra persona que estaba de guardia. Además, es consistente con tu presentación; es un drogadicto que estaba muy borracho cuando llegó, así que un historial de alcoholismo no es sorprendente.

-¿Lo asegurarías bajo juramento?

-¿A dónde quieres llegar?

- Fue una simple pregunta.

-Sí…supongo. Al fin y al cabo, es la verdad y está todo documentado. No hace falta ser un genio para darse cuenta de eso.

-¿Eres pro-vida o estás favor del aborto?

-A favor del aborto pero, ¿qué tiene que ver eso con Jacob?

Tras ignorar mi pregunta, Jack continuó con su interrogatorio:-
¿Estás familiarizado con el dilema del tranvía?

-Sí, ¿El que se trata de que uno está en una posición para jalar
de una palanca que cambia la vía sobre la que está el tranvía? Si no
se jala de la palanca, el tranvía arrolla una familia de cuatro y los
mata a todos. Pero si se jala de la palanca, sólo una persona es
arrollada y muere. Básicamente, se trata de sacrificar a uno para
salvar a muchos y el dilema de que si uno no toma la decisión es lo
mismo que ser proactivo.

-Eso mismo. Así que si estuvieses en ese lugar, ¿jalarías de la
palanca para salvar a la familia?

-Por supuesto.

-OK, una situación más difícil. Supongamos que hay un
agradable caballero, al que has conocido profesionalmente por
algún tiempo, con cáncer en su etapa final y metástasis en los
huesos. *Sabes* que eso duele como la puta madre. Digamos que
solía ser un hombre activo con una familia fantástica pero, en los
últimos años de quimio y radiación, está agotado y siempre
dolorido. Está tan débil que, esencialmente, está inmóvil y ni cerca
del carácter vivaz que solía tener. En esencia, ya está muerto pero,
técnicamente, está vivo y constantemente dolorido, tanto que no
puede encontrar placer en las cosas que solía hacer. Su familia
todavía cuida excelentemente de él, pero ha pasado de ser el sostén
y jefe de la familia a ser una persona completamente dependiente
y, en ocasiones, a tener incontinencia. En más de una ocasión te
dice, con un completo candor lúcido, que desea morir. Está en paz
consigo mismo y ha tenido una buena vida. ¿Qué haces?

-Le ofrecería un hospicio o cuidados paliativos, ya sea en casa
o en un centro de cuidados calificado.

-Raj, ¿me veo como un escarabajo coprófago? Me estás alimentando de basura. ¿Ayudas, o no, a este agradable sujeto a suicidarse? Él no va a ningún centro ni nada; tiene una fantástica familia. Siente que es una carga para ellos y sabes con certeza que va a empeorar con el tiempo.

-Entonces, en una palabra, sí, lo ayudaría. –de inmediato pensé en Duane Little.

-¿Sabes que suicidarse o ayudar a alguien a suicidarse es un delito?

Finalmente, me di cuenta hacia dónde Jack iba con todo esto...quería tantearme antes de contarme algún secreto. Estoy seguro de que tenía que ver con Jacob.

Tengo que admitir que me picó la curiosidad y quería saber más, así que le seguí la corriente.

-Bueno, dos cosas entonces, está el problema de ser atrapado, lo cual se puede evitar fácilmente y la segunda es si se está realmente ayudando al suicidio de alguien.- dije. Fue mi turno de ser impreciso.

-¿A qué te refieres con estar realmente ayudando al suicidio?

-Supongo que el antes mencionado caballero ha firmado un formulario de NR. Eso claramente significa que si deja de respirar, tenemos las manos atadas según su pedido. Ese documento es perfectamente legal. Ahora, supongamos que su dolor es tan severo que se necesitan altas dosis de medicamentos narcóticos para aliviarle el dolor. Tales dosis hacen, de hecho, que su respiración se detenga antes de que se controle el dolor. De esa manera, él obtiene legalmente lo que desea.

-Pero si eres tú el que le está dando la medicación, ¿no eres, entonces, técnicamente un asesino?

-Bien, dale una bomba de PCA y déjalo apretar el botón para que siga aumentando su dosis de medicación, hasta que se sienta a

gusto o deje de respirar. De esa forma, tanto la acción como la
elección es suya y sólo estamos llevando a cabo su deseo de no
resucitación.

-¡BINGO! Eso es romper con las autolimitaciones del
pensamiento. Lo que es aún más importante, es perfectamente
legal. No está mal para un estudiante de medicina de tercer año.

-Tengo la sensación de que esto fue algún tipo de examen.

-Digamos que pasaste.

Lo miré socarronamente. Él continuó:- Raj, hay doctores
buenos y doctores agradables. Tú estás destinado a hacer un doctor
fantástico. Has demostrado que puedes tomar las decisiones más
difíciles y defender tu posición. Tus respuestas son definitivas y tu
pensamiento es lógico y claro.

Jack continuó:- Sé que te gusta Cindy pero ella es la
proverbial doctora "agradable", lo que significa que es cálida, de
pelo rizado y que a todos los pacientes les va a gustar su
personalidad. Está más interesada en saber dónde un paciente fue
de vacaciones y cómo está su familia que en tomar las decisiones
duras, por las que se les pagan a los especialistas. No me
malentiendas. Es una persona fantástica y muy competente pero,
definitivamente, es el tipo de asistencia básica. Se vuelve muy
emocional con los pacientes y toma las cosas de manera personal.
Tienes que recordar que *los pacientes no son tus amigos* y que
tampoco es tu objetivo hacerte amigo de ellos. Los pacientes
simplemente *no* están destinados a ser tus amigos. Eres un
profesional y ellos vienen en busca de tus servicios, experiencia y
opinión en un momento de necesidad, nada más.

Yo sólo asentía hasta que Jack terminó y luego, pregunté:-
Todo eso está genial pero ¿Qué tiene que ver con Jacob?

-Siempre directo al grano, otra señal de un especialista. Ahí
es a dónde quería llegar con todo esto. Básicamente, Clyde me

puso a cargo del cuidado de Jacob porque es una situación difícil, sin una respuesta fácil ni salida. Él necesita a alguien que no tenga miedo de hacer lo que sea necesario para obtener resultados. Considera este caso como tu iniciación a uno de los campos secretos de la medicina, salvo que yo lo discutiré contigo abiertamente. Por supuesto que si se lo mencionas a alguien, lo negaré.

No estaba seguro de que si me gustaba lo que oía, pero estaba fascinado con respecto a otra subcultura de la medicina. Se sentía como la política, donde lo que se establece no es necesariamente lo que en realidad se dijo.

-Jack continuó:- Así que lo que realmente ocurrió anoche fue que Jacob estaba actuando de manera completamente inmadura y hostil. Tal vez irritante pero nada por lo que pudiéramos colocarlo *en realidad* en reclusión psiquiátrica involuntaria. Nuestras amenazas fueron vacías e infundadas.

-Así que las opciones eran dejarlo salir del hospital con alta voluntaria, contagiar a otras personas inocentes y arruinarles la vida, como si fuese un asesino serial, o romper con las autolimitaciones del pensamiento. Noté, en su ataque de ira, que movía la pierna nerviosamente. Debido a su historial documentado de abuso de sustancias y enzimas elevadas de hígado, deduje que él podía haber estado absteniéndose al alcohol. Por lo tanto, le di un Valium intravenoso. Mientras el Valium le estaba haciendo efecto y se encontraba en su mundo de fantasía, le puse debajo de la lapicera que tenía en la mano, sin que se diera cuenta, un formulario de consentimiento y le ordené que firmara su examen de VIH. De inmediato, estuvo de acuerdo. Claro que hubiese aceptado vivir en Marte en ese momento también, pero eso no fue lo que le pedí. Y si miras atentamente la hora en las notas, el consentimiento fue firmado 15 minutos *antes* de que se le administrara el Valium. Además, todo se trata de lo que está documentado; lo que realmente sucedió es irrelevante.

No estaba seguro de cómo responder. Había algo muy malo en usar el poder, de esa manera, para forzar a alguien a hacer algo que no quiere. No era diferente a usar GHB para la violación en citas o sodio amital, como suero de la verdad, para obtener información vía técnicas de interrogatorio mejoradas.

-Te va a llevar tiempo entender esta nueva forma de pensar y de manejar al paciente, pero aprenderás. Al fin y al cabo, la historia que me contaste antes es lo que la historia clínica indica que ocurrió. Lo que te acabo de confiar fue lo que realmente ocurrió. Por supuesto que si le cuentas alguien, no habrá forma de probar tu historia. Y para tu información, ten en mente que es ilegal grabar conversaciones con respecto al cuidado de los pacientes, a menos que tengas una orden judicial previa al momento de la grabación.

Me quedé con la mirada vacía, tratando de procesar lo que me había dicho. Mi interpretación inmediata fue que las historias clínicas no son, necesariamente, lo que parecen ser. Claro que hay mucha documentación pero un montón de cosas suceden entre líneas.

-Piénsalo de esta manera, Raj. Si hubiésemos dejado que Jacob se fuera anoche, él habría llamado a una de sus chicas y habría tenido sexo sin protección o habría compartido con ella agujas para drogarse. Ella no sabría que se ha contagiado y el ciclo se repetiría. Más y más personas se contagiarán y todo PORQUE Jacob desconoce su condición y SE NIEGA a notificarle a sus parejas sexuales como la ley lo *demanda*.

-Entonces, dime. ¿Quién es el tipo bueno y quién el malo en este escenario?

Continuó:- Es por eso que Clyde me puso al mando de este caso. Sabe que yo puedo hacer cosas que para otros les resulta muy difíciles. Además, no quiere verse involucrado debido a sus razones de responsabilidad...los placeres de la medicina académica. Como residentes, estamos completamente protegidos en virtud de nuestro estado de entrenamiento y el enorme seguro de mala praxis. Así que él nos apoyará hasta cierto grado, pero trata de no hacerle demasiadas preguntas. Terminarás obteniendo respuestas que tal vez no quieras.

Tenía el cerebro en modo de sobrecarga de información; no podía captar lo que estaba sucediendo. Jack parecía darse cuenta de eso y comenzó a comer su desayuno, dándole a mi cerebro tiempo para procesar. Finalmente, mis dendritas y neuronas se reiniciaron y pude formar un pensamiento nuevamente.

En esencia, estábamos cuidando a un asesino potencial que estaba más que feliz de irse del hospital y continuar con su vida, sin preocuparse por la vida de otros. Por otro lado, él *tal vez* no sabía que era un asesino si no sabía que tenía VIH. Además, ¿Qué pasaría si él nunca hubiese, en verdad, contagiado a nadie? Estábamos haciendo muchas suposiciones sin datos que respaldasen nuestras conclusiones. Estábamos basando nuestras opiniones de Jacob en emociones y no en datos objetivos.

Una vez que preparé mis pensamientos, se los resumí a Jack.

-Es por eso que me agradas, Raj. Eres práctico. Estoy 100 % de acuerdo contigo...estamos casi seguros de que sabe que tiene VIH o SIDA, pero no lo sabemos con certeza. Gracias a su consentimiento, ahora *nosotros* sabremos su diagnóstico.

-¿Cómo nos puede ayudar eso?

-De muchas maneras. Tenemos que reportarlo a las autoridades de salud pública y ellos, tal vez, interroguen a sus parejas sexuales. Sin embargo, si no nos ofrece información de contacto de sus parejas, no hay mucho más que podamos hacer. Además, si contagia a más personas en el futuro, sin comunicarles su enfermedad, eso ciertamente es la base para tomar acciones legales. Pero eso requeriría que nosotros lo siguiéramos en todo momento. No es muy práctico.

-No sé sobre las futuras, ¿pero qué hay de las personas que *ya* contagió? Es tan petulante con respecto a eso.

-Basta, detente ahí. Estás siendo emocional ahora. ¿Cuáles personas? ¿Conoces a alguna? Estoy seguro de que no.

-Bueno, había cuatro contactos en su teléfono. ¿No podemos llamarlos y preguntarles si sabían que él tenía SIDA o si han sido examinados?

-Claro que sí, si quieres ir a prisión.

-¿Eh?

-No puedes llamar a los contactos de alguien sin su consentimiento o registrar sus pertenencias personales sin las apropiadas órdenes de registro o de reclusión psiquiátrica.

-Fantástico. Otra vez la reclusión psiquiátrica involuntaria. ¿Por qué no lo ponemos en reclusión y los llamamos?

-Amigo, estás yendo en círculos. No hay razón para ponerlo en reclusión psiquiátrica.

-¡Fan-tás-ti-co! Así que, básicamente nuestro trabajo aquí es ¿ayudarlo a mejorarse y dejarlo ir para que pueda hacer lo que quiera y quede libre de culpa? ¿Y todo lo que tiene que hacer es avisarles a sus futuras parejas sexuales que tiene VIH y así obtiene un pase libre por todas sus previas infracciones? ¿Él no es responsable de las vidas que destruyó intencionalmente?

-Más o menos así. – lo dijo de manera tan simple que yo sabía que había más. –Tal vez él no sabía en el pasado. Todo lo que podemos hacer es documentar lo que le dijimos durante esta hospitalización. Inocente hasta que se demuestre lo contrario, ¿recuerdas? Ha sido ley por cientos de años.

-Pero...debe haber...quiero decir...- quería decir algo pero estaba confundido. ¿No es un cargo el homicidio culposo? Supongo que las muchachas de su teléfono tendrían que haber muerto de VIH y, de alguna manera, haber probado de que Jacob las contagió intencionalmente. Eso era casi imposible.

-Esto apesta.- mi brillante conclusión sonaba bastante pobre, especialmente dicha en voz alta.

Jack se inclinó más hacia delante. Tenía un brillo en los ojos. Bajó la voz a un tono conspiratorio:-Si estás interesado, hay algo que podemos hacer.

¡Ajá! Sabía que había más de lo parecía.

Por supuesto que ahora estaba atrapado en esto, especialmente después de que él me dio el primer bocado. Pero no quería que Jack pensara que estaba demasiado impaciente, así que intenté hacerme el tranquilo:- ¿Qué quieres decir?

-¿Recuerdas que te dije que Clyde me puso a cargo del caso porque hago cosas? Te propongo que me ayudes con este caso si te sientes capaz. De lo contrario, puedes retirarte ahora y acogerte a la quinta enmienda en caso de que algo suceda o alguien te cuestione.

No me gustaba cómo sonaba eso pero la curiosidad ya me había atrapado. Sabía que probablemente era una respuesta emocional pero suponía que, en el peor de los casos, podía alegar que era un estudiante de medicina. No tenía una licencia médica o algo que perder.

-Cuenta conmigo.

-¿Recuerdas lo que te dije acerca de llamar a los números, que están en el teléfono de Jacob, ahora que está alerta y orientado?

-Sí.

-Bueno, ya llamé a los cuatro mientras él estaba en la sala de emergencias. Dejé mensajes, diciendo que su vida estaba en peligro inminente y todas respondieron la llamada. Así que ahora las líneas de comunicación están abiertas. Todo lo que tenemos que hacer es convencerlas de que se hagan un examen de VIH. Si da positivo, estoy seguro de que no será difícil insinuar, profesionalmente, que un contacto sexual reciente podría haberlas contagiado. Asumirán, de forma natural, que fue Jacob y él estará arrinconado.

Estaba sorprendido por la previsión de Jack y de cómo él había tomado la iniciativa de llamar a los números que yo había recuperado. Y así nació nuestro plan de pagar con la misma moneda.

~~~~

-¿Cómo salió todo?-le pregunté a Jack.

-Bueno, se enojó un poco por haberle hecho el examen de VIH pero estaba aún más molesto porque el resultado fue positivo, aunque no le sorprendía. Por supuesto que se calmó cuando le mostré su firma en el formulario de consentimiento.

-Supongo que no pudo discutir eso, ¿no es cierto?

-Aseguraba que había sido falsificada pero le mostré la firma del testigo, la fecha y la hora. Dijo que no recordaba haber firmado, pero argumenté que él tampoco se acordaba de cuándo entró a la sala de emergencias. Eso le cerró la boca. Fue bastante fácil. ¿Y tú? ¿Tuviste suerte?

-Definitivamente. Investigué a las cuatro "novias" que tú habías llamado antes. Desde entonces, todas han telefoneado a Jacob pero a él no se le permite recibir visitas. De todas formas, les planté la duda de que podrían tener algún tipo de infección, debido a su reciente contacto con él. Fui muy impreciso, tal como lo ensayamos. Todas van a venir esta semana para realizarse un examen físico completo. Las ubiqué a todas en diferentes consultorios; pensé que se vería sospechoso si te viesen. Se les hará un examen de VIH y otras enfermedades de transmisión sexual.

-Buen trabajo.

-Dr. Flanders,-una de las enfermeras gritó.-Sala de aislamiento dos, se está quejando por dolores en el pecho y falta de aire.

Nos miramos y ambos pusimos los ojos en blanco:- ¿Por qué no ayudas a Cindy? Yo me encargaré de nuestro amigo. Ella está de guardia esta noche así que quiero que la ayudes a terminar su trabajo, para que pueda dormir un poco, antes de que lo difícil comience.

¿Quién era yo para discutir esa decisión? Cindy estaba terminando sus notas de la noche cuando entré. Hasta en ropa quirúrgica y después de un día de 12 horas, ella tenía una vitalidad que era contagiosa.

-¿Hay algo en que pueda ayudar?

-Hola, Raj. Claro, me vendría bien un poco de compañía para la cena, si tienes tiempo.

Caramba, qué difícil. Debo de haberme puesto colorado. —Soy todo tuyo. — Ahora, definitivamente me sonrojé ante mi estúpida respuesta y traté de cubrirlo rápidamente. —Será mejor que nos apuremos; la cafetería cierra en unos cinco minutos.

-Estaba pensando que podíamos salir del hospital para comer algo. La UCI está completamente llena así que no tenemos mucho de qué preocuparnos intensamente.

Me gustaba lo que oía. Nos fuimos a comer una deliciosa cena al Subway gourmet que estaba en la misma calle.

Era lindo conversar sobre temas que no estuvieran relacionados con la medicina por un rato. Hablamos de películas recientes, de las celebridades que habíamos visto, de los caminos de montañas y de las comidas favoritas. Justo cuando estábamos terminando nuestros últimos bocados, sonó el pager de Cindy:- En el momento adecuado; al menos, logramos cenar.

No pude entender bien toda la conversación que ella estaba teniendo por el ruido del tráfico, mientras caminábamos de regreso al hospital, pero sonaba como que Jack le estaba dando las últimas noticias sobre el estado de Jacob.

-Bueno, parece que tu primer caso de VIH se volvió más interesante. Supongo que sabes que Jack logró, de alguna manera, que aceptara hacerse un examen de VIH; bastante impresionante cómo lo logró. De cualquier modo, acaba de subirle la fiebre, tiene dolor de pecho y falta de aire. Jack cree que podría tener algún tipo de sepsis bacteriana y, tal vez, neumonía. No es sorprendente dado lo bajo que era su recuento de CD4. El dolor de pecho probablemente se deba a una pleuresía. Mejoró con Toradol intravenoso y sus enzimas cardíacas iniciales fueron negativas.

-¿Por qué no nos dimos cuenta de eso antes?

-Es probable que él tuviese un bajo grado de neumonía por Pneumocystis carinii cuando fue ingresado y que los esteroides que se le colocaron, para tratar la inflamación del cerebro, lo empeoraron. No es gran cosa. Le suministraremos algunos antibióticos y le haremos una radiografía de pecho. El dolor de pecho probablemente no sea nada pero, por su joven edad, dejaremos de alimentarlo y le haremos un cateterismo cardíaco mañana, si sus enzimas suben. Lo preocupante es la fiebre; debe de tener algo activo, en su limitado sistema inmunológico, que altera todo.

-Guau, verdaderamente sabes de SIDA. –No es la mejor frase para expresar el interés que se tiene en una chica. Por suerte, no se ofendió por el comentario.

-Vimos mucho en Nueva York. Lo que me molesta es que todos sus exámenes cuestan muchísimo dinero y Jacob no es nada agradecido. ¿Ha estado mejor últimamente?

-La verdad que no. Estaba enojado por los resultados de VIH y por el hecho de que no se le permitía a ninguna de sus "novias" venir a visitarlo.

-Es una persona infeliz pero, por otro lado, ha pasado por mucho. –Ella no sabía ni la mitad de lo que él estaba por pasar, pensé para mí mismo. Continuó:- ¿Por qué no le cuentas del plan que tenemos de obtener cultivos de sangre y tratarle su neumonía? Iré a escribir las órdenes.

Entré a la habitación de Jacob después de ponerme mi gorro, bata, guantes y mascarilla. Era muy importante, dado el hecho que se sospechaba de neumonía. Mi hipótesis era que había contraído una infección por SARM, ya sea debido a una abrasión por haberse caído en las sucias calles de West Hollywood o por el hospital mismo, donde la bacteria estaba por todos lados. Al mismo tiempo que esperaba que mi último paciente con SARM se recuperara, yo no tenía los mismos pensamientos agradables acerca de Jacob.

Duane, mi último paciente con SARM, hacía tres meses completos que estaba en el hospital después de una terrible infección y sufrió una horrible complicación por el tratamiento en el que se le salió, literalmente, la piel. Hacía tiempo que no lo revisaba y lo agregué a mi lista de cosas pendientes.

-Noc,noc. –anuncié, verbalmente, mi presencia.

-¿Qué quiere ahora?- se quejó una voz desde abajo de las mantas. Su tono indicaba que no quería que lo molestaran.

-Hola, Jacob. Soy Raj. ¿Me recuerda? Jack se fue a pasar la noche a casa y yo quería hacerle saber a usted nuestro plan.

Se sacó la manta de la cabeza y vi que tenía toda la cara brillante por el sudor. El monitor hizo un bip y me informó que su temperatura era cercana a los 38.8 ° C y que su respiración era un poco superficial, con una mala saturación de oxígeno, para alguien que se suponía estar mejorando. En pocas palabras, Jacob era un demente que se estaba por venir abajo rápidamente, si no hacíamos algo.

Se veía un poco más pálido que la última vez. Tenía el pelo apelmazado, con una combinación de grasa y transpiración. Pero, aun así, prefería estar en cualquier otro lugar excepto este. – Apuesto a que me va a robar sangre y me va a decir que todavía no puedo irme a casa.

-Si se refiere a que voy a tomar una muestra de su sangre para una evaluación de laboratorio con el fin de ayudarlo a mejorarse, entonces sí. –Ni siquiera un vampiro querría chuparle la sangre, dado que todos los patógenos están teniendo una fiesta en su sistema circulatorio.

-Como quiera. Ni que fuese que a ustedes les importe lo que pienso o quiero. –Me estaba comenzando a exasperar; no tenía ningún reconocimiento por nadie más que sí mismo. Respiré hondo y me calmé. No tenía sentido dejar que me irritara. Después de todo, ese era su objetivo. Tuve que mantener eso en mente y seguir siendo profesional.

-Veo que no ha comido su cena. Podría ser una buena idea comer algo ahora porque no podré suministrarle nada, por vía oral, después de medianoche. Tal vez, tengamos que realizarle un cateterismo cardíaco mañana por la mañana, para asegurarnos de que su dolor de pecho no fue causado por algo serio, como un paro cardíaco.

-Si quisiese comer la comida, lo habría hecho. A decir verdad, ¿Por qué no se la lleva con usted cuando se vaya?

Quería recordarle que ese era el trabajo de la mucama, pero me mordí la lengua.-Claro, no hay problema. Obtendremos las muestras de sangre y haremos las radiografías y, luego, comenzaremos a darle otro par de antibióticos. Vancomicina y Bactrim. Pueden ser tóxicos para sus riñones así que voy a aumentar los fluidos intravenosos. −Sabía perfectamente lo mucho que el Bactrim podía poner en riesgo la vida.

-Sí, sí. Además, dígales que dejen de transferir llamadas a mi habitación. Sólo tome nota de los mensajes y léamelos cuando vuelva.-enterró la cabeza debajo de las sábanas, indicando que nuestra conversación había terminado.

De nuevo, respiré profundo y me fui de la habitación, llevando la bandeja con la cena sin tocar.

Me puse en contacto con Cindy y, como todo estaba tranquilo, nos fuimos a la cafetería para comer un bocadillo y relajarnos antes de que nos llamaran por pager. Sorpresivamente, no hubo mensajes esa noche, permitiéndole a Cindy estar bien descansada para la peor mañana de su vida.

~~~~

Debido a que era el día libre de Jack, Cindy y yo estábamos a cargo de Jacob. Puesto que ya teníamos un plan, que Jack había aprobado, no le mencionamos a Clyde nada sobre el tema en las rondas.

-Dra. Lee, el de la habitación de aislamiento 2 se está quejando de tener hambre otra vez. −anunció una de las enfermeras que nos vio trabajando cerca con algunas órdenes.

-Sus repetidas enzimas cardíacas estaban elevadas así que hoy le tendremos que hacer un cateterismo cardíaco. ¿Sabe a qué hora está programado su cateterismo? ¿No se suponía que debía ser temprano esta mañana? –Cindy preguntó a la enfermera.

-Sí, así era pero hubo tres códigos blancos. Los tres laboratorios de cateterismo están abiertos, pero atrasadísimos. Tuvieron que cancelar todas las cosas de rutina. Los cardiólogos revisaron su ECG y, debido a que no tuvo cambios agudos, no podrá ir allí hasta comienzos de la tarde.

-Raj, ¿Te importaría comunicárselo?

-No hay problema. Le notificaré la demora.

Entré a la habitación de Jacob y lo encontré sentado en la cama. Se veía enojado mientras cambiaba, de manera furiosa, los canales. Es impresionante cómo el hospital puede pagar el servicio de cable premium y televisores HD de pantalla plana para los pacientes en la UCI. Sin embargo, eso no era suficiente para complacer a Jacob. Ni bien entré a la habitación, me ladró:- ¿Por qué diablos me están matando de hambre?

Yo quería contestarle que se había negado, rotundamente, a comer su cena anoche después de que yo le aconsejé que comiera. Pero se veía bastante enfermo anoche. De hecho, esta mañana se veía muchísimo mejor; le había vuelto mucho de su color y ya no sudaba. Suponía que su mejoría le había hecho recordar que tenía el estómago vacío.

-Lo siento, Jacob, hubo algunos casos de urgencia que requirieron atención inmediata. Es por eso que su procedimiento se ha demorado…

-Así que de eso se trata, ¿no? ¿Me pasan por alto porque no toman mis síntomas seriamente?

-No, en absoluto. Sus síntomas son tomados seriamente. Por consiguiente, tenemos lo suyo programado de inmediato.

-Ejem…un, poco, inmediato. Ustedes, muchachos, son los peores hombres de negocios; ni siquiera pueden mantener una cita. Si fuesen mis clientes, los despediría.

Créame, todo el personal de la UCI quería despedirlo a él.

-Bueno, estamos en el negocio de salvar vidas y el hecho de que me esté hablando y pidiéndome comida es un testamento al excelente trabajo que hemos realizado. Si lo hubiésemos dejado hacer lo que quería, habría muerto hace unas noches cuando estuvo de fiesta.

-Oiga, ¡váyase al diablo, hombre! Sólo está haciendo su trabajo. No me trate con condescendencia, simulando que a usted le importa. Vaya y chequee cuánto más tengo que esperar para mi cateterismo. Y mientras hace eso, dígale a la enfermera que quiero que hagan mi cama y que me den una nueva bata de hospital.

¡Qué descaro! No dije nada más y salí a escondidas a informarle a Cindy.

No había mucho más que pudiéramos hacer; él estaba inconsolable y era irracional. Mencioné la posibilidad de sedarlo hasta su procedimiento. Eso es lo que habría hecho Jack pero Cindy se oponía totalmente, argumentando que no había razón médica para hacerlo.

Aparentemente, mantener nuestra cordura no contaba como una buena y suficiente razón. Imaginaba que su sedación impediría que todos los que estaban cuidándolo, sufriesen de dolores de cabeza por su actitud. Pero esa no era una razón "médica" para sedarlo.

Era un día particularmente ajetreado en la sala de emergencias y otros dos códigos blancos emergentes llegaron antes de que Jacob pudiera ser cateterizado. Se inquietaba más y más con el transcurso de las horas. Para las primeras horas de la tarde, ya había llamado a la estación de enfermería más de una docena de veces, inicialmente exigiendo noticias y, luego, maldiciendo al personal por su incompetencia.

Finalmente, la enfermera a cargo le envió un mensaje a Cindy por pager después de la segunda vez de ser insultada, pidiéndole consejos de cómo manejar el comportamiento incivilizado y potencialmente amenazante de Jacob.

Cindy me puso al tanto rápidamente y, de inmediato, pensé cómo Jack manejaría la situación. En lugar de intentar hacer más razonamientos, él llamaría a los del departamento de minimización de riesgos y les notificaría la situación. De esa forma, estaría documentado y se convertiría en el problema de otro. Por lo tanto, eso es lo que mencioné como mi propuesta de un plan de acción.

Fue rápidamente vetado.

Cindy afirmaba que podría informar a Jacob "de manera gentil pero dura" del retraso y calmarlo.

-¿No sería más seguro y más fácil administrarle Valium o Xanax? –pregunté.

Me dio un puñetazo suave en el brazo:-Eres tan lindo.- no me molestaba el contacto insinuante pero ella, claramente, no tomaba mi sugerencia con seriedad. Por lo tanto, seguí adelante:- No, hablo en serio.

-No creo que sea necesario. Está un poco hambriento, ansioso y cansado de esperar.

-Precisamente en lo que Xanax puede ayudar, ¿no? Además, estuvo diciéndole groserías al personal; no es nuestra responsabilidad lidiar con eso. Deberíamos notificar al equipo legal su comportamiento inapropiado. Tal vez puedan demandarlo.- bromeé.

-Vamos, Raj, en el pasado los doctores lidiaban con estas cosas. No debería ser un problema.

Dejé de discutir porque sabía que había perdido. Pero, definitivamente, entendí a lo que Jack se refería cuando decía que Cindy quería hacerse amiga de los pacientes. Tal vez, ella estaba excesivamente entusiasmada por recompensarse ya que su interacción inicial con Jacob había sido bastante desfavorable. Desistí y la dejé a ella guiar la carga.

-Vayamos a hablar con él. Podemos ir juntos.

Me encogí de hombros y me puse la ropa quirúrgica para hablar con Jacob por cuarta vez en el día. Malditos veinte dólares gastados, solamente en mí, para ver a Jacob hoy. Esta vez estaba más agitado-la forma médica de decir "cabreado".

Cindy se puso al frente y, de inmediato, cometió el error garrafal de comenzar con una disculpa, dándole a Jacob la posibilidad de ganar terreno de inmediato. –Lamento la demora, pero ha habido muchas emergencias hoy. Usted es el próximo en la lista. Ahora no debe faltar mucho.

-¡AHORA! ¡Mi procedimiento lleva demorado más de siete horas! Estaba programado para las 8 a.m. Son pasadas las 3p.m. ¿Qué clase de broma es ésta? Por sobre todas las cosas, me están matando de hambre. Pamplinas.

-No hay razón para enojarse. Lo hemos mantenido al tanto de todo e incluso cambiamos sus sábanas y le hemos dado una nueva bata, tal como lo requirió. No hemos sido más que profesionales y su forma grosera de tratar al personal es…

-¿Mi forma grosera? ¿Ha visto a su personal? Son un puñado de gordos de mierda. Ellos deberían estar a dieta, no yo. ¿Por qué no les hacen ayunar? Podrían darse el lujo de bajar unos kilos. En cambio, me matan de hambre a mí para poder mirar y reírse de mi sufrimiento.

-Le garantizo que no es así. Estamos haciendo lo mejor que podemos para asegurarnos de que usted mejore. El hecho de que su fiebre haya bajado y que su energía haya aumentado es una prueba de que estamos progresando.

- Después de todo, ¿Por qué diablos están ustedes aquí? ¿Dónde está el otro doc? Él es listo; es el único que me ha dado los medicamentos. Ustedes se están atribuyendo el mérito de él. – yo sentía que la firmeza de Cindy se estaba desvaneciendo y que las emociones estaban tomando el control. No era una buena señal. Teníamos que dejar la habitación DE INMEDIATO.

Jacob estaba esperando una reacción y Cindy estaba a punto de dársela.

-Jacob, esta es su última advertencia. Necesito que se calme o yo...

-O usted, *¿Qué?* –golpeó la pared con la palma de la mano para dar más énfasis. –Nada es lo que hará. –Jacob se sentía fortalecido ahora, alimentándose del hecho de que Cindy se sentía sin poder y que arrojaba amenazas vacías en su dirección. –Como si no hubiesen hecho nada en todo el día. No necesitan ser doctores en medicina para matar de hambre a la gente; vayan a Somalia y quédense mirando a toda la gente hambrienta que quieran, si eso es lo que los hace tener orgasmos.

Ay, Dios, esto no era nada bueno.

Cindy se estaba poniendo colorada de furia. Esa fue mi señal para salir de ahí. La agarré del brazo y la arrastré hasta la salida. Hice la pantomima de un teléfono y articulé "minimización de riesgo" a la enfermera a cargo. Ella captó la indirecta y comenzó a marcar.

Un pequeño grupo se había reunido cuando nosotros salimos, furiosos, hacia el área central de trabajo. Cindy se arrancó la mascarilla y la tiró. -¿Puedes creerlo? Yo sólo intentaba asegurarle y explicarle... y él me insultó y me dijo que fuera a Somalia, el muy cara dura.

-Querida, no necesitas lidiar con eso.- dijo una de las enfermeras-Eres una profesional, no un saco de boxeo. Déjalo que se vaya a casa y que tenga un infarto de miocardio allí mientras está demasiado nervioso para llamar al 911. –hubo asentimientos y murmullos de aprobación.

-Señor, usted no puede estar aquí. Por favor, cierre la puerta de inmediato. –todos nos dimos vuelta para ver a un terapista respiratorio, yendo rápidamente en dirección a Jacob, que estaba saliendo por la segunda puerta de su sala de aislamiento y entrando al área común.

Aquí es donde Cindy y yo discrepamos enormemente.

Tomé el teléfono más cercano y llamé a seguridad.

Ella salió corriendo para intentar confrontar a Jacob.

-Jacob, por favor, regrese a su habitación. ¡*Ahora*! –gritó mientras iba de prisa.

El tiempo parecía pasar lentamente por lo que sucedió después.

Jacob agarró su porta suero y lo arrojó contra el piso. Luego, se arrancó la gran vía intravenosa, que iba a la mano, y la tiró al costado. Un inmenso chorro de sangre salió, formando un gran arco de mortales gotitas rojas frente a Jacob. El problema fue que Cindy estaba en el centro del arco y le salpicó toda la cara, incluyendo los ojos, y le entró por la boca que estaba abierta mientras gritaba en respuesta a la sangre entrante. Intentó agacharse para esquivarla pero fue demasiado tarde. La sangre ya había hecho contacto.

De repente, tuve un flashback al Dr. Dan, de la sala de emergencias, cuando admitimos a Jacob. Hice una nota mental para notificarle el estado del VIH de Jacob. Pero recuerdo que él estaba bien cubierto y estoy seguro de que no le cayó ni una gota sobre él a diferencia de Cindy.

Gracias a Dios, yo todavía tenía la mascarilla puesta con las gafas protectoras. Fui rápidamente al lado de Cindy y la llevé de nuevo a la estación de trabajo. Jacob se quedó parado allí, con la mano goteándole, mientras que todo el mundo se alejó.

Era un arma biológica andante que podía hacer erupción, nuevamente, en cualquier momento.

La escena era surrealista, como un enfrentamiento en el lejano oeste. Pero en lugar de haber un arma, había un río de sangre goteándole de la mano. Antes de que tuviera la oportunidad de desenfundar y salpicar a alguien más con un chorro de sangre, los de seguridad y de minimización de riesgos irrumpieron en la unidad.

Fue la primera vez que vi desenfundar un arma de fuego y apuntarla hacia un paciente. Sólo que no era un arma de fuego sino una Taser y no hubo vacilación como en las películas. El oficial no le pidió que levantara las manos ni que se pusiera de rodillas. Entró en escena y gritó a todos que dieran un paso atrás… y luego disparó.

Dos pequeños dardos de metal, con colas de alambre, se enterraron en el pecho de Jacob. Miró hacia abajo, pero antes de que pudiera entender lo que estaba sucediendo, oí el chisporroteo de la corriente eléctrica que hizo que, instantáneamente, los músculos de Jacob se contraigan de manera simultánea. Se le pusieron los ojos en blanco y cayó hacia adelante, con un golpe seco.

Una vez que se neutralizó la amenaza, todos corrieron hacia Cindy para asegurarse de que ella estuviera bien.

No lo estaba.

Cindy estuvo hecha una piltrafa el resto del día, entre la presión emocional y la infinidad de exámenes que le hicieron los servicios de salud para empleados. No fue una sorpresa que no viniera a trabajar al día siguiente.

Me arriesgué a llamarla por teléfono, a pesar de que Jack me había aconsejado que la dejara recuperarse. Además, él había oído que ella no estaba respondiendo llamadas.

Ella respondió mi llamada y la estuve consolando por 45 minutos, pasando por episodios de llantos y silencio. Hice mi mayor esfuerzo para asegurarle de que todo estaba bien. Pero ella estaba extremadamente desconsolada, con respecto al hecho de que tenía la boca y los ojos llenos de sangre infectada con VIH, altamente contagioso. Tenía sentido; seguramente, yo me sentiría infeliz también.

Ambos sabíamos que el riesgo de contagio estaba en el rango de 1/100 aproximadamente o menos. Pero lo inquietante era que la carga viral de él era muy alta.

Por lo tanto, hasta una diminuta cantidad de sangre albergaría muchas más partículas infecciosas y virulentas de VIH que alguien que fue bien tratado. Por consiguiente, calculamos que su riesgo estaba en un 10% aproximadamente, en el peor de los casos. Desafortunadamente, una investigación de literatura médica reveló que una infección de VIH, a través del contacto infectado de fluido ocular, había provocado infección en individuos VIH negativo previamente.

Lo que la afectó más fue el hecho de que ella no sabría si era positivo o no por 6-8 semanas completas y que tendría que tomar medicamentos antirretrovirales preventivos durante ese tiempo de inseguridad.

El jefe del hospital y CEO le concedió todo el tiempo que necesitara sin ninguna sanción. Era un pequeño consuelo. O al menos, yo pensaba de esa manera; Cindy no tanto.

Esa misma tarde, Jack vino hacia mí:- ¿Dónde estabas? Llamaste a Cindy, ¿no es cierto? ¿Respondió? ¿Qué sucede?

Lo puse al día y él asentía en silencio. Luego, miró hacia arriba como si hubiese tenido una epifanía. –Casi me olvidaba de contarte. Todas las "novias" de Jacob vinieron a sus citas y se les hizo un examen de VIH. Estaban enojadas por el hecho de por qué, de la nada, les estábamos haciendo un examen. Supuestamente, todas estaban en una relación monógama con él…maldito imbécil.

-¿Ya tenemos los resultados?

-Los pedí como rutina para no levantar sospecha con pedidos de urgencia. Los resultados estarán para mañana aunque hablé con los Dres. Donner y Blake y ambos dijeron que las chicas ya estaban señalando a Jacob. Todas estaban al corriente de su hospitalización y estaban muy enojadas con él por no devolverles sus llamadas. Naturalmente, ellas suponen que él tiene algo que ocultar. Y al ser llamadas para hacerles un examen por enfermedades infecciosas sólo aumentaba sus sospechas.

-Deberíamos decirles lo de Jacob.

-Lo haremos. – Jack me hacía confidencias a la vez que me pasaba el brazo alrededor del cuello y me sacaba de la UCI. -¿Quieres continuar ayudándome con el manejo de Jacob? –susurró una vez que salimos y estábamos a medio camino del largo pasillo.

Imaginé que su declaración tenía múltiples significados pero yo no quería que nada bueno le pasara a Jacob y no me importaba estar involucrado, si podía ayudar a tomar represalias por lo que le había hecho a Cindy. –Cuenta conmigo.

-¡Ese es mi muchacho! ¿Te das cuenta de lo que estoy hablando?

-Ehhh…supongo que todavía tenemos que tratar al imbécil y sacarlo de aquí lo antes posible.

-Tienes razón en las dos cosas. Tenemos que tratarlo y sacarlo...pero no hay nadie que nos imponga cómo tratarlo. Y por último, revisé "maltratar" que contiene la palabra "tratar". Y cuando dices sacarlo de aquí; yo escucho "noveno piso".

El noveno piso era una broma entre los profesionales médicos de aquí porque el hospital tenía ocho pisos en realidad. Por lo tanto, el noveno piso vendría a significar dar el alta a los de arriba, cuyo resultado es que el cuerpo sea llevado a la morgue del sótano.

Admito que debería haber estado horrorizado pero me gustaba hacia dónde Jack iba. Trataríamos a Jacob y lo sacaríamos de la UCI, sólo que no en la forma convencional de pensar.

-Entonces, ¿Cuál es nuestro nuevo plan de tratamiento?

-Es complicado, pero ya he puesto manos a la obra. Sus recientes resultados de cultivos muestran bacteremia por MRSA. Es malo, pero fui al laboratorio e hice que reevaluaran su muestra. También había un microbio Gram negativo que apareció. Es extraño cómo sucedió. El microbiólogo estaba seguro de que no estaba allí antes, pero agregó una adenda a su informe. Traducción. Jacob necesita otro antibiótico.

extraer la sangre nosotros mismos. Es fácil; se la extraeremos de su catéter central de inserción periférica cuando el fluido de infusión esté al máximo.

-Nadie tiene que saber que la infusión de fluido no estaba cortada en el momento que el laboratorio hizo la extracción. Además, se supone que ya se hizo. – Jack me guiñó el ojo.

-Aun cuando tenga los riñones destruidos en uno o dos días, no es gran cosa. ¿Verdad? Le harán diálisis. ¿Y no es bastante fácil notar la toxicidad de la Anfotericina B?

-Creo que lo vi estremecerse de nuevo; apuesto que su abstinencia al alcohol está regresando. Tendremos que darle una alta dosis de Valium otra vez. Su estupor y somnolencia ocultarán la mayoría de las toxicidades agudas.

Todavía no estaba fascinado con el plan así que manifesté mis preocupaciones: -En el peor de los casos, terminará sordo y con diálisis. Ahora él es una gran sangría para la sociedad pero aún puede vivir por muchos años, aunque dudo que reciba un trasplante de riñón dada su historia de abuso de drogas. –No estaba convencido de que el plan de Jack fuera bueno.

-Tienes razón. Ahí es donde entramos…la parte que viene es un poco turbia y necesito tu palabra de que no le dirás a nadie.

No me gustaba a dónde iba todo esto. Creo que Jack estaba pasando de una violación pasiva a una activa en la vida de Jacob. Por otro lado, Jacob decidió activamente que las chicas a las que contagió no se merecían una vida plena y sin enfermedades. Ese pensamiento, junto con las lágrimas desesperadas de Cindy, disparó mi decisión de unirme a Jack hasta el final. –Cuenta con eso. Lo prometo.

-Eres un hallazgo raro, Raj. Ok, así es cómo se va a desarrollar. Ambos estaremos de guardia mañana. Lo llenaremos con todos los medicamentos hoy y esta noche y, luego, nosotros mismos le extraeremos las muestras de sangre diluidas para el laboratorio. Mañana, cuando estemos de guardia, le meteremos un montón de esteroides en su sistema. Eso, junto con los otros medicamentos anti-infecciosos, hará que sus niveles de potasio se desplomen, provocándole una arritmia cardíaca.

Suspiré:- Pero un equipo de reanimación vendrá de inmediato, identificará el problema y lo resucitará.

-¿Quién es el jefe del equipo de reanimación mañana?

Finalmente lo entendí; Jack era brillante. - Tú.

-Bingo.

-Eres siniestro. Aun cuando le hagan la autopsia, no van a encontrar ni esteroides ni otras drogas en su cuerpo. Chequear los niveles será inútil, dado que todos los medicamentos se le suministraron durante su Código Azul. Será un caso abierto y cerrado. Su causa de muerte será simplemente atribuida a complicaciones relacionadas al SIDA y al paro cardíaco.

-Ni que hablar de su historial de abuso de drogas. Solo será otro drogadicto muerto. Nunca debió haber jodido con nosotros. Debería haber sido un buen paciente y permitirnos ayudarlo. Pero está obteniendo lo que se merece, sin el fastidio de un juez y un jurado.

-Esencialmente, estamos ahorrándoles a los contribuyentes miles de dólares.

Y entonces, racionalicé la muerte de Jacob. Para nosotros, él estaba obteniendo lo que se merecía. Puso, intencionalmente, en riesgo de SIDA las vidas de cinco chicas y de probablemente innumerables otras, las cuales nosotros desconocíamos. No sentía ni remordimiento ni culpa por lo que había hecho. ¿Por qué deberíamos pensar dos veces nuestro plan? Sin embargo, yo lo pensé varias veces y tenía miedo que mis acciones de mañana me persiguiesen en los años venideros.

Quería decir que era difícil y sumamente riesgoso llevar a cabo el plan de Jack pero, en realidad, era muy fácil. Todos los de la UCI querían a Jacob muerto y nosotros sólo estábamos llevando a cabo sus deseos no explícitos.

Ese día, tanto Jack como yo, nos quedamos hasta tarde y nos aseguramos de haberle dado una sobredosis de todos los medicamentos según lo planeado. Nosotros mismos extrajimos las muestras de laboratorio. Tal como lo habíamos pensado, el farmacéutico estaba preocupado porque los niveles estaban demasiado bajos así que aumentó sus dosis. Alrededor de medianoche, se necesitaron más muestras de laboratorio después de los aumentos de dosis. De casualidad, todavía estábamos en el hospital y fuimos muy amables en permitirle a la enfermera, a cargo de su cuidado, que se tomara un descanso mientras nosotros le extraíamos las muestras a la vez que lo revisábamos.

Jacob estaba más que feliz de poder cumplir con los requisitos. Estaba tan sedado por el Valium que apenas podía abrir los ojos, ni que hablar de responder nuestras preguntas.

Un farmacéutico astuto habría notado que los niveles de medicación estaban demasiado bajos para las 4 a.m. cuando nosotros ya estuviésemos en casa, pero evitamos que esto sucediera al escribir tantas órdenes que decían "dosis indicadas por farmacia" en nuestros otros pacientes de la UCI, que el farmacéutico se sentiría abrumado e incapaz de chequear los niveles, hasta que nosotros llegáramos al hospital a las 5.30 a.m.

El residente que cubría esa noche estaba aliviado de encontrarse con Jack:-Guau, llegó temprano.

Jack dijo:- No podía dormir y pensé que haría las rondas antes de desayunar. ¿Todo bien?

-No. Los niveles de Vancomicina y Gentamicina de su paciente de la sala de aislamiento son sub-terapéuticos a pesar de las altas dosis.

-¿De verdad? Es extraño. Yo me haré cargo desde ahora e investigaré.

-Gracias. Nada más sucedió durante la noche.

Suspiré, sin darme cuenta de que había estado conteniendo la respiración. Esto era demasiado fácil; nadie sospechaba nada. Sólo yo parecía pensar que esto era extraño. Jack se veía totalmente relajado, como si hubiese hecho esto muchas veces antes.

Caminamos hacia la habitación de Jacob y Jack gritó:- Oye, MALDITO, ¿todavía estás con nosotros, pedazo de mierda?

Sin respuesta.

Jack se volvió hacia mí:- Supongo que todavía está un poco sedado por el tratamiento de su abstinencia al alcohol.

Miré el catéter urinario de Jacob; el fluido era de color marrón oscuro y casi no hubo producción de orina durante la noche. Jack vio que yo estaba mirando y comentó:- Sí, tiene los riñones destruidos. Dudo que estén funcionando, excepto al cinco por ciento de lo que deberían; ha recibido suficientes drogas como para hacer dejar de funcionar los riñones de tres personas.

Después de eso, salimos de la habitación de Jacob y dejamos que farmacia siguiera suministrándole las dosis de todos sus antibióticos.

Seguí a Jack hasta la sala de médicos y lo vi colocarse un torniquete en el brazo e introducir una aguja en una gran vena hinchada.- ¿Qué diablos estás haciendo?-pregunté.

-Estoy obteniendo los resultados del laboratorio de la mañana de Jacob.-me miró como si yo fuera retrasado.- ¿Por qué crees que te pedí que vinieras tan temprano? Tenemos que probar que su riñón funciona con normalidad así que voy a enviar mi sangre en un tubo químico. Por suerte para nosotros, se necesitan diferentes tubos para todos los exámenes que él necesita. Los otros exámenes pueden ser con su verdadera sangre. Pero mi sangre indicará que sus riñones están funcionando bien.

Guau, ¿así de fácil era falsificar los resultados de sangre de un paciente? Sólo hay que enviar un tubo aleatorio de sangre con la etiqueta correcta y eso era totalmente legal.

Los resultados de laboratorio de Jacob mostraron que él todavía estaba sub-terapéutico con respecto a sus niveles de medicación, pero los riñones le funcionaban bien. Nadie notó que la salida de orina era completamente nula. Una rápida instilación de solución salina, en el catéter de la bolsa para la recolección de orina, hace que el nivel de orina parezca normal. Debido a que no se ordenó un análisis de orina, el fluido simplemente se medía y se descartaba.

La tarde fue tranquila y Jacob me llevó aparte después del almuerzo.

-Ten, ponte esto en el bolsillo. Esta noche, a las 8 p.m., Jacob va a necesitar otra extracción de laboratorio para sus niveles de medicación. Quiero que tú extraigas sus laboratorios e inyectes esta jeringa entera en su intravenosa después de que obtengas su muestra de sangre. Luego, reúnete conmigo en la sala de la UCI.

-¿Qué hay en la jeringa?

-Suficientes esteroides como para detener los sistemas inmunes de media docena de hombres.

Rápidamente puse la jeringa dentro del bolsillo y me olvidé de ella, ya que me entretuve con algunas tareas insignificantes durante el día.

Una hora antes de que comenzara la función, me estaba poniendo nervioso así que decidí revisar los resultados de laboratorio de las amigas de Jacob.

Lo que vi me impactó muchísimo. Tres de cuatro eran positivas en VIH. Tomé sus detallados cuestionarios de salud y descubrí que las cuatro eran VIH negativas en los últimos dos años, según la evaluación requerida para el seguro de vida e incapacidad. Es más, una era abogada, otra estudiante de medicina y las otras dos estaban en la facultad. Sólo el examen de una de las muchachas, que estaba en la facultad, dio negativo.

Sabía que Jacob era responsable por esas tres que se habían infectado. Me hervía la sangre. Sabía que lo que estaba haciendo era lo correcto. Este asesino no necesitaba ni un juez ni un jurado, sólo necesitaba un ejecutor. Por suerte para él, de casualidad nosotros estábamos de guardia esta noche…

~~~~

Apenas antes de las 8 p.m., comencé a conversar con su enfermera y le mencioné que iba a revisarlo. Ella estaba más que feliz de que un entusiasmado estudiante de medicina se ofreciera a ayudar a sacar las muestras de laboratorio de la noche.

Me puse toda la ropa quirúrgica para entrar a la habitación de Jacob. Estaba tan sedado que se estaba babeando. Se veía patético y tenía un ligero olor a amoníaco, probablemente debido a su reciente falla en los riñones, lo cual le causó una acumulación de desechos tóxicos corporales del metabolismo. ¿O se debía a una falla del hígado? No estaba seguro pero era probable que tuviera las dos, a causa de las ridículas dosis de medicamentos que estaba recibiendo.

Me paré al lado de Jacob y traté de despertarlo con un leve masaje en el esternón. No hubo caso, estaba ido. Le extraje sangre y la coloqué en los tubos correctos. Después, descolgué por un minuto la bolsa de Anfotericina B de la máquina de infusión intravenosa y la apreté con toda mi fuerza antes de reconectarla. Eso solo podría haber sido suficiente para matar potencialmente a alguien. Finalmente, inyecté los esteroides a través de su intravenosa y salí de la habitación, con aire despreocupado, y le entregué la sangre a su enfermera de extracción de laboratorio de la noche.

Como en el juego de Monopoly, ni fui a la cárcel ni cobré 200 dólares. Fui directamente a la sala de conferencias de la UCI y encontré a Jack bebiendo, despreocupadamente, un café.

-Hola, Raj, ¿todo bien?

Me sorprendía lo tranquilo que yo estaba. No tenía emociones encontradas ni remordimiento por lo que acababa de suceder. – Todo perfecto. –contesté y me senté al lado de Jack a mirar a los Lakers jugar contra los Celtas de Boston.

Miramos la mitad del partido en silencio y durante el comienzo del cuarto final, nuestros pagers indicaron código azul, anunciando que la cama de aislamiento de la UCI había dejado de respirar.

Me levanté de un salto; Jack estiró el brazo y me forzó a sentarme de nuevo, preguntándome:- ¿Cuál es el apuro?

Nos paramos un minuto más tarde y caminamos hacia la cama de Jacob. La mayor parte del equipo de resucitación había llegado, pero Jack asumió instantáneamente el rol de líder y pidió un informe.

Uno de los internos gritó:-Apneico con presión arterial un poco elevada y al parecer una sutil fibrilación ventricular. Uno de los residentes está por comenzar una línea femoral. Acabamos de comenzar con compresiones de pecho y respiraciones artificiales.

Jack asumió el cuidado:- Olvídense de la línea femoral, ya tiene un catéter central de inserción periférica. Saquen lo que necesiten de allí.

-Denle un poco de atropina y bicarbonato intravenoso ¡AHORA! Luego, tengan cargadas las paletas de choque y listas para hacer shock en 200 julios.

-Medicación adentro.-alguien contestó.

-Paletas listas- otro gritó después de quitarle a Jacob la bata y aplicarle la sustancia viscosa a las paletas y colocárselas en el pecho.

-¡Todo el mundo fuera! Shock.

Una rápida convulsión atravesó el cuerpo de Jacob y, de nuevo, se quedó inmóvil.

-No hay pulso, reanuden RCP. –gritó Jack. Me lanzó una mirada. Ambos sabíamos que este era un ejercicio inútil; su potasio debe de haber estado tan bajo que sólo una intervención divina podría regresarlo de donde sea que estuviese yendo.

Jack esperó 30 segundos antes de gritar su próxima orden:- Repitan el shock a 300 julios.

Mismo resultado.

Lo repetimos a 360 julios dos veces; seguía sin pulso.

-OK, equipo, abandonen todas las medidas de resucitación. Hora de defunción 9:28 p.m.- anunció Jack. El equipo se dispersó rápidamente, quedando sólo Jack, la enfermera a cargo y yo en la habitación.

Jack le cubrió la cara con la sábana, hizo un gesto de aprobación a la enfermera y salimos de la habitación.

-¿Eso es todo?- pregunté.

-Que se vaya al infierno. –respondió Jack, con cierta satisfacción en su voz.

El resto de nuestra noche de guardia fue mucho más tranquilo.

~~~~

Nunca nadie cuestionó la muerte de Jacob. Sin embargo, cuando se lo conté a Cindy un par de semanas más tarde, ella no se sentía ni aliviada ni feliz como pensé que estaría. Creo que incluso estaba triste porque él no había sobrevivido.

Ella no tenía ese deseo irrefrenable de venganza ni la mentalidad de "ojo por ojo" que Jack y yo teníamos dentro. En esencia, ella era una buena persona.

Nunca más vi a Cindy. No regresó a completar el año. Un pajarito me contó que se retiró del programa de residencia y que regresó a Nueva York. La llamé varias veces pero nunca me devolvió las llamadas y, con el tiempo, su correo de voz se llenó y no aceptaba más mensajes.

Un par de meses después de la muerte de Jacob, vi el siguiente artículo en el *New York Times*:

Médica en entrenamiento es encontrada muerta en apartamento en NY.

Bill Blanek
New York Times

NUEVA YORK, Nueva York- una joven de 28 años fue encontrada muerta en su apartamento del Upper East Side ayer por la mañana. El cuerpo fue encontrado por el administrador del apartamento cuando un vecino reportó un olor fétido que emanaba de la unidad del piso 35. La policía todavía no ha revelado su nombre.

Fue encontrada muerta en el sofá. La evaluación inicial del médico forense indicó que su muerte se había producido 4 días antes de que fuera encontrada, según el estado de su cuerpo. La causa de muerte es probablemente secundaria a una sobredosis de varios somníferos recetados, combinados con alcohol, ambos encontrados en una mesa adyacente.

Habrá más detalles después de que se complete la investigación policial. –Por el momento, no hay razón para pensar en un asesinato.-dijo el detective Jansen que está liderando la investigación.

Una pequeña nota suicida fue encontrada al lado del cuerpo, indicando que los ahorros de toda la vida de la joven, una suma de casi 3 millones de dólares deberá ser donada a la "AIDS Health Foundation"...para ayudar a encontrar la cura a esta enfermedad para que , en el futuro, se pueda salvar una vida inocente.

La difunta supuestamente era una médica en entrenamiento según lo afirmó un vecino, pero esto todavía no fue confirmado.

Capítulo seis:
Hombre agujereado

SE DESPLOMÓ MIENTRAS trataba de alcanzar la manija del nuevo sedán deportivo alemán que se había comprado en ese momento. Al sentirse mareado, no estaba seguro de que si debía manejar o no. Unos minutos más tarde, ni siquiera supo si había logrado llegar al asiento del conductor.

De rodillas, con gotas de sudor formándosele por encima de la frente, apenas podía levantar su temblorosa mano para abrir la puerta del elegante sedán, de más de 500 caballos de fuerza. Era su joya. Incluso, era una máquina más prestigiosa que la que tenía su jefe anterior en el garaje.

Logró levantarse del piso usando la manija como soporte. No estaba en el mejor vecindario. Si mostraba alguna señal de debilidad, haría que lo asaltasen de inmediato además de robarle su auto de 150 mil dólares.

Una ola de calor le corrió por el cuerpo y casi se cae nuevamente por estar débil. A pesar de que el tiempo estaba cálido, temblaba de frío.

Se tocó el bolsillo derecho, que tenía un bulto por el fajo de verdes. De repente, su resistencia aumentó, su diaforesis bajó y logró desplomarse en el interior del auto, dándose cuenta de que todo había valido la pena.

El negocio había estado prosperando recientemente. Su clientela seguía aumentando y casi el 90 % de los clientes satisfechos volvían a requerir sus servicios. Hasta había considerado recientemente usar tarjetas de presentación. Pero lo pensó mejor. Era mejor hacer su negocio de manera discreta con una muy selecta clientela.

Tal vez un aumento de tarifas era lo indicado. Simplemente, él no podía mantener el ritmo que se requería. Y traer a un nuevo socio no era fácil con su línea de trabajo.

No. Definitivamente tenía que aumentar sus tarifas, tal vez, a sus nuevos clientes en un principio. Probablemente sea un punto debatible. El dinero no era un problema para la mayoría de las personas a las que les prestaba servicio.

Se estaba acercando el atardecer en su antes conocido territorio, el este de L. A. Aunque le gustaría conducir un poco, tenía un compromiso a las 8:30 p.m. en Beverly Hills. Era el octavo cliente del día y la suya era una noche predominantemente de negocios.

Además de la cita de Beverly Hills, tenía cuatro compromisos más al oeste de L. A. antes de dar por terminado su día. Claro que otro cliente podría llamar en cualquier momento.

Tal vez, lo que necesitaba era una asistente personal para que pusiera más orden a su vida. Una buena asistente, que pudiera mantener cerrada la boca, le costaría muchos billetes. Pero el negocio iba demasiado bien como para encargarse de llamadas telefónicas y horarios.

Tal como estaban las cosas, él no había tenido un día libre en más de 3 meses. Cuando realmente podía dormir, su sueño era interrumpido frecuentemente por llamadas telefónicas y pedidos para reuniones de urgencia. La verdadera naturaleza de su negocio dependía de servicio al cliente, puntualidad y completa y absoluta confidencialidad.

Por lo tanto, una llamada que era derivada al correo de voz era dinero perdido. Como sus jefes anteriores solían decirle:- Si no trabajas, no ganas.- una creencia que ahora acoge con entusiasmo.

Tras llegar veinte minutos temprano, "J" como sus clientes lo conocen, estacionó en la calle a una cuadra de distancia y se recostó en el lujoso asiento de cuero. Acogió con mucho agrado el tan necesitado descanso.

El dolor, en la parte derecha inferior del abdomen, regresó ni bien dejó de manejar. Se intensificó y fue seguido por una ola de náuseas. Se encogió de dolor y tomó tres pastillas más de Advil. No podía tener dolor durante su encuentro.

El dolor había estado aumentando constantemente en los últimos tres días. La fiebre había comenzado recién ayer pero había estado aumentando. Las pastillas de Advil perdían efectividad y apenas le quitaban el dolor. Pero el verdadero problema era el sudor; el resto podía manejarlo. Necesitaba ser amable, remilgado y formal con sus clientes, especialmente con la clientela del lado oeste. Su viejo y conocido territorio, cerca del barrio de vagos y holgazanes, tenía gustos menos exigentes.

J se quitó de la mente el dolor, pensando en lo mejor que sería su vida una vez que se mudara de Huntington Park, la basura de lugar donde nació. Estaba limitado por el ilustre South Central Los Angeles de un lado y la ranchería por el otro. Lograba combinar los aspectos menos atrayentes de ambos.

Algún día él demostraría en casa que no era un perdedor como todos pensaban. En este momento, J tenía suficiente efectivo como para comprarse una pequeña casa en Beverly Hills. Si él negocio continuaba de esa manera, en un par de meses hasta podría saltar a una casa en el mismísimo Rodeo Drive. El problema era que tenía que comprarla sin hipotecas. Su puntaje de crédito era inexistente. Desde hacía mucho tiempo, esperaba llegar al tope de cualquier tarjeta de crédito que alguien suficientemente tonto le otorgase.

Como se aproximaba la hora de su cita, J se lavó con una toalla empapada con Evian. Se puso una nueva camisa entallada, con esos estúpidos gemelos franceses que nunca pudo entender; pantalones de diseñador, zapatos y un sweater de cachemir completaba su atuendo.

Tras agarrar su maletín completamente lleno del baúl, caminó con pasos largos hacia la puerta de la mansión a las 8:29 p.m., donde fue recibido por el mayordomo. Entraron por la puerta lateral, evitando las cámaras de seguridad de la entrada principal. En general, los clientes de J no quieren ningún registro de sus visitas.

Con sus visiones recientes de grandeza y mansiones, J pensó que sería bueno aumentar sus precios en ese momento. Peter Winnick era un cliente de hacía mucho tiempo y era el CEO de una gran empresa. Si a él no le gustaba el aumento de precio, J podría perder el negocio pero, de todas maneras, en este momento, a él no le molestaba tener un descanso corto.

-Bienvenido, J, puntual como siempre. –lo saludó Peter. Era un hombre elegante de unos 50 años aproximadamente, 20 años mayor que J. Sus clientes rondaban entre los 35 y casi 80 años, con profesiones que iban desde celebridades a científicos. Aunque algunos eran nobles profesionalmente, su moralidad desaparecía en el momento que hacían una cita con J.

-Encantado de verte otra vez, Peter. Ha pasado tiempo.

-Sí, mi esposa estuvo en la ciudad el mes pasado y he tenido mucho trabajo. Se ha ido a lo de sus padres en Nueva York por el fin de semana y se llevó a los niños. Así que podría necesitar otra…consulta, ¿tienes tiempo mañana?

Peter hizo pasar a J rápidamente para minimizar la posibilidad de que cualquier curioso vea algo que no debiese. Tras pasar la biblioteca con mucha prisa, a través del largo pasillo, hasta la sala de lectura, Peter apenas pudo contener su expectativa.

-Veré lo que puedo hacer para satisfacer tu pedido. Sin embargo, antes de continuar, debo informarte que debido a un serio aumento en los negocios y la limitada naturaleza de mi tiempo y servicios, las tarifas se han duplicado. Espero que tú…

-No hay problema.-Peter sacó algunos billetes de su bolsillo y se los entregó a J. Después, sacó otros quinientos dólares de su billetera y también se los entregó, sin pensarlo dos veces. -¿Lo usual antes de poner manos a la obra?

-Claro que sí. Aceptaré uno doble. – el subidón se había ido directo a la cabeza de J. Acababa de duplicar su precio y Peter ni siquiera había pestañado. Si todos sus clientes fueran así, se mudaría a la ciudad más rápido de lo que imaginaba.

Peter regresó con dos copitas que contenían más de una medida de Macallan 25. Ahora, Peter temblaba de emoción y, claramente, quería comenzar de inmediato.

Tras entregarle la copita a J, brindaron y se bajaron de un sorbo las bebidas, denigrando el líquido color ámbar de casi cien dólares que acababan de consumir, el cual debería haber sido olido y saboreado, no deglutido. Pero esa era la naturaleza del sumamente rico. El tiempo era dinero y J estaba más que listo para poner manos a la obra.

-¿Por qué no usas el baño de aquí, J? Así podremos comenzar de inmediato. – ordenó Peter, con ojos vidriosos como si fuera un cachorro listo para lanzarse sobre un bocado, que ha esperado por mucho tiempo.

-Claro, jefe. –J entró al baño, que era casi la mitad del tamaño de su actual apartamento. Colocó su maletín sobre la amplia encimera y sacó sus suministros. Comenzó a sentir el abdomen más delicado así que sacó otras tres pastillas de Advil. Tal vez, dolería más en los próximos 15 minutos, dada la obvia expectativa de Peter.

Al terminar sus preparativos, cerró su maletín y salió hacia la sala de lectura, donde Peter ya estaba firme en el sofá y listo para comenzar.

J dejó su maletín, se sacó la camisa del pantalón y antes de que pudiera levantarse el sweater por completo, Peter se puso vorazmente en movimiento.

~~~~

J llegó a su casucha, si se puede llamar así, apenas unos minutos después de las 3 a.m. Estacionó su máquina en el área de almacenamiento subterráneo, por el que pagaba muchísimo todos los meses. El contenedor debía ser desplazado para acomodar su Benz, de lo contrario, se lo robarían en una hora en caso de ser dejado en la calle.

Hizo un gesto de dolor por el esfuerzo que requería salir del vehículo. Ahora sentía que el abdomen le latía y que estaba mucho más blando de lo que había estado durante la noche.

Apenas pudo subir los tres pisos de escaleras; sólo pensamientos con signos de dólares lo hacían seguir adelante. J había comenzado a cobrar, progresivamente, cada vez más a sus clientes tras ver lo fácil que era con Winnick. Su último cliente ni siquiera se opuso al alto precio de los dos mil dólares. Y esa visita sólo requirió 20 minutos de su tiempo.

Meterse en la cama era toda una labor debido a su dolor; cualquier tipo de movimiento parecía empeorarlo. El único pensamiento que le impedía a J desmayarse, por cansancio y por dolor, era que había hecho casi quince mil hoy, casi el doble de lo que había sido antes su mejor día. Con renovados pensamientos de riquezas y un puñado adicional de pastillas de Advil , J permitió que el sueño lo envolviera hasta su encuentro de las 10 a.m. con Winnick.

J se despertó a las 7 a.m., cubierto de sudor, chuchos de frío y dolor abdominal intenso. Estaba tan mal que ni siquiera se podía sentar en la cama.

Pasó la mano debajo de su camisa y sintió que el estómago estaba hirviendo y mojado al tacto. Tras salir rodando de la cama, se agachó y tuvo arcadas vacías por casi diez minutos, lo cual hizo que se sintiera mareado y que su visión sea borrosa.

Tras recuperar lentamente la compostura, J se dio cuenta de que necesitaba algo más fuerte que Advil. Fue gateando hasta su cómoda de tres patas, sostenida con la ayuda de un bloque, y abrió el cajón de las medias. Había una pequeña lata de Altoids en la esquina trasera pero el polvo blanco, que estaba adentro, no era el residuo de las pastillas para el aliento.

J puso un poco de polvo sobre la cómoda e hizo una rápida línea de cocaína. De inmediato, siguió con una segunda y tercera. Cuando le llegó el subidón, los ojos se le pusieron brillosos y el dolor ya no formaba parte de él; había pasado a ser algo que existió en la periferia de su consciencia.

Prefería mucho más la pura cocaína blanca que usan los ricos de Hollywood, en lugar de la ola de marfil cortada con ácido de batería que usaba en el pasado, especialmente ahora que podía pagar la buena sin tener que robarla. Era mucho mejor que la heroína negra y alquitranada que había comenzado a usar hacía muchos años, aunque las decoloraciones de sus paredes blancas eran recuerdos de su pasado.

Por raro que parezca, ahora que ganaba dinero, su consumo de drogas había bajado muchísimo. Él prefería estar alerta y orientado cuando visitaba a sus clientes y que ellos fueran los drogadictos. Le daba la ventaja de negociar mejores tarifas, ni que hablar del hecho de que le permitía estar en pleno uso de sus facultades para evadir cualquier problema difícil que se presentara, lo cual afortunadamente no era tan frecuente como creía y mucho menos de cuando solía traficar drogas para su último jefe.

Una vez más sintiéndose en control, J puso un poco de polvo en un frasquito, creyendo que podría necesitarlo durante el día. Ya tenía nueve reuniones programadas y un par más que podían llamar.

Con los signos de dólares dándole vuelta por la cabeza, J se metió a la ducha y decidió que hoy usaría un traje de negocios con su mejor corbata y zapatos, un atuendo apropiado para las aumentos de tarifas que estaba por cobrarle a todo el mundo en la factura del día.

Mientras el agua limpiaba completamente los residuos salados de su sudor nocturno, J bajó la mirada hacia su abdomen y se dio cuenta de que estaba más colorado que ayer y que había una blancuzca supuración en el cuadrante inferior derecho. Además, su abdomen parecía estar hinchado y bastante tenso cuando apretaba el dedo contra él.

Ciertamente la coca aumentaba su capacidad para negar que algo grave sucedía. Tras decidir que era sólo gas por lo que había comido el día anterior, se puso la ropa.

El agacharse para ponerse los pantalones le causó un dolor agudo. Sintió como si le fuese a explotar el estómago y se tuvo que ajustar el cinturón dos muescas más de lo normal. Rápidamente decidió que el mejor remedio era más confianza inhalada, así que J se sirvió otra línea y salió de prisa, sin antes asegurarse de que el contenido de su maletín estuviese en el orden exacto.

Cuando llegó a su auto, vio que estaba cubierto de basura y escombros por encima de todo el capó y que un jarabe denso y marrón corría por su parabrisas. Al parecer, alguien no se había dado cuenta de que el bote de basura estaba ahora en el callejón y usó su coche para deshacerse de sus residuos.

J tomó nota mentalmente de que debía buscar a alguien que cambiase la cerradura de la puerta mientras maldecía a medida que sacaba la basura de su bebé. Los limpiaparabrisas le facilitaron el trabajo con el jarabe, o lo que quiera qué diablos fuese. El hecho de que la basura contuviese pañales de bebé no era alentador.

Conducir hoy no le resultaba tan fácil como ayer. Sentía punzadas en el abdomen cada vez que había una lomada en el camino y eso que había subido su suspensión a la categoría de lujoso, donde uno podía pasar una lomada sin darse cuenta.

En un semáforo, J sintió algo mojado en su estómago. Miró hacia abajo y se dio cuenta de que se había empapado parte de la camisa. Sentía la cara caliente y le quemaban los párpados al cerrar los ojos. J siguió conduciendo pero enseguida le agarraron náuseas y por poco vomita. Sólo el miedo a arruinar el tapizado impidió que el fluido bilioso saliera de su boca. Su fortaleza ganó y pudo contenerlo, quemándole el estómago en el camino de regreso.

Inmediatamente después de llegar a Beverly Hills, J supo que debía hacer algo. Tras inhalar otro poco de coca, la respuesta obvia era que debía buscar una propiedad que pudiera pagar para mudarse de su pocilga. Probablemente se haya agarrado un virus estomacal de uno de sus mugrientos vecinos.

Cuando se bajó del sedán y recogió su laptop del baúl, J se dio cuenta de que su camisa estaba empapada en el cuadrante inferior derecho con un fluido blanco y lechoso. No podía ser de la transpiración. Se quitó la camisa y se volvió a cambiar, poniéndose un nuevo par de esos estúpidos gemelos que gustaban tanto a sus clientes.

Al ajustarse la hebilla del cinturón, un dolor muy fuerte le corrió por el cuerpo, lo cual hizo que sufriera una convulsión involuntaria y que cayera de rodillas. Esta vez, la bilis salió y salpicó toda la acera. Veía doble y temblaba como si estuviera metido en un freezer.

Todo lo que J podía hacer era sacar su teléfono celular y marcar el número de emergencias antes de que otra ola de dolor se apoderase de él, de una forma tan violenta que todas sus terminaciones nerviosas se disparasen al mismo tiempo y lo dejaran boca arriba. Su cabeza golpeó el piso con un ruido sordo y comenzó a fluirle sangre de la cabellera. Pero J no lo notó ya que había perdido el conocimiento unos instantes antes.

~~~~

La temperatura de la tina estaba perfecta y los chorros eran ideales. Aún mejor estaba la cerveza helada que nunca parecía terminarse. La única molestia eran las malditas ambulancias o camiones de bomberos que pasaban chillando cada cinco minutos y sus chillidos parecían más fuertes cada vez. ¡Fantástico! Como si le hubiesen dado la señal, otra pasó chillando. ¡Qué diablos! No siguió de largo. El ruido se hizo cada vez más intenso y luego, se quedó allí. Debe de estar afuera de mi apartamento.

-¡Maldición! Era mi despertador; yo me había dormitado cuatro veces después de que había sonado a las 4 a.m. Tenía que privarme de tomar una ducha esta mañana para llegar a la UCI a tiempo y ver qué había pasado con mis pacientes durante la noche.

Esperaba que un par hubiese muerto; de esa manera, yo podría terminar mi trabajo a tiempo sin tener que admitir que había llegado tarde.

Cambiar rotaciones y renunciar a mi fácil mes en radiología por otro mes en la UCI, no fue la jugada más brillante que hice. En este momento, ni siquiera estoy seguro de por qué lo hice. Estoy seguro de que alguna parte profunda de mi id o ego, o cualquier otra parte, es responsable por tomar decisiones prudentes. Pensé que sería mejor aceptar otra rotación "real" para convertirme en un mejor doctor, en lugar de tener horas libres para ir a beber a algunos de los bares de moda de L. A.

Siete días consecutivos en la UCI desde las 5:30 a.m. hasta alrededor de las 9:00 p.m. y ¿Qué era lo que tenía que anhelar? Otros seis días de lo mismo antes de que esta rotación finalmente terminara.

-¡Oye, Raj! Amigo, ¿tuviste una guardia difícil anoche? –preguntó la sorprendentemente efervescente y siempre sonriente Jenny mientras uno pasaba al lado de otro por el pasillo. Gracias a Dios que ella iba en dirección contraria así no tenía que soportar más interrogatorios acerca de cómo había pasado la noche en casa o explicar por qué me veía tan mal.

-Algo así.- murmuré en respuesta y me fui casi corriendo por el interminable corredor hasta la infame UCI, que se aproximaba delante de mí con sus dos sets de puertas gigantes y una infinidad de precauciones, claramente haciendo saber a todos que algo muy malo estaba en camino.

Tras ir deprisa hacia la tabla de censos, instantáneamente me encontré con malas noticias; sólo había habido una muerte durante la noche y no era uno de mis pacientes. Los seis pacientes míos todavía ocupaban camas en la UCI.

Tomé una pila de papeles de notas de progreso y rápidamente comencé a hurgar en los exámenes de laboratorios y en las actividades de la noche, intentando frenéticamente recrear de forma mental lo que había sucedido durante la noche así se lo podía presentar al equipo cohesivamente. Después me harían preguntas que yo no podría responder y elaboraríamos un plan para el día. Lo mismo de siempre.

Sería fantástico si yo tuviera algo remotamente interesante. En lugar de eso, tenía cuatro pacientes, cuyo promedio rondaba los 96 años, todos muriéndose. El quinto era un fracaso, sin seguro, con SIDA, que no hablaba inglés y tan infectado con cada patógeno conocido por la humanidad que tenía una sala de aislamiento de presión negativa, que requería abundante sangre, fluidos como así también precauciones respiratorias cada vez que alguien entraba allí.

Para redondear mis casos pendientes, tenía una atractiva muchacha graduada de Princeton de 22 años que estaba aplicando para entrar a la escuela de medicina, pero que fue atropellada por un conductor ebrio mientras caminaba hacia su auto, después de ofrecerse como voluntaria en el hospital. Ahora, dependía de un respirador artificial y tenía una traqueotomía. Estaba completamente paralizada, inconsciente, con la cabeza afeitada por la colocación de su desvío ventricular de la semana pasada. Sentía un dolor desgarrador cada vez que la veía. Era una historia muy triste y ya había visto demasiadas como ésta.

De alguna forma, logré terminar todas mis notas y me tomé una docena de onzas de Pepsi antes de que las rondas comenzaran.

-Como estamos de guardia hoy, intentaré hacer las rondas rápidamente para que podamos encargarnos de los nuevos ingresos. Con suerte, tendremos algunos hoy así los estudiantes de medicina se pueden involucrar activamente. —estas fueron las primeras palabras dichas por el Dr. Clyde, nuestro médico tratante de la UCI.

Maldición. Había olvidado que era nuestro día de guardia. Las cosas cada vez se ponían mejor.

Clyde era uno de esos remanentes de hace muchísimo tiempo. Era el médico consumado, alto, con canas, siempre puntual con una bata blanca almidonada, pantalones, corbata, estetoscopio y un comportamiento sumamente profesional. Las arrugas no lo hacían parecer viejo, sólo más distinguido. Sus ojos tenían ese tipo de calidez que tranquiliza a las familias aun cuando él estuviese dando noticias fatales.

-Dr. Mok, ¿Por qué no presenta al Sr. Martinez al equipo? – no era una pregunta. Al ser el director de la UCI, el Dr. Clyde siempre obtenía lo que quería. Pero fue amable de su parte preguntar.

Fantástico. Yo fui el primero en presentar y era el único que llevaba ropa quirúrgica puesta. El resto estaba bien vestido mientras que mi bata estaba arrugada con un par de extrañas manchas. Estaba muy cansado de estar en la UCI dos meses seguidos. Tras reorganizar mis notas, comencé.

-Haré una breve recapitulación al equipo ya que todos estamos familiarizados con el Sr. Martinez. Es un hombre de 42 años con SIDA que fue ingresado a la UCI hace 27 días. Tiene una carga viral de 250 mil, recuento de CD4 de tres, un conteo absoluto de neutrófilos de 15, anemia severa, meningitis criptocócica, retinitis

CMV, muguet, neumonía por *Pneumocystis jiroveci*, una cepa de *Tuberculosis* resistente a múltiples drogas, sarcoma de Kaposi en pecho y espalda, diarrea microsporidial, caquexia severa del síndrome de emaciación por SIDA y onicomicosis florida.- Guau, logré decir todo eso de un tirón y se oyó bastante organizado.

-Continúa evolucionando mal, sin progresar y apenas pudiéndose comunicar. Su catéter central de inserción periférica se infectó recientemente y requirió ser reemplazado por radiología, debido a un pobre acceso vascular. No puede ingerir comida o líquidos por vía oral; por lo tanto, se le está suministrando nutrición parenteral total, siendo este el día número 22. Tiene 2 úlceras decubitis grado 2 por encima del sacro.

-Durante la noche, no hubo eventos agudos. Su saturación de oxígeno sólo está al 89 % incluso en 12L/minuto de oxígeno con una mascarilla de aire no recirculable. Al parecer, probablemente requerirá intubación y respirador artificial pronto. Su hematocrito sigue en 18 a pesar de transfusiones de sangre casi diarias.

-Oftalmología informa que ha perdido casi toda la visión del ojo derecho pero han comenzado a progresar con el ojo izquierdo, con inyecciones intravítreas dos veces a la semana. Tal vez pueda retener un poco de visión útil si se estabiliza.

-El departamento renal informó pobre perfusión y los medicamentos tóxicos le han agobiado los riñones y probablemente comience con diálisis en un par de días. Otros servicios darán sus recomendaciones durante el día de hoy.

¡Uf! Sobreviví a esa presentación. Me limpié el sudor de la frente, preparándome para ser masacrado a preguntas. En su lugar, todos se quedaron mirándome con satisfacción.

-Bien hecho, Dr. Mok. ¿Cuál es su plan para el Sr. Martinez hoy? – en realidad, Clyde cambió su declaración, indicando que era una pregunta. Sólo hacía eso cuando estaba impresionado o cuando le estaba enseñando una lección a alguien al ser retórico. Esperaba que fuese lo primero.

-Esencialmente, creo que deberíamos mantener el status quo y continuar con todas las medicaciones actuales a pesar de la nefrotoxicidad. Deberíamos planear intubarlo dentro de los próximos dos días antes de que se desmorone por completo. También deberíamos hablar con su familia sobre su situación. Dado su grave pronóstico, deberíamos solicitar encarecidamente una posible orden de no RCP, si la familia es razonable y está dispuesta a ello.

-¿Alguna otra cosa o continuamos con el plan del Dr. Mok?

El jefe de residentes, Jack, abrió la boca:- Hablé con la familia ayer y desean que continuemos haciendo el 100% de nuestros esfuerzos el tiempo que lleve. Todavía parecen tener la esperanza de que pueda recuperarse y de que algún día vuelva a casa y posiblemente al trabajo. Se molestaron bastante cuando les insinué que ninguna de esas cosas era razonable o que eran objetivos factibles.

-Y así será; tal vez ocupe esa habitación durante muchas semanas antes de que algo supere los milagros de la medicina moderna. –al mismo tiempo, Clyde estaba haciendo un gesto de negación con la cabeza, claramente en desacuerdo con los deseos de la familia. –Dr. Mok, por favor asegúrese de que continuemos haciendo todo lo que podamos. OK, sigamos adelante.

Y así nos fuimos a hacer las rondas por las próximas cuatro horas.

Ay, finalmente, era hora de comer algo. Cuando nos reagrupamos para buscar un almuerzo en equipo, el pager del jefe sonó, seguido por un quejido del grupo.

-Oye, Rajen, por qué no tomas tú este caso. Es un tipo que fue encontrado tirado al lado de su auto. Está en la sala de emergencias, cama 3. Llámame cuando tengas una idea clara de la situación. –ordenó Jack mientras volvía de responder el mensaje que había recibido.

-Claro, jefe. Con suerte, será algo interesante. –respondí con un entusiasmo fingido al mismo tiempo que maldecía al hijo de perra en mi cabeza, sin razón aparente más que la de que me hiciese sentir mejor. Nadie había reemplazado a Cindy, que todavía estaba con licencia médica y el trabajo parecía haber aumentado con una proporcional disminución en la moral.

Tras renunciar a la comida, me fui derecho a la sala de emergencias y pronto me di cuenta de que lo interesante no siempre implicaba algo bueno.

~~~~

Al caminar hacia la sala de emergencias, estaba feliz de ver que estaba relativamente tranquila, a excepción de un poco de conmoción en uno de los quirófanos de urgencias. Cuando me estaba dirigiendo en dirección hacia allí, me encontré con la Dra. Peters.

-Rajen, qué bueno verte. Supongo que estás aquí por la cama 3, ¿no es cierto? Qué bueno que seas tú; estoy un poco atascada con esta urgencia. Tal vez tengamos que hacer un masaje cardíaco en un minuto. Por favor adelántate y comienza. Ordena todo lo que creas apropiado, aquí tienes mi identificación. Puedes usarla para acceder a la computadora por las órdenes y…

-¡Dra. Peters, la necesitamos ahora!

Me lanzó su identificación y se fue rápidamente hacia donde estaba el alboroto. El muro de gente se abrió para dejarla entrar. Todo lo que pude entrever fue un chorro de sangre que tocó el cielo raso antes de que el hueco se cerrara y el equipo volviese a su frenético trabajo.

Fue una señal de confianza que Peters me haya dado su identificación. Espero que signifique que le gustó mi desempeño en el último año. Me sentía con bastante poder al saber que podía ordenar cualquier tipo de examen de todo el arsenal terapéutico del hospital para este hombre, desde simples exámenes de sangre hasta resonancias magnéticas altamente especializadas. Me estaba sintiendo de mejor humor así que busqué su historia clínica para comenzar.

La historia no contenía mucha información aparte del informe de los paramédicos. Un hombre caucásico de 34 años fue encontrado tirado al lado de su auto. Me resultaba extraño que el informe mencionaba el auto al lado del que fue encontrado, un Mercedes Benz CLS 63 AMG negro modificado en gran medida. Supuse que estarían más ocupados, no sé, tal vez salvándole la vida y tratando de trasladarlo aquí, en lugar de tomar nota del auto.

Busqué en la historia clínica y vi que su nombre era James Downs. Al parecer, estaba en proceso de marcar el 911 para pedir ayuda cuando perdió el conocimiento, no muy lejos de aquí, en uno de los vecindarios más lindos. El servicio de emergencias médicas pudo usar un GPS para localizarlo debido a que su teléfono seguía conectado al conmutador, aunque su consciencia estaba desconectada.

James estaba totalmente hipotenso en el lugar con una presión sanguínea de 64/42, ritmo cardiaco de 148 y respiraciones cortas y rápidas de 40/minuto. Había sufrido una laceración del cuero cabelludo que estaba supurando muchísimo y tenía un estado febril muy alto de casi 40 ° C. Nada más notable se encontró durante el estudio primario.

Los paramédicos le colocaron un cuello cervical rígido y una venda de presión oclusiva por encima de la laceración del cuero cabelludo, le hicieron 2 grandes vías intravenosas por la que le dieron un litro de fluido en el lugar y otro en el camino y le colocaron oxígeno a través de una mascarilla. Cerraron el baúl de su auto, informando que estaba vacío y trajeron su maletín con él. El contenido permanece desconocido ya que estaba cerrado con llave. El auto también estaba cerrado y no tuvieron mucho tiempo de buscar la llave.

Nada mal dado que el tiempo total que estuvieron en el lugar fue de cuatro minutos. Tuvieron otros cinco minutos para llegar al hospital. Desde que llegó aquí, la Dra. Peters le realizó un rápido examen, si se puede llamar así. Despejó su columna vertebral, permitiendo que su cuello pueda ser removido y, bueno, eso era todo.

Supongo que el resto dependía de mí.

Caminé hasta la cama de James y encontré lo que esperaba, un hombre en muy buena forma y bien vestido que estaba apenas consciente, con un par de bolsas vacías de suero fisiológico y una venda en la cabeza que había empezado a empaparse de sangre. Estaba acostado en la camilla con la cabeza un poco elevada, tenía un poco de sangre salpicada en su camisa y le brillaba la cara por el sudor.

Algo no estaba del todo bien; los muchachos saludables no se desmayan sin razón. Le eché un vistazo de pies a cabeza otra vez mientras estaba parado el pie de su camilla, mirando detenidamente algo incorrecto.

Esta vez noté que tenía bolsas debajo de los ojos que indicaban que podría estar fatigado, algo común para un profesional laborioso. Había un poco de polvo blancuzco en su cara y nariz, tal vez por su caída de cara al piso en el borde de la carretera o por cocaína; la última era común entre los yuppies ricos que se veían aquí.

Su camisa estaba casi empapada por su abundante transpiración. Al mirarlo más de cerca, noté que tenía una protuberancia extraña debajo de la parte inferior derecha de su camisa. Sus extremidades inferiores parecían estar bien a excepción de algunos rasgones en los pantalones al lado de las rodillas, presumiblemente por la caída.

Aunque tenía la identificación de la Dra. Peters, yo no contaba con su presencia ni conseguía la atención del personal más cercano para que me ayudara con la evaluación de James. Además, todos estaban todavía ocupados ayudando en un caso de traumatismo exanguinante.

-James, ¿puede oírme?-pregunté. No respondió. Lo intenté de nuevo más fuerte, aún sin respuesta. Traté una vez más casi gritando.

-¡Sí! ¡Puedo oírlo! Pero no me llamo James- una respuesta arrogante provino de la cama de al lado.

Tras ignorar el comentario, me puse los guantes y toqué suavemente el hombro de James. No hubo respuesta. Un firme masaje en el esternón tampoco lo despertó. Puesto que no tenía las costillas rotas, apreté un poco más fuerte, hundiendo mis nudillos en su piel mientras le masajeaba enérgicamente, de arriba abajo, el centro del pecho. Refunfuñó e intentó quitarme la mano. Por un segundo, los párpados le aletearon y giró la cabeza hacia un lado y de nuevo, estaba inconsciente.

Bueno, al menos, establecí que estaba vivo y que respondía al dolor.

Conecté a James a un tensiómetro y a un sensor de oxígeno. Mientras el tensiómetro se inflaba, chequeé su temperatura. Maldición, estaba volando de fiebre, ¡40 ° C! Por lo menos, su presión arterial estaba un poco mejor en 90/64, su corazón latía a unas saludables 124 pulsaciones/minuto y su saturación de oxígeno era del 99 % en oxígeno de 10L.

Le puse otro litro de solución fisiológica normal y di un paso atrás para decidir qué hacer después. Debe tener una infección en algún lado dada su increíble fiebre. Si sudaba tanto y trabajaba largas horas, fácilmente podría haberse desmayado por hipovolemia.

Supongo que el polvo que tenía en la cara era cocaína. El problema (aparte del hecho de la cocaína) era que es uno de los estimulantes más poderosos conocidos por el hombre; por lo tanto, lo que fuese que causara que James estuviera tan somnoliento tenía que ser algo muy grave. Sería mejor que me apurase y descubriese el misterio antes de que Peters se diera cuenta lo idiota que era o que James muriera.

Era interesante lo motivado que yo estaba por impresionar a Peters por sobre todas las cosas. En algún momento del año, había empezado a importarme más las evaluaciones que mis pacientes, pero en cualquier caso el objetivo era salvar vidas. Al volver a la realidad en lugar de la introspección, decidí que necesitaba extraer sangre para algunos exámenes de laboratorio y cultivos.

Además, quería chequear sustancias ilícitas. Había dos formas de hacer eso: por medio de orina o sangre. Ya que no estaba lo suficientemente despierto para darme una muestra voluntaria de pis y no había una enfermera cerca para cateterizarlo, enviaría la versión en sangre de ese examen. Por supuesto que yo mismo podía cateterizarlo, pero meter un tubo dentro del pene de un tipo que estaba durmiendo, a través de la uretra hasta llegar a la vejiga, no era algo que me gustase hacer.

Tras agarrar los Vacutioners para tomar la muestra de sangre y los viales de cultivo, me di cuenta de que no sabía nada de este tipo. ¿Y si tenía SIDA, Hepatitis C, Kuru o algún otro tipo de infección extraña?

Me protegí poniéndome otro par de guantes y una mascarilla, con protección, para minimizar cualquier riesgo de salpicaduras. Aprendí mi lección con respecto a tomar *muy* seriamente la protección personal.

La extracción de sangre fue bien...en mi sexto intento. Las venas de James no estaban muy bien debido a su deshidratación. Su presión arterial bajaba lentamente y su temperatura aumentó otra décima de grado.

Etiqueté la sangre e inicié sesión en la computadora con la identificación de la Dra. Peters. Guau, con un par de clics, tenía todos los exámenes que quisiese ordenar y muchos más. Con razón el costo del seguro médico se está disparando. Con la facilidad y la disponibilidad de los exámenes, nadie tiene que pensar lo que se necesita. Sólo se debe pensar lo que se quiere y el resto se resuelve después.

Ahora la parte graciosa. Envolví las muestras de sangre en un laminado plástico con aire encapsulado, las coloqué en un tubo transportador neumático con forma de pequeño misil y le pegué el código para "laboratorio de sangre". Hubo un zumbido mientras el misil de plexiglás se puso en posición y con un tenue "silbido", comenzó su viaje a través del laberinto de pasajes de tubos neumáticos, escondidos dentro de las paredes del hospital. Debo admitir que también fue divertido hacer clic en el gran botón rojo de LABORATORIO INMEDIATO, asegurando que todos los análisis estarán listos en una hora a sólo el cuádruple del exorbitante costo estándar.

Lo único que quedaba era, en realidad, examinar al paciente y esa tarea sólo podía ser lograda con la ayuda de unas tijeras de trauma. El uso de éstas es una experiencia que hace sentir fuerte a los estudiantes de medicina. Hay algo intensamente personal y extrañamente gratificante acerca de cortar, por completo, la ropa de un extraño en un intento por salvarle la vida. Es casi como quitarle la identidad a alguien.

La ropa puede decir mucho acerca de un paciente, especialmente en una situación cuando el paciente está tan embotado que no se puede obtener una historia clínica. James claramente gastó mucho dinero en su guardarropa. Zapatos Ferragamo, cinturón Gucci, camisa Prada, pantalones de lana a medida y gemelos de perlas…nada de eso es barato. Sólo su reloj, Piaget, podría valer más de diez mil dólares. Me pregunto cuál es su fuente de ingresos.

Le quité cuidadosamente los zapatos, cinturón, gemelos y reloj y los puse en una bolsa. Los pantalones y la camisa no tendrían el mismo servicio ya que intentar contonearlo para sacárselos podría agravar algún tipo de herida oculta, lo cual podría hacerle más mal que bien.

Las tijeras facilitaron el trabajo para sus pantalones a medida y revelaron los boxers, Dolce & Gabbana, que tenía por debajo. Tenía las piernas calientes al tacto e increíblemente secas, lo cual era consistente a su deshidratación. Antes de comenzar con su camisa, le masajeé el esternón nuevamente. Se quejó y rápidamente regresó a su sueño profundo. Lo intenté una vez más. Esta vez los ojos le revolotearon, se abrieron y murmuró algo apenas audible.

-¿Qué pasó, James? ¿Siente dolor?

Asiente.

Di un paso atrás, pensando que tal vez está letárgico porque siente tanto dolor que no puede físicamente permanecer despierto. Además de colgar otro litro de solución fisiológica, le di 5 mg de morfina a través de una de sus intravenosas, con la esperanza de aliviarle cualquier dolor que pueda estar sintiendo.

En los pocos minutos que tardé en ir a buscar la solución fisiológica y la morfina, la protuberancia de su abdomen casi duplicó su tamaño. De repente, James se veía como si estuviese en su tercer trimestre de embarazo.

Sin perder tiempo, agarré las tijeras y corté rápidamente su camisa por el medio.

Sentí náuseas y me caí hacia atrás. Afortunadamente, había una pared allí, de lo contrario, hubiese estado con el trasero en el piso.

Pensé que la Sra. Larvas estaba mal, pero esto estaba a un nivel totalmente nuevo.

James tenía una bolsa colgada de la piel jugosa, colorada e hinchada en el cuadrante inferior derecho del abdomen. La bolsa estaba muy inflada y a punto de explotar, llena de una secreción densa blanco-amarillenta, como crema de afeitar mezclada con yema de huevo.

Me llevó un tiempo descubrir lo que era hasta que, de repente, me di cuenta. Era una bolsa de colostomía que estaba llena de pus y que se estaba expandiendo rápidamente. Parecía una bolsa de pochoclos pero en lugar de contener dulces, tenía sangre, contenidos del colon y un montonal de pus. Estoy hablando de medio litro.

El adhesivo utilizado para sostener la bolsa de colostomía a la piel se estaba soltando y un poco de pus estaba saliendo y goteándole por el costado del abdomen sobre la camilla.

La herida de la colostomía abdominal tenía signos indicadores de infección. Estaba tibia y probablemente muy blanda. Lo chequearía más tarde cuando él estuviese despierto. El borde de su colostomía, una abertura creada quirúrgicamente en la que un extremo de su colon está conectado directamente a su pared abdominal (como un ombligo de cinco cm que expulsa diarrea durante todo el día), estaba muy colorado y parecía enojado.

Me quedé estupefacto; nunca había visto algo así. Miraba, hipnotizado, mientras la bolsa continuaba abriéndose, dejando salir cada vez más pus.

En poco tiempo, la bolsa se aflojó por completo y se deslizó por el lado derecho del abdomen, rebotó en la camilla y chocó contra el piso, salpicando todo. Intenté girar la cabeza, pero no llegué a tiempo. Un chorro de baba pegajosa me salpicó a lo largo de la mejilla izquierda, ojo y pelo. Con miedo a volver a girar, fui rápidamente al lavabo y me lavé toda la cabeza con un jabón antibacteriano de uso hospitalario. Afortunadamente, las gafas evitaron que esa cosa se me metiera en el ojo. Cindy se me vino a la mente. Nadie sabía si el tipo tenía SIDA o Hepatitis C. Con vigor renovado, me restregué la cara por cuarta vez, quitándome varias capas superficiales de piel.

Al arriesgarme y mirar hacia abajo, a través de ojos muy desinfectados, irritados y borrosos, descubrí que mi ropa quirúrgica estaba salpicada por una saludable cantidad de pus. Mis zapatos se encontraban aún peor; estaban llenos de una secreción densa y amarilla. El destino inmediato de mi ropa era el contenedor de material peligroso.

Tras volver a la habitación de James, vi que la pared y el piso, a su derecha, como así también el costado de su camilla estaban bastante salpicados por la bolsa de pus que había explotado. Claramente, esta habitación requeriría cuarentena y una buena descontaminación antes de que otro paciente pudiera usarla.

Con mi pelo todavía húmedo, me puse la bata, los guantes, la mascarilla y la gorra antes de reingresar a la habitación.

Le eché un vistazo al lugar donde tenía su colostomía y, de inmediato, deseé no haberlo hecho. Estaba lanzando pus a un ritmo alarmante. Sin una bolsa para contener las secreciones, el pus se le escurría por el costado de la panza y formaba un charco cada vez más grande de porquerías sobre la camilla.

Como si el verlo no hubiese sido suficiente, el olor me tumbó como un camión Mack. Le llevó poco tiempo al olor pasar a través de mi mascarilla quirúrgica. Era único, muy denso y repulsivo, como a carne podrida mezclada con diarrea y un leve olor férrico a sangre. Definitivamente, bastante alto en la escala de las náuseas.

-Raj, ¿Qué tenemos aquí...? ¡Maldición! - La Dra. Peters estaba desprevenida cuando entró a la habitación, con la esperanza de verme examinando a nuestro paciente.

El olor le pegó tan fuerte que se dio media vuelta y volvió usando una apropiada máscara PAPR.

Ella no esperaba ver a James, desvestido hasta sus boxers, con media camilla cubierta de yema de huevo como si fuese pus. Para rematarla, un activo eflujo de más pus continuaba rebosando a través de la herida abierta en su abdomen, sin mencionar la bolsa llena de la sustancia biológicamente peligrosa que estaba en el piso con muchas salpicaduras que decoraban la pared.

Al ser la profesional por excelencia, Peters asimiló todo en silencio. Luego, se puso la bata y los guantes de forma meticulosa, asegurándose de que estuviera cubierta y protegida por completo del pus, potencialmente infeccioso, y volvió a entrar con cuidado a la habitación para que yo le diera un informe completo.

Le conté lo que había sucedido. Asintió y colocó suavemente una mano sobre el abdomen de él.

-MALDICIÓN- tosió James. Al parecer, el abdomen estaba muy blando porque esa pequeña presión llamó la atención de James. Ahora, estaba bien despierto.

-¿Dónde estoy? —los ojos le revolotearon hasta abrirse. James examinó la habitación frenéticamente con pánico creciente. Estaba a punto de mirarse hacia abajo, pero Peters le arrojó una sábana en el pecho y se presentó.

-Está en el hospital. Soy la Dra. Peters. Estoy a cargo. ¿Cómo se siente?- Cubrió astutamente el pegote que tenía sobre el estómago y la camilla con la sábana antes de que James pudiera comprender lo que estaba pasando y se volviese más frenético.

-¿Dónde estoy?- logró preguntar James con voz grogui y cargada de sueño antes de que comenzara a quedarse dormido de nuevo.

-Rajen, ¿Qué le has dado hasta el momento?

-2 litros de fluido y 5 mg de morfina endovenosa.

-¿Cuál fue su respuesta a los narcóticos?

-Al principio estuvo realmente letárgico y después estuvo un poco más despierto. Pero todavía tiene una fiebre de 40.5 º C. Supongo que debería haberle dado un antipirético.

-¿Crees que está casi inconsciente por tanto dolor que siente? Es pensar muy fuera de la caja. Pero creo que tienes razón. Buena decisión. Además, tienes razón con respecto a su fiebre. Creo que eso le suma significativamente a su letargo. Si estuviese unos grados más caliente, se le comenzaría, literalmente, a derretir el cerebro, dejándole un daño permanente.

Debo haberme encendido como un foco de luz por los halagos. Yo suponía que había hecho algo mal y que ella se iba a enojar conmigo. Además, yo tenía pus por todo el cuerpo.

Los halagos son algo raro para un estudiante de medicina y recibir uno de la médica más importante de la sala de emergencias del sur de California, me alegró la semana. Sentía que podía lidiar con cualquier cosa.

-Dr. Mok, ¿Qué más ordenó para nuestro amigo y cuál es nuestro plan de acción inmediato? –preguntó Peters. Los médicos tratantes sólo permiten que los estudiantes de medicina tomen más decisiones de control si están felices con su trabajo. Es extraño cómo funciona la medicina en ese aspecto; si se hace un buen trabajo, la recompensa es tener más trabajo. Pero junto con ese trabajo extra llega más autonomía y respeto.

- Ya envié que le hagan un panel de drogas extendido, prestando atención a su taquicardia, el polvo blancuzco en su nariz y las pupilas dilatadas. Veamos, qué más…cultivos de sangre fúngicos y bacterianos, análisis bioquímicos de sangre básicos, exámenes de funcionamiento del hígado, estudios de tiroides, VIH, sífilis y exámenes de tuberculosis. Estaba cortándole la ropa cuando noté la inmensa bolsa de pus unida a su abdomen. Inmediatamente después de descubrir eso, se soltó espontáneamente y se cayó al piso. Puede ver la salpicadura por todos lados. Me salpicó por todo el cuerpo así que me lavé y volví a terminar mi examen. Ahí fue cuando usted llegó.

-Claramente, por sus pantalones Zegna y su camisa Prada es pudiente. –murmuró Peters tirando a un costado los ahora inservibles retazos de su guardarropa cubiertos de pus. –Le eché un vistazo a su historia clínica de camino aquí y noté también que fue encontrado tirado al lado de su auto de 150 mil dólares, el cual, dado por su ropa, me inclino a creer que era suyo y no robado.

-Haz algunas órdenes más para laboratorio de microbiología y enviemos, de inmediato, esta gigante bolsa de pus putrefacto para cultivos y tinción de Gram. Creo que eso contiene la respuesta al por qué está enfermo. Después de eso, tendremos que echar un vistazo al pericráneo. Ya tiene el vendaje de presión empapado.

Feliz de poder irme por un segundo de la habitación, tomé los formularios requeridos para laboratorio y una bolsa de recolección de fluido de material peligroso.

Al regresar a la escena, Peters estaba sosteniendo la bolsa de pus, ahora medio vacía, a un brazo de distancia. Se sentía bastante aliviada al verme ir corriendo con la bolsa de recolección en la cual ella, sin demora, tiró la bolsa de la colostomía. Tras enviar eso a través del sistema de tubo neumático hasta el laboratorio, nos volvimos a reunir al lado de la cama de James.

Peters estaba quitándole la venda de la cabeza. Un set de sutura estaba dispuesto cuidadosamente en la mesa al lado de ella y dos enfermeras estaban en posición de firmes para encargarse de inmediato de lo que ella necesitase.

-Qué bueno que regresaste, Rajen. Necesitaré tu ayuda con su cabeza. Hice que las enfermeras le dieran un gramo de paracetamol de forma rectal. Eso debería ayudar con su fiebre. Le di otros 20 mg de morfina también para asegurarme de que no se despierte durante la reparación de laceración del cuero cabelludo. Calculo que podemos reparar la herida de la cabeza antes de examinarle completamente el abdomen. Además, algunos de los resultados de laboratorio estarán para entonces.

-Guau, era la segunda vez este año que me trataban como un colega en lugar de una molestia. Todo este tema de convertirme en médico podría valer la pena después de todo.

Tras quitarle la venda, le examinamos la cabeza. No había fracturas, pero tenía una laceración de unos diez centímetros que se extendía desde el borde del nacimiento del pelo del lado derecho posterior hasta por encima de la oreja.

En movimientos hábiles, sin hablar, Peters mojó la laceración con povidona yodada y le rasuró el pelo del lado derecho del cuero cabelludo. La laceración era profunda, hasta el hueso en algunos lugares. Todavía estaba rezumando mucho debido a la naturaleza del tejido altamente vascular de allí; el pelo necesita mucha nutrición, lo cual me lleva a pensar si la gente calva sangra menos.

-Dr. Mok, ¿ha suturado antes? –la pregunta me regresó a la realidad. Pensé que este sería otro procedimiento en el que sólo observaría, resultando en ensoñación en lugar de aprendizaje. Como la pregunta me agarró desprevenido, hice un gesto de aprobación con la cabeza. Los estudiantes de medicina tenían la mala fama de asegurar haber visto, o hecho algo previamente, en un esfuerzo por ser percibidos como más experimentados de lo que realmente eran.

La mayoría de los médicos tratantes no quieren ser los primeros en enseñar a un estudiante un procedimiento, pero ser los segundos parecía ser un problema. Técnicamente, ya había suturado a todos esos conejillos de Indias en varios de nuestros laboratorios húmedos. No preguntó *específicamente* si yo había suturado a un humano antes.

-Fantástico. Seré tu asistente y tú puedes ser el médico primario. Es un poco sangriento así que yo seguiré adelante y anestesiaré la zona, con un poco de lidocaína al 2 %, con una alta dosis de epinefrina; puedes continuar desde allí. –al instante que lo dijo, una de las enfermeras le entregó una jeringa completamente cargada y comenzó a insertar la aguja, de casi 4 centímetros, en varios lugares a lo largo de la laceración y le inyectó el fluido claro. En segundos, el sangrado disminuyó casi por completo y la epinefrina restringió todos los vasos sanguíneos. –Tenemos que ser muy cuidadosos; supongamos que está infectado con los patógenos más contagiosos incluyendo SIDA y Hepatitis C. – le devolvió la jeringa a una de las enfermeras y comenzó a levantarse.

-OK, es todo tuyo. Cambiemos lugares. Yo te daré lo que pidas.

Oh, oh. Sentía que había metido la pata.

Con una carga de adrenalina, mi ritmo cardíaco dio un salto para combinar con el de James y gotas de sudor me empapaban la frente y las axilas. Por suerte, el gorro y la bata ocultaron las manchas de sudor de ser vistas públicamente.

Como a propósito, mi Parkinson apareció y me empezaron a temblar las manos de forma incontrolable, inmediatamente después de que Peters me entregara el porta-agujas con una sutura cargada. Fantástico, posiblemente ya la eché a perder y en cualquier momento, me van a regañar.

-Es normal estar nervioso. No te preocupes. Estoy aquí para ayudarte, no para juzgarte. –susurró Peters.

-Gracias.

-Creo que deberías comenzar por el medio, con un par de suturas enterradas, para juntar los bordes de la laceración. Luego, podemos hacer una sutura subcuticular enterrada para cerrar la herida con una sutura reabsorbible. Normalmente usaría una sutura permanente, pero eso requiere extracción y no estoy segura de que él vaya a controlarse.

Asombrado de que una *médica tratante* y, no cualquier médica, sino la famosa Dra. Peters, la jefa de la sala de emergencias y de todas las cosas televisadas, estaba resignando su valioso tiempo para ayudar a un insignificante estudiante de medicina a aprender a suturar. Eso era más de lo que había esperado. Tras respirar profundo, hice lentamente lo que me ordenó.

Coloqué tres suturas enterradas y la herida se unió muy bien.

-OK, la parte fácil está hecha. Ahora, tenemos que hacer la sutura corrida enterrada que va a cerrar por completo esta herida y va a parecer como si nunca se hubiese cortado. Hay que sostener las pinzas de una extremidad para crear tensión y hacer el primer pinchazo de esta forma.-Peters estaba haciendo la mímica de lo que yo debería hacer arriba de la laceración. Luego, me entregó el equipo y dio un paso atrás para observar.

-Tómate tu tiempo, Raj. Lo estás haciendo bien.

A medio camino del difícil proceso, el pager de Peters sonó y ella se esfumó, dejándome solo pero dándome permiso para terminar.

Los segundos se convirtieron en minutos y los minutos en media hora de concentración intensa mientras yo hacía la sutura de los últimos dos centímetros y medio de la laceración. Acababa de terminar el punto cuando sentí un golpecito en el hombro.

-Oye, oye, nada mal por ser tu primera vez en un humano. – dijo Peters, guiñándome el ojo. Supongo que ella no era la única que sabía que yo estaba fanfarroneando.

Ambos nos quedamos mirando el cuero cabelludo e hicimos un gesto de aprobación con la cabeza. Después de limpiar la sangre seca, residual y costrosa, colocamos algunas Steri-strips y una gaza por encima de la cortadura e hicimos que las enfermeras quitaran todo el detrito que se había acumulado durante el procedimiento. Los deshechos llenaron un bote de basura entero. Con razón, la asistencia médica cuesta tanto; todo es descartable, estéril y, con frecuencia, requieren una apropiada eliminación.

-Entonces, Dra. Peters, qué piensa…-fui interrumpido por alguien que venía a toda prisa, por el corredor, directo a nosotros. No llamó la atención porque estuviera corriendo, ya que eso era común en la sala de emergencias, sino porque corría con una extraña dificultad. Supongo que no había corrido en años.

Su gafete decía Urmila Franks. Aunque llevaba puesto una bata larga y blanca, no se sentía cómoda en la sala de emergencias. Luego me di cuenta de que ella era de microbiología.

-Dra. Peters, acabo de obtener los resultados de la tinción de Gram que envió de las secreciones de la colostomía. Intenté llamarla pero me dijeron que estaba ocupada con un procedimiento, así que vine personalmente. No va a creer lo que apareció.

Pude ver que una pequeña sonrisa se le formó a la Dra. Peters en los labios; le encantaba. La emoción de hacer un diagnóstico y salvar la vida de un joven estaba muy cerca.

-Quiere que adivine, ¿verdad?

-No, eso no sería justo. Le diré: diplococos Gram negativos. Y no unos pocos, ¡toda la muestra está llena de ellos!

Ambos nos quedamos boquiabiertos a la vez que giramos para mirar a James y a la salpicadura de pus que estaba todavía en el piso y la pared.

La Dra. Peters se volvió hacia mí y con toda seriedad, dijo:- Rajen, creo que deberías ir al departamento de materiales peligrosos de inmediato para una completa descontaminación. Voy a poner esta habitación en cuarentena. Regresa cuando estés limpio y te daré ceftriaxona de forma profiláctica. Ve al subsuelo; los llamaré y me aseguraré de que sepan que estás en camino.

-Maldición- murmuré de forma inaudible mientras me iba corriendo por el pasillo hasta el elevador de emergencia. No podía creer que la bolsa de pus era, en realidad, una bomba biológica de gonorrea replicándose activamente. Y yo la tenía por toda la cara, las gafas, el pelo y la ropa.

～～～～

En una palabra, la descontaminación apestaba.

No era nada parecido a lo que se ve por televisión o se lee en los libros. Caminé por un pasillo donde alguien, que odiaba su trabajo, me esperaba.

Me llevó a una pequeña sala de espera donde me encontré con uno de los especialistas en enfermedades infecciosas, quien me preguntó si yo era el que había sido mojado por la bolsa de gonorrea. Los chismes corren rápido por el hospital.

Completé unos papeles y me llevaron a una sala desértica con luces fluorescentes, un banco central y un solo receptáculo que decía "incineración médica". Me desvestí hasta quedar completamente desnudo y coloqué toda la ropa allí y, por un sistema de altavoces, me ordenaron proceder a la fase dos. Al parecer, no necesitaba la fase uno y me dijeron que salteara la fase tres, lo que sea que significase.

La misteriosa fase dos era simplemente una ducha con cuatro chorros y cuatro botellas diferentes de desinfectantes. Me lavé con agua caliente y me enjaboné utilizando los cuatro desinfectantes, uno a la vez, como estaban etiquetados secuencialmente.

Después de bañarme, salí y entré a otra habitación desértica con un banco central. Allí había una toalla, boxers y una bata nueva. Tiré la toalla a otro receptáculo de incineración y me puse la bata nueva. Al salir de allí, me encontré con el doc especialista en enfermedades infecciosas que me dio unas medias de hospital y zapatos de Velcro, como los que usan las personas de la sala de rehabilitación.

-Bien, Rajen, estás oficialmente descontaminado. Firma aquí.

Después de firmar, le devolví el formulario y le pregunté:-¿Qué hago ahora?

-Bueno, la mayoría de la gente, en general, se va a casa pero Peters quiere que regreses al trabajo en la sala de emergencias. Es una rompe-pelotas, ¿verdad?

Asentí y salí con entusiasmo de la unidad de materiales peligrosos. Nunca imaginé que iba a ser tratado por una enfermedad de transmisión sexual porque una bolsa de pus se cayó del abdomen de un tipo y me explotó por toda la cara. Comencé a reevaluar mi carrera mientras volvía a ingresar a la sala de emergencias.

Peters me hizo señas con la mano.

-Remángate.-Me limpió la piel con un algodoncito, con alcohol, y me metió una aguja en los deltoides.

-Ay, quema. ¿Es el antibiótico?

-Sí, ceftriaxona, por si acaso te contagiaste de gonorrea por la explosión.

-Fantástico. Ahora puedo decir que me trataron por la gonorrea que me contagié directamente del colon de un tipo.

Peters reprimió la risa; el humor médico es ciertamente negro. – Lo peor es que pagaste por eso…me refiero a las clases y todo eso.

-Nunca voy a saber cómo termina esto, ¿verdad?

-Nop.

-De hecho, creo que media sala de emergencias ha estado sacando fotos espontáneas de ti y de la habitación, con sus teléfonos, tan pronto corrió el chisme de la gorronea.

-Genial. ¿Sabe cómo él se contagió? ¿Y por qué tiene una colostomía?

-Todavía no. La morfina lo durmió bastante. Se está despertando ahora. Supuse que tú podrías querer quedarte cerca para obtener toda la historia. Ah y tengo noticias buenas: dio negativo el resultado de VIH y Hepatitis B y C así que, por lo menos, no tenemos que preocuparnos por que te agarres alguna de esas cosas. Su examen toxicológico dio positivo en cuanto a la cocaína pero no a la heroína u otras drogas.

Al menos este año he, definitivamente, aprendido que los fluidos corporales pueden ser mortales.

-Ah, hablé con Clyde, tienes el resto del día libre. Al parecer, no quieren que tú los respaldes hoy, después de lo que sucedió.

-¿Así que lo que se necesita para salir de la guardia es contraer una enfermedad de transmisión sexual?

-No lo conviertas en hábito. – Peters sonrió con superioridad, por un momento, antes de que su expresión se desintegrara y volviera al trabajo. –Bueno, lleguemos al fondo de la historia de este personaje, James, y te invitaré un trago. Sigue mi ejemplo. No creo que él sea muy comunicativo pero podemos usar tácticas intimidatorias en caso de que sea necesario. Yo guiaré la conversación, pero presta atención. Cada vez que toque el estetoscopio que tengo en el cuello, esa es tu señal para hablar. Sólo di algo apropiado para que podamos largarnos de esa habitación infectada.

Asentí con la cabeza para mostrar mi comprensión mientras nos poníamos el equipo personal de protección de pies a cabeza. Al fin y al cabo, estábamos entrando a una zona de guerra química en la que James era la fábrica. La habitación había sido acordonada con dos capas de pesadas cortinas plásticas desde el cielo raso hasta el piso, con ventilación de presión negativa.

Nos vestimos con un traje de "conejo" de un material plástico, parecido al vinílico, que nos cubría desde los pies al cuello. Gorros, guantes y mascarillas de cara completa con protección ocular completaban nuestro uniforme. No necesitábamos trajes herméticos porque la gonorrea no es transmisible vía aerosolización.

James ahora estaba despierto y alerta pero no se había movido de la camilla. Luego me di cuenta de por qué; tenía sujeciones de cuero en brazos y piernas. Supongo que todo este tema de la explosión de gonorrea era bastante serio.

En realidad, no está muy lejos de una guerra química. Diablos, si él pusiese ese pus en un pequeño atomizador y rociara todo alrededor, todos se contagiarían de gonorrea simplemente por el contacto con la superficie mucosal de los ojos, nariz y boca. Otra vez, esto me recordó a Cindy y a su ataque con el, mucho más letal pero menos infeccioso, patógeno de VIH.

Después de entrar, Peters inmediatamente comenzó el interrogatorio para reunir la información que deseaba. Comenzó con el intento de establecer una buena relación.

-Hola, James, ¿Cómo se siente?

Estiró los brazos, haciendo que las sujeciones se estiraran y agitó la camilla.-¡Como si fuera un prisionero! No pueden mantenerme aquí.

-Su fiebre ha bajado y el estado de sus fluidos ha aumentado, después de que le administráramos dos unidades de sangre y tres litros de fluidos. Su ritmo cardíaco y otros signos vitales han mejorado mucho desde el momento que ingresó en condición crítica.

-¿Se supone que debo saltar de alegría? ESPERE, no puedo porque estoy sujetado a la cama como un prisionero. Ustedes son doctores; la última vez que chequeé, su trabajo consistía en curar gente. ¿Me puedo ir ahora?

-¿No quiere saber el por qué está aquí o qué es lo que tiene?

-La verdad que no. Mire, estaba cansado y me golpeé la cabeza por trabajar en demasía. Ahora, si no les importa, tengo que volver al trabajo así que por favor…sáqueme esto. –Nuevamente mostró las sujeciones, esta vez flexionando los brazos y las piernas.

-James, si ese es su verdadero nombre, ¿Por qué tiene una colostomía?

-Mire, perra, no tengo que sentarme aquí y responder sus preguntas. Quiero irme ahora mismo y le sugiero que me deje ir o la demandaré a usted y a todo el hospital.

Peters se levantó de su taburete y se paró erguida, con su estatura de 1 metro 73 centímetros, mirando desde allí arriba a James, demostrando que era ella la que estaba a cargo. Supuse que el acto de la Dra. Agradable había terminado.

Cuando la voz de Peters retumbó, supe que yo tenía razón.

-James, soy una profesional y merezco ser tratada como tal. Acabamos de salvarle la vida; si no le hubiésemos suturado el cuero cabelludo, habría muerto desangrado en la calle. De la misma manera, si no hubiésemos diagnosticado su infección, deshidratación y anemia profunda con rapidez, cualquiera de esas cosas podría haberlo matado. La combinación de las cuatro, sin un tratamiento inmediato, habría significado una muerte segura.

-Lo que es más, Rajen aquí podría haber muerto debido a su falta de higiene e inconciencia. Si él hubiese sabido que usted tenía una colostomía infectada, podría haberlo ayudado apropiadamente y haberse protegido a sí mismo. En cambio, tuvo que cortarle la ropa para encontrar la bolsa de colostomía infectada y, todo, por su estado de inconciencia.

-¿Qué? ¿Me cortó la ropa? Valía unos 2 mil verdes. Me los debes, negro de mierda. ¿Y dónde está mi reloj?

-¡ESCÚCHAME! ¿Estás preocupado por tu ropa? Acabo de decirte que te salvó la vida y, en retribución, casi lo contagias con la gonorrea que rezumaba de tu mugrienta colostomía.

Hubo silencio en la habitación, pero la ira aumentaba en la cara de James. Comenzó a agitar sus sujeciones. Hubo un golpeteo contra la cuarentena plástica. Los de seguridad ya estaban con la ropa quirúrgica y preguntaron si se los necesitaba. Peters les dijo que se retiraran pero que estuvieran preparados.

-Me quiero ir de aquí. No tengo ninguna gonorrea. Pueden hablar con mis abogados; me voy.

-James, no vas a ir a ningún lado. Primero, te coloqué en reclusión psiquiátrica involuntaria 5150, lo que significa que en las próximas 72 horas no tendrás derechos. Si sigues faltándome el respeto a mí o a mi equipo, llamaré al psiquiatra de guardia y haré que te pongan en reclusión 5250 por dos semanas. Hacer eso no será un problema ya que es mi amigo y hará lo que le pida sin preguntar nada. Además, atestiguaré que tú, intencionalmente, arrojaste el contenido de tu colostomía a gente de mi equipo sabiendo que estaba infectado con gonorrea. Ese sólo acto sería considerado intención dolosa o, peor, serías llevado directamente a prisión. Por lo tanto, sugiero que te calmes para que podamos hablar honestamente.

Las extremidades de James se pusieron tensas y se agitaban, en vano, contra las sujeciones que fácilmente controlaron su ataque. El cuero ni siquiera cedió por su agitación. –Maldición, perra, me estás engañando, eres doctora, no puedes hacer esto. Haré que te quiten la licencia y que lleven tu trasero a la cárcel.

La firmeza de Peters no cambió. Mantuvo su comportamiento indiferente, distante y profesional. Sabía que ya había ganado esta pelea verbal; sólo era cuestión de tiempo antes de que James se diera cuenta también. El punto de inflexión era siempre el mismo-era cuando señalaban, desesperadamente, que un doctor no podía falsificar material. El problema era, en pocas palabras, que un doctor sí podía hacerlo fácilmente y podía inventar material concluyente, que resistiría el escrutinio en la corte. Darse cuenta de esto era horrible porque James sabía que perdería. Era sólo cuestión de cuándo su conciencia lo comprendería también.

Peters, con indiferencia, colocó las manos alrededor del estetoscopio que tenía alrededor del cuello. Genial. Era mi turno de participar, sólo que no sabía qué decir.

-James, podría haber muerto hoy por tu culpa. Estaba intentando ayudarte cuando me salpicaron tus excreciones infectadas. Pero no te estoy juzgando; sólo quiero ayudarte a mejorar. –Guau, se me oyó sincero. Si siguiese con esto, realmente podría creérmelo algún día.

Podía ver que estábamos quebrando su determinación. Sus rasgos se suavizaron un poco, pero sólo por un segundo. Era todo lo que yo necesitaba para comenzar a jugar duro y terminar con este caso para poder irme a casa.

-No estás libre de culpa, James. Necesitamos respuestas, como por ejemplo, ¿por qué tienes más de 10 mil dólares en efectivo en tu portafolio? Las bolsas de colostomía en tu maletín se pueden explicar pero, ¿ Por qué tienes botes de ducha y espuma? ¿Y cómo es que tienes las llaves de un auto de 150 mil dólares pero no tienes seguro médico?

Estaba listo para continuar y perforar a este bastardo, pero antes de que pudiera comenzar otra diatriba, Peters soltó el estetoscopio. Mi rol en el interrogatorio había llegado al final. De mala gana, tomé asiento más atrás y observé cómo se desarrollaban los acontecimientos.

Mi confrontación había tenido el resultado deseado. James estaba más enfurecido con mis insinuaciones.

-¡Qué diablos, hombre! Dices que estás intentando ayudarme pero tomas mis llaves y revisas mi maletín. Eso es ilegal sin una orden de registro así que, amigo, puedes agregar tu nombre a la lista de los demandados. No creo eso de que me estás ayudando, sólo quieres robarme, yo tenía 15 mil dólares allí.

Peters se cruzó de brazos, exudando más autoridad. Esto se estaba por poner bueno.

-James, claramente olvidaste lo que mencioné con respecto a intentar de mantener una conducta profesional y de no insultar a mi equipo. Raj es la única razón por la que estás vivo en este momento. Abrimos tus pertenencias para obtener más información y saber con qué, tal vez, podríamos estar lidiando. Es perfectamente legal en situaciones de vida o muerte, tal vez, necesites actualizarte en lo que respecta a la ley.

-Esto es lo que sé. Estás obsesionado con el dinero y sólo respetas eso y el poder que te da. Trabajas con personas educadas pero a ti te falta una educación apropiada. Tienes un problema con la autoridad. La mala calidad del tatuaje que tienes en el hombro derecho indica que has estado en prisión antes y que eras el último orejón del tarro en la cárcel. La pequeña cicatriz cerca de tu colostomía me dice que te dispararon, probablemente con algo pequeño como un calibre .22. Consumes drogas pero sólo la cocaína de alto grado por estos días, probablemente para que te ayude a mantenerte despierto con el fin de trabajar muchas horas. Pero las pequeñas cicatrices que tienes en los antebrazos indican que has consumido heroína o metanfetaminas. No te llamas James, pero desde que comenzaste a tener dinero, estoy segura de que tu clientela blanca, rica y con conexiones prefiere ese nombre a Leroy Grims. Además, te ayuda a negar tu relación con Grims senior, tu hermano mayor que es famoso por estar involucrado en una muy conocida actividad pública pandillera. Apuesto a que cambiaste tu nombre poco tiempo después de que ingresaste a esta misma sala de emergencias hace unos 11 meses. Tal vez recuerdes que fuiste traído aquí después de que te dispararon en una transacción de drogas que se fue a pique. Tuviste una laparotomía exploratoria emergente, en la cual los cirujanos encontraron que tu colon había sido perforado por una bala. Ésta fue removida con éxito y te quedaste con una colostomía. Durante tu hospitalización, alguien vino buscándote, probablemente para terminar contigo al ver que había fallado la primera vez. Ahí fue cuando te fuiste del hospital sin el consentimiento médico. Ahora regresas, sin nunca haberte quitado ni arreglado la colostomía. Sospecho que encontraste otro uso para ella, que es por lo que recibiste dinero.

-A propósito, tu hermano fue el que pagó tu última cuenta del hospital, por supuesto que de forma anónima. Le debes 96 mil dólares.

-Ahora, o me dices que estoy equivocada o me pones al día con todo lo que ocurrió en estos últimos 11 meses.

Agarró a James desprevenido y a mí también. ¿Cómo diablos Peters obtuvo toda esa información? Debe de haberla obtenido mientras yo me estaba "descontaminando". Más tarde descubrí que Higgs pudo sacarle esa información a él mientras yo estaba en el subsuelo.

James, o Leroy, se quedó en silencio. Peters con su relato de su historia había logrado terminar con la determinación de él.

-¿Los ratones te comieron la lengua? No importa, te contaré lo que va a pasar. Serás ingresado al hospital. Trataremos tu gonorrea, te estabilizaremos y luego serás sometido a cirugía para arreglar tu colostomía de forma apropiada.

La última parte tocó un punto sensible de Leroy. De repente, se puso a la defensiva. —No pueden operarme sin mi permiso y no quiero ninguna cirugía más. Viviré con mi colostomía.

No podía entender el por qué alguien *querría* una colostomía. Ahí fue cuando comprendí; miré a Peters con repulsión. Mientras Peters ya se había dado cuenta, yo acababa de entender cómo él hacía dinero y se había agarrado la infección.

-Leroy, ¿hace cuánto tiempo que estás en el negocio del camino duro?-preguntó Peters.

-¿Qué?

-No creas que no lo sé. Eras un pandillero mediocre y ni siquiera podías hacer un negocio de drogas de poca monta que saliera bien. Tu hermano te protegió lo mejor que pudo pero no eras nadie, probablemente sólo una carga significativa en su mundo. Luego, tuviste tu gran oportunidad con ese disparo.

Supongo que te habías interesado en la prostitución antes pero el trasero de un hombre no hace que alguien se vuelva rico en estos días. Sin embargo, si puedes ofrecer un servicio especial, por ejemplo una colostomía por la que tus clientes copulen, puedes entrar al mundo de los fetiches enfermizos que pagan mucho mejor. Pero para entrar a este mercado, tuviste que hacer un cambio en tu vida. Eso explicaría la ropa, el reloj, el coche y el maletín porque la mayoría de la gente, que paga mucho dinero por esa mierda enfermiza, quiere a alguien que pueda encajar en su carísimo mundo de mañas y vicios.

No sabía si debía sentir náuseas o reírme. Hice ambas. Sonaba como un mono tosiendo. Nunca había oído de gente que pagaba para tener sexo con una colostomía. Al parecer, los ricos siempre están buscando nuevas formas de descargar un poco de sus riquezas. Hice un gesto de vergüenza con la cabeza.

-Leroy, para ser clara, te vamos a entregar a la policía ni bien yo salga de esta habitación. Irás a prisión. Y te quitaremos la colostomía. –Peters se da vuelta para salir y agregó como último pensamiento:-Y tendrás que notificar a las autoridades quiénes son tus clientes para que puedan ser tratados también. Estoy segura de que tu hermano estará muy orgulloso cuando sepa que su hermanito saca provecho de la especial prostitución homosexual fetichista.

Y con eso, salimos de la improvisada habitación de aislamiento de Leroy. Había comenzado a sollozar cuando nos fuimos.

Nunca hubiese creído que en la escuela de medicina presenciaría a un adulto, sujetado a una camilla de hospital, sollozar como una colegiala después de una ruptura amorosa mientras le rezumaba gonorrea por el abdomen.

Los hechos son mucho más atemorizantes que la ficción. Lo curioso era que hacía más dinero por hora que la mayoría de los CEO a los que les prestaba servicio.

~~~~

Tener el resto del día libre significaba que no tenía nada que hacer. Por lo tanto, antes de irme a casa, decidí entrar al sistema de computadoras para chequear los últimos resultados de laboratorio de mis pacientes. Me detuve en mi listado de pacientes y noté que Duane era, otra vez, un paciente "activo". Eso sólo podría significar que había sido transferido de la unidad de rehabilitación al hospital nuevamente.

Al hacer clic sobre su nombre, aparecieron los exámenes que habían sido ordenados recientemente: recuento de glóbulos, orina y cultivos de sangre. Probablemente haya tenido fiebre y lo transfirieron al hospital para darle antibióticos.

Qué diablos. Decidí visitarlo antes de irme. Esa decisión cambió mi vida.

Duane estaba en una habitación común sin precauciones. Esa era una buena señal, lo cual significaba que no tenía ninguna infección altamente contagiosa o algo similar.

El revisar su historia clínica antes de ingresar, cambió por completo la historia. Habían pasado más de cuatro meses desde la última vez que había visto a Duane. Desde ese entonces, su esposa había solicitado el divorcio y él había modificado su testamento dejando toda su herencia a su hija cuando cumpliera 18 años, dentro de casi una década.

A pesar de una intensiva terapia ocupacional y física, Duane había hecho una regresión. Permanecía sin hablar, sólo podía gruñir "sí" y "no"…bueno, un gruñido para "sí" y dos para "no".

Su parálisis no había mejorado. Continuaba con incontinencias tanto de intestino como de vejiga .Había tenido varias infecciones de tracto urinario debido a los constantes catéteres permanentes. Tenía úlceras sacras por decúbito que no cicatrizaban. Los numerosos injertos de piel lo hacían ver como una deformada colcha de retazos.

Incluso había pasado por dos trasplantes de córnea en el ojo izquierdo pero ambos habían sido un fracaso, resultando en tantas cicatrices que sus ojos fueron calificados como "inoperables" y tenía más del noventa por ciento de ceguera. El pronóstico era grave; la última nota decía que probablemente se quedaría completamente ciego de ambos ojos, en los próximos meses, sin posibilidad de ninguna intervención futura.

Hace alrededor de un mes, Duane se había reunido con su abogado de nuevo y cambió su estado de no resucitación/ no intubación. Esto significaba que si tenía alguna situación aguda de riesgo de vida, no quería ni resucitación ni que se tomaran medidas de respiración artificial, incluyendo intubación, para salvarle la vida.

Las notas del departamento de trabajo social proveyeron aún más entendimiento a la situación apremiante de Duane. Después de que él sacó a su ahora exesposa de su testamento, ella dejó de visitarlo por completo; su última visita había sido hace más de dos meses. Ella tenía una relación con un piloto de aerolínea divorciado que tenía un hijo, de casi la misma edad que la hija de Duane. La esposa del piloto estaba en un hospicio para enfermos terminales debido a su cáncer de mamas en etapa final. Los dos se conocieron durante una terapia de grupo para personas con esposos enfermos terminales. Comenzaron a vivir juntos poco tiempo después de la ultima visita que ella le hizo a Duane.

Duane no tomó bien el hecho de que su esposa se mudara con esa persona mientras él estuviese vivo, ¿pero quién puede culparlo?

Numerosas notas psiquiátricas revelaron que, después del divorcio, Duane había abandonado su participación activa en sus ejercicios de rehabilitación, se había vuelto cada vez más retraído y en numerosas ocasiones manifestó que la muerte sería mejor que su estado actual.

Otra vez, ¿Quién puede culparlo? El tipo pasó de tener el sueño americano: una preciosa esposa, una hermosa hija, un trabajo estupendo y una excelente salud a una lamentable existencia en la que él estaba en un ochenta por ciento paralizado, desfigurado, ciego, postrado en la cama y solo. Tal vez, lo peor era que sus facultades mentales estaban intactas.

Lo único que quedaba hacer era, de hecho, "hablar" con Duane. Puesto que había dejado de escribir, ahora las conversaciones con Duane consistían en gruñidos dobles si la letra de una palabra estaba entre la A y la M y simples si estaba entre la N y la Z. Las letras eran recitadas hasta que él gruñía una vez para indicar que esa era la letra deseada.

Con el anotador en mano, entré a la habitación de Duane. Su apariencia me tomó por sorpresa. Apenas pesaba unos cuarenta y cinco kilos y no tenía masa muscular. Estaba demacrado, con las mejillas hundidas y tenía los ojos completamente blancos debido a las severas cicatrices en las córneas.

Había 2 porta sueros con numerosas bolsas de varios líquidos, que estaban siendo infundidos a través de un catéter en el cuello. Reconocí algunas de las bolsas endovenosas que estaban colgando: dos eran antibióticos, una era una transfusión de sangre, otra contenía NPT, una supuse que era sólo fluido y no reconocí las últimas dos.

Caminé hasta su lado derecho y lo toqué. Le revolotearon los ojos hasta abrirse, pero no hizo ningún esfuerzo por girar la cabeza. No estaba siendo grosero, lo que pasaba era que Duane ya no necesitaba mirar de frente al visitante ya que no recibía ningún aporte visual útil. Y en base a las evaluaciones psicológicas, ya no le importaba tener compañía.

-Hola, Duane, soy yo, Rajen Mok, el estudiante de medicina que estaba en tu equipo hace un par de meses.

Numerosos gruñidos fuertes.

-Supongo que eso significa que me recuerda, ¿verdad?

Más gruñidos.

-¿Está bien si hablamos? Conozco la forma en la que se comunica y tengo un anotador aquí.

Un gruñido.

Y estábamos progresando.

MENTIROSO.

-Supongo que se refiere a mí.

Un gruñido.

-Ya sé, no hay nada que pueda hacer para que su situación mejore. No es justo. Apesta.

Silencio.

-Iré al grano. Si quiere, lo ayudaré a terminar con esto. Mañana será su último día. Cumpliré con mi oferta aunque esté retrasada. Mejor tarde que nunca, supongo. ¿Cuál es el veredicto?

Un gruñido. Pausa. Un gruñido. Pausa. Un "sí" apenas audible.

-¡ESPERE! ¿Puede hablar?

Su voz era muy áspera y ronca pero definitivamente estaba presente y en español. "Sí".

Giró la cabeza para enfrentarme, abrió sus opacos ojos con cicatrices y se quedó mirándome sin pestañar. Era escalofriante. Muchas culturas creen que los ojos son la ventana del alma; bueno, en este caso el alma no estaba por ningún lado. Tal vez ya se había ido del edificio. Finalmente, una lágrima se le deslizó por la mejilla y hacia el cuello, donde fue absorbida por la venda alrededor del catéter del cuello. Duane rompió el silencio, -Por favor…ayúdeme.

-¿Ayudarlo a morir?

Un gruñido.

-OK, regresaré mañana, a última hora de la tarde cuando las enfermeras cambien de turno. Le prometo que terminará en ese entonces.

Numerosos gruñidos. Comenzó a agitarse en la cama, bueno, mejor dicho, su lado derecho. Más gruñidos y más agitación.

Cuando finalmente se calmó, le pregunté: -¿Hay algo que quiera decir?

Un gruñido. La actividad debe haberlo extenuado.

-Ok, si no quiere hablar, tengo preparado el anotador.

ESE…ERA…YO…SALTANDO…DE…ALEGRÍA…Y luego sonrió probablemente por primera vez desde que lo vi.

-No necesito preguntarle si está seguro acerca de todo esto, ¿no es así?

Dos gruñidos.

-Nos vemos mañana.

Sus gruñidos y su agitación fueron tan fuertes que sonó una alarma y su enfermera entró rápidamente a la habitación.

Me miró y luego miró a Duane:-Voy a enviar un mensaje por pager al médico tratante. Creo que está sufriendo un ataque convusivo.

-No, no, no creo que sea necesario. Creo que, en realidad, le gustaría un poco de música.

-¿Está bromeando? Hace meses que no escucha música. Intentaron todo en rehabilitación: música, libros en audio, terapia de masajes, colchones de aire, iluminación ambiental, ruido blanco, sonidos de la naturaleza y todo lo que se le ocurra.

-Duane, ¿le gustaría un poco de música?

Un gruñido.

-¡Caramba! –exclamó su enfermera y se fue rápidamente a buscar su iPOD. Ahora las habitaciones de los hospitales están completamente conectadas a un equipo de audio y sonido ambiental.

Cuando regresó, preguntó: -¿Qué cree que quiere escuchar?

-Creo que algunos ritmos de baile serían perfectos.

-Eso es lo que tendrá. – y puso hip hop.

-Lo veré mañana, Duane.

Estaba agitándose cuando me fui de la habitación. Creo que fue el baile más feliz que haya visto alguna vez.

Bajé directo a los quirófanos. La mayoría estaba en funcionamiento, pero vi un par que no estaba en uso en ese momento porque no había casos programados hasta más tarde.

Yo ya llevaba puesto mi ropa quirúrgica así que me saqué el gafete y me puse el gorro y la mascarilla. Ahora yo encajo perfectamente como cualquiera de las abejas obreras vestidas con batas. Vi un trapeador al final del pasillo y se comenzó a formar un plan en mi cabeza.

Tras agarrar el trapeador y el carro de limpieza, me fui al quirófano 17 que no estaba en uso en ese momento y simulé estar fregando el piso. De forma despreocupada, me dirigí hacia el carro de anestesia donde se guardaban todos los medicamentos.

¡Maldición! Estaba cerrado con candado. Tenía combinación. Imaginé que muchísimos docs debían usar ese carro, por lo tanto, el código debía ser fácil. Intenté con las combinaciones usuales 1234 y 9876 en vano. Luego, supuse que los cuatro extremos podría funcionar y BINGO, había ingresado.

El carro estaba abierto y el montón de medicamentos anestésicos estaban a mi disposición. Agarré varios frasquitos y llené los bolsillos de la bata con ellos, cerré el carro y deambulé hasta donde había encontrado el carro de limpieza. Lo dejé donde lo encontré y fui directo a los vestuarios donde había dejado mi bolso.

Nadie me vio.

Tras entrar a uno de los cubículos del baño, coloqué las drogas que había obtenido dentro de mi bolso e hice un rápido inventario de lo que había juntado: Propofol, Atropina, Vecuronium, Epinefrina y Solu-Medrol. Cualquiera de los primeros cuatro funcionaría.

Mi corazón iba a toda velocidad; esto era demasiado fácil. Me puse el bolso al hombro y salí del quirófano. Caminé hacia uno de los pisos de pacientes comunes y entré al depósito general, donde conseguí una jeringa de 50 cc y unas agujas de calibre dieciocho.

Encontré un baño privado y, una vez más, entré a un cubículo. Rápidamente abrí todos los frascos y extraje todos los contenidos a la jeringa de 50 cc. Los medicamentos llenaron la jeringa hasta la marca exacta de 50 cc. El cóctel letal, lechoso y de color blanco era escalofriante y podía confundirse fácilmente con una formula para lactantes.

Tiré, de a uno, los frasquitos de vidrio vacíos por el inodoro y, por suerte, todos se fueron por el excusado sin complicaciones como así también las agujas.

Tras colocar la jeringa nuevamente llena dentro de mi bolso, me dirigí a la habitación de Duane otra vez. Ahora estaba actuando en piloto automático, mis pies se movían pero mi cerebro era el que les decía dónde ir. Una extraña calma se había instalado. Mi ritmo cardíaco era normal y mi mente estaba completamente clara. No tenía dudas con respecto a lo que iba a hacer y no quería esperar hasta el siguiente día.

Me encontré a mí mismo afuera de la habitación de Duane, observándolo agitarse ligeramente con la música, bailando, como si estuviera teniendo un ataque.

-Oye, amigo. ¡Volvííí!

Unos gruñidos.

-Aceleré las cosas. Conseguí lo que necesitaba y pensé que tal vez sería mejor hacerlo hoy. Si lo pensase demasiado, tal vez me echaría atrás de nuevo.

Dos gruñidos entrecortados.

-Ok, le diré cómo lo haremos. Tengo una jeringa con suficientes químicos como para poner a dormir a muchas personas. Estoy usando algunas de las mismas cosas que liquidaron a Michael Jackson. Silenciaré los monitores, subiré la música y pondré el mejunje en la vía endovenosa con NPT. Ambos tienen el mismo color blanco así que no se notará. Se dormirá en unos segundos y los medicamentos paralizarán sus músculos y aumentarán la presión arterial a mucho más de 300. Probablemente muera por una apnea, un derrame cerebral, un aneurisma roto, un paro cardíaco…diablos, tal vez causa de todas esas cosas. No creo que duela porque estará completamente dormido. Pero por otro lado, esta es la primera vez que lo hago. ¿Está listo?

Un gruñido, luego silencio. Este era, claramente, un hombre que estaba en paz consigo mismo y que, por meses, había estado esperando con ansias esta oportunidad.

Asentí con la cabeza, saqué la jeringa y la escondí debajo de las sábanas. Subí la música. Luego silencié las alarmas. Eso me dio 90 segundos de tranquilidad antes de que comenzaran a sonar muy fuerte, con sus infinidades de advertencias. Ni bien hice eso, conecté la jeringa de 50 cc y vertí todo el contenido en su endovenosa en cuestión de unos ocho segundos.

Tras desenganchar la jeringa, salí de la habitación sin mirar atrás y fui directo a la salida del hospital y a mi coche, arrojando la jeringa vacía en uno de los tantos botes de basura que estaban de camino al estacionamiento.

~~~~

Al día siguiente, llegué al trabajo alrededor de las 5:45 a.m. La UCI estaba exactamente de la misma forma que el día anterior. Ingresé a una de las computadoras y abrí mi lista de pacientes. Lo único que noté fue que Duane ya no figuraba como "activo".

Hice clic sobre su nombre y vi que le habían hecho algunos análisis después de que yo me fui del hospital ayer. Había varios valores críticos de laboratorio. La curiosidad se apoderó de mí; tenía que ir a su habitación.

Cuando pasé por al lado, vi que su habitación estaba vacía con una cama muy bien hecha y lista para el próximo ocupante. Eché un vistazo a la pizarra de pacientes en la estación central de enfermería y la única diferencia era que en lugar de su nombre, al lado del número de habitación que ocupaba, decía "FALLECIDO".

Nadie me prestó atención ni cuestionó el hecho de que yo estuviera en ese piso. Yo sólo era otro estudiante de medicina ocupándose de las obligaciones del día.

Apéndice 1:
Siglas

5150: reclusión psiquiátrica involuntaria por 72 horas.

A & O: Alerta y orientado (de cuatro posibles: persona, lugar, tiempo y acontecimiento).

ACGME: Consejo de la Acreditación para la Junta Directiva Médica Graduada de la Educación.

ADN: Ácido desoxirribonucleico

ARN: Ácido ribonucleico

CD4: Cúmulo de diferenciación 4. (una molécula que se expresa en la superficie de algunas células T y en las células dendríticas. Es una glucoproteína monomérica de 59 kDa de peso que contiene cuatro dominios (D1, D2, D3, D4) de tipo inmunoglobulinas).

CID: coagulación intravascular diseminada

ECG: Electrocardiograma

ETS: Enfermedad de transmisión sexual

GHB: ácido *gamma*-hidroxibutírico

GOMER: Sal De Mi Sala De Emergencias

LCR: Líquido cefalorraquídeo

MQMC: Mami que me cogería

NET: Necrólisis epidémica tóxica

NR: No resucitación

NPT: Nutrición parenteral total

ORL: Otorrinolaringología

PAPR (*Powered Air-Purifiying Respirators*): respirador purificador

PC: Parálisis cerebral

PCA: Analgesia controlada por el paciente

RCP: Reanimación cardiopulmonar

RM: Resonancia magnética

SARM: *Staphylococcus aureus* resistente a la meticilina

SIDA: Síndrome de inmunodeficiencia adquirida

SIRS: Síndrome de respuesta inflamatoria sistémica

TARGA: Terapia Antirretroviral de Gran Actividad

TC: tomografía computarizada

UCI: unidad de cuidados intensivos

VIH: Virus de inmunodeficiencia humana

Apéndice 2:
Definiciones

Anemia hemolítica autoinmune: cuando el cuerpo de una persona ataca sus propias células sanguíneas.

Anemia: bajo recuento o concentración de sangre (medido como hemoglobina o hematocrito)

Anfotericina B: Agente antimicótico extremadamente tóxico que se utiliza para tratar sólo las infecciones humanas micóticas más severas.

Anormalidades genéticas de inmunoglobulina: anormalidades que tiene el cuerpo para crear anticuerpos con el objetivo de esquivar infecciones.

Apneico: que no respira

Atropina: neurotransmisor que disminuye la actividad parasimpática, dilata las pupilas y, en altas dosis, causa severos y ritmos cardíacos anormales que pueden ser fatales.

Bacteremia: infección sistemática por una bacteria extraña, usualmente severa y dentro del sistema circulatorio.

Bactrim: antibiótico, de uso común, que contiene sulfa.

Bicarbonato: HCO_3^-, usado para proteger el pH en los sistemas biológicos.

Cálculos: depósitos minerales que pueden formar una obstrucción en el sistema urinario.

Cánula: un tubo para inserción en un recipiente, conducto o cavidad (vena, ojo, nariz, estómago, etc)

Caquexia: severa malnutrición, pérdida de masa corporal que no puede ser revertida nutricionalmente.

Carga viral: número de virus que se duplican activamente durante una infección aguda.

Cateterización: tubo insertado en algún lugar (corazón, vejiga, etc.)

Célula escamosa: un tipo de cáncer, en general, limitado a la piel.

Cianótico/a: azul, usualmente debido a la falta de una adecuada oxigenación.

Código azul: cuando un paciente deja de respirar o su corazón deja de latir (emergencia extrema)

Código blanco: ataque cardíaco agudo, en el que se requiere una intervención, usualmente por cateterización cardíaca y stent, dentro de la hora.

Cólico: dolor severo u otros síntomas de aflicción (ocurre en bebes y en personas con piedras en el riñón)

Colostomía: procedimiento en el cual el intestino está suturado a la pared abdominal creando una abertura conocida como una estoma (sí, materia fecal recogida en una bolsa pegada alrededor de su abertura)

Cricotiroidea: articulación en el cuello que conecta el cartílago cricoideo y el tiroideo. Al hacer presión en ese lugar, se facilita la vista de la intubación .

Criptococos: hongos que crecen en cultivos como levadura y son usualmente aerosolizados por polvo. Infección en individuos sin VIH es raro.

Decúbito: la parte más dependiente de un paciente cuando está acostado. Prolongados períodos en la misma posición puede causar úlceras en estas posiciones dependientes que son difíciles de tratar.

Desviación de la línea media: cuando un sangrado u otra presión (tumor) hace que un lado del cerebro pase al otro lado.

Diaforesis: Sudor

Diafragma: músculo primario de inspiración, que separa el pecho de la cavidad abdominal.

Diazepam: Valium

Discrasia: término no específico que se refiere a cualquier enfermedad o trastorno pero que, en general, refiere a enfermedades sanguíneas.

Efecto Doppler: la frecuencia de sonido de un objeto aproximándose es más alta que cuando el objeto retrocede (muy común cuando una ambulancia se aproxima y pasa de largo)

Émbolos: cualquier masa intravascular e independiente que circula (puede causar derrame cerebral)

Emesis: vómito

Endotraqueal: dentro de la tráquea. Se usa un tubo aquí para ventilación artificial durante la anestesia.

Epidérmico/a: las capas más externas de la piel.

Eritema: rojez

Escara: parte de tejido muerto que es usualmente negro.

Esplenectomía: extirpación del bazo.

Estafilococo: tipo de bacteria que es muy común y muy resistente a las drogas.

Esternón: parte central del pecho donde se unen las costillas.

Excoriado/a: daño o parte removida de la superficie de la piel.

Éxtasis: La MDMA (3,4-metilendioximetanfetamina) es una droga que hace a la gente más sexual. Altas dosis pueden causar severa hiperpirexia.

Extubación: remover un tubo endotraqueal (usado para respiraciones artificiales o en un ventilador)

F (French): usado para medir catéteres en medicina, dividiendo el French por tres se obtiene el diámetro equivalente en milímetros.

Faringe: parte de la garganta situada inmediatamente detrás de la boca y la cavidad nasal y superior del esófago (donde se ubican las amígdalas)

Formalina: usada como desinfectante y para la preservación de especímenes biológicos.

Fulminante: intenso y severo hasta el punto de muerte.

Fundoduplicatura de Nissen: procedimiento quirúrgico para tratar enfermedad de reflujo gastroesofágico. (ERGE)

Gentamicina: antibiótico muy tóxico.

Hematocrito: porcentaje volumétrico de células sanguíneas rojas.

Hematoma: quiste lleno de sangre

Hematuria: sangre en orina

Hemoglobina: proteína con contenido de hierro que se encuentra en los glóbulos rojos que transportan oxígeno.

Hemostato: abrazaderas metálicas usadas en cirugía para detener el sangrado de los vasos.

Hemotórax: sangre, que no debería estar en la cavidad torácica.

Heparina: diluyente sanguíneo muy potente.

Hepatitis C: virus que infecta el hígado y que puede causar cirrosis y falla. No hay vacunas disponibles. Es mucho más infeccioso que VIH.

Hernia: cuando un tejido sobresale de una abertura anormal corporal.

Hidronefrosis: obstrucción del riñón que causa que se agrande.

Hipovolemia: fluido inadecuado en el sistema circulatorio (deshidratación)

Intravítrea: colocar algo en la cavidad vítrea (trasera) del glóbulo ocular.

Intubar: colocar un tubo respiratorio en la tráquea de una persona.

Kuru: trastorno neurológico degenerativo incurable causado por un prión (relacionado al canibalismo)

Laparatomía: procedimiento quirúrgico que conlleva una incisión grande a través de la pared abdominal para ganar acceso a la cavidad abdominal.

Maniobra de Kocher: maniobra quirúrgica para exponer estructuras en el retroperitoneo detrás del duodeno y páncreas.

Manómetro: instrumento utilizado para medir la presión.

Meningitis criptocócica: infección micótica de las membranas que cubren el cerebro y la medula espinal.

Metástasis: cáncer que se ha expandido a otras partes del cuerpo

Miasis: infección por larvas.

Microsporideal: espora eucariota que forma parásitos intracelulares portadores.

Muguet: hongo (usualmente Candida) que ocurre en la boca.

Muro de Adriano: una antigua muralla de defensa construida en Gran Bretaña.

Naso-traqueal: tubo o cánula que va desde la nariz a la tráquea (usado para ayudar a un paciente a respirar o a someterse a respiraciones artificiales).

Necrólisis (o Necrólisis epidérmica tóxica): se caracteriza por la separación de la capa superior de la piel (epidermis) de las capas inferiores de la piel (dermis) por todo el cuerpo.

Nefrotoxicidad: daño a los riñones.

Neumotórax: recolección de aire en el espacio alrededor de los pulmones (por ejemplo- pulmones colapsados)

Nosocomial: infección contagiada dentro de un hospital (en general, mala).

Onicomicosis: infección micótica de uñas.

Órbita: cavidad ósea que envuelve el glóbulo ocular.

Oxycontin: narcótico muy poderoso. Alto potencial de abuso.

Paliativo: que alivia o suaviza los síntomas de una enfermedad o trastorno sin efectuar cura.

Palpación: sentir o tocar algo.

Parenteral: introducción de nutrición, medicación u otra sustancia en el cuerpo a través de una ruta diferente al tracto gastrointestinal (usualmente a través de una vía intravenosa)

Parkinson: trastorno del cerebro que conduce a temblores y dificultad para caminar, moverse o coordinar.

Percocet: fuerte droga narcótica por vía oral. Se hacen abusos a menudo.

Pleuresía: inflamación del revestimiento de los pulmones y el pecho.

Pneumocystis jiroveci: hongo parecido a la levadura que causa infección en los pulmones en personas con SIDA.

Prótesis: falsa extremidad, ojo, etc

Pustulosa: condición inflamada de la piel con quistes llenos de pus.

Reflejo de Bell: reflejo primitivo en el que los ojos quedan en blanco para mantener las corneas cubiertas e hidratadas (con frecuencia, dificulta el examen de ojos)

Renal: riñón

Retinitis: infección o inflamación de la retina.

Retractor: algo utilizado en medicina para sostener tejidos fuera del campo operativo o quirúrgico.

Sarcoma de Kaposi: tumor canceroso de tejido conectivo asociado al SIDA.

Síndrome del bebé sacudido: cuando un pequeño niño es sacudido y esto le causa sangrado cerebral y retiniano, usualmente en conjunto con huesos rotos.

Sistema nervioso central: médula espinal y cerebro.

Sodio amital: usado comúnmente como "suero de la verdad". Moderadamente exitoso.

Solución salina normal: 0.9 % de solución salina, usualmente para uso intravenoso.

Subdural: espacio entre el cráneo y la duramadre.

Torácico: parte superior de la espalda.

Toradol: medicación anti-inflamatoria no esteroidea que es muy fuerte.

Traqueotomía: procedimiento de emergencia utilizado para crear una abertura en el cuello para circunvalar una vía respiratoria obstruida.

Trombosis: coágulo sanguíneo.

Troponina: laboratorio usado para chequear un paro cardíaco.

Tuberculosis: infección que ocurre normalmente en países subdesarrollados y que afecta a los pulmones.

Whipple: un tipo de cirugía mayor usado para tratar o curar cáncer pancreático.

Xanax: más potente pero de menos duración que Valium.

Yankauer: tipo de succión utilizado en cirugía.

Zosyn: poderoso antibiótico de amplio espectro.

www.ingramcontent.com/pod-product-compliance
Lightning Source LLC
Chambersburg PA
CBHW020435130626
46549CB00001B/155